BERNHARD HENNEN
ROBERT CORVUS

SILBERFLAMME

DIE PHILEASSON-SAGA

VIERTER ROMAN

WILHELM HEYNE VERLAG
MÜNCHEN

Sollte diese Publikation Links auf Webseiten Dritter enthalten,
so übernehmen wir für deren Inhalte keine Haftung,
da wir uns diese nicht zu eigen machen, sondern lediglich
auf deren Stand zum Zeitpunkt der Erstveröffentlichung verweisen.

MIX
Papier aus verantwortungsvollen Quellen
FSC® C083411

Verlagsgruppe Random House FSC® N001967

2. Auflage
Originalausgabe 10/2017
Redaktion: Catherine Beck

Dieses Werk wurde vermittelt durch
die Michael Meller Literary Agency GmbH, München
Printed in the Czech Republic
Umschlaggestaltung: DAS ILLUSTRAT GbR, München
Umschlagillustration: Kerem Beyit
Innenillustrationen: Nadine Schäkel
Karte: Daniel Jödemann
Satz: Leingärtner, Nabburg
Druck und Bindung: CPI books GmbH, Leck

ISBN: 978-3-453-31824-3
www.heyne.de

www.twitter.com/HeyneFantasySF@heyneFantasySF

PROLOG

Oase Kei Urdhasa,
vierter Tag im Sturmmond, vor 235 Jahren

Der Schwerthieb krachte auf Lailaths Säbel. Sie hielt den Block nur dadurch, dass sie die Klinge mit der behandschuhten Faust stützte. Die Elfe bog sich wie eine Palme im Sturm und drehte sich unter der Gewalt der Attacke hindurch. Die Waffen lösten sich voneinander.

Kursalah war unbestritten der beste Fechter der Sippe. Er kannte die Melodien des Steins, des Erzes, des Eisens und des Stahls. Er hatte auf den Dünen gesessen, um dem Gesang des Windes zu lauschen, durch den seine Klinge schnitt, und dem Flüstern des Sandes, auf dem er seine Kampfstellungen einnahm. So lange hatte er in der Einsamkeit ausgeharrt, dass er beinahe verdurstet wäre. Doch statt zu den Zelten der Shiannafeya zurückzukehren, hatte er das Blut seines Kamels getrunken und weiter auf die Lieder gelauscht, deren Geheimnisse er zu ergründen wünschte. Mit jedem Herzschlag und jedem Atemzug war er ein Krieger, dazu war er geboren, und diese Bestimmung lebte er.

Mit einem Salto brachte sich Lailath außer Reichweite von Kursalahs Schwert. Sie kam mit der linken Hand auf, rollte über Arm, Schulter, Rücken und Hüfte ab und kam auf die Füße. Der ockerfarbene Sand knirschte leise unter ihr. An dieser Stelle war er nicht ganz so fest wie neben den Brunnen der Oase, wo die Feuchtigkeit ihn schwer machte, gab aber mehr Halt als das Pulver, in dem man bis zu den Waden einsank. Der Boden war weich genug, um einen Stürzenden vor einem Bruch zu bewahren, und hart genug, um sich schnell darauf bewegen zu können. Urdiriel hatte die Stelle für den Kampf gut bestimmt.

Lailath schlug den Säbel in den Rücken eines Sippengenossen, den sie nicht erkannte. Sie alle trugen die Kleidung der Shiannafeya, deren Schwarz nur im grellen Licht der Mittagssonne einen blauen Schimmer bekam.

Der Gegner ächzte.

»Zalidion!«, rief Urdiriel. »Tot!«

Für den Ausscheidungskampf benutzten sie stumpfe und biegsame Klingen, andernfalls hätte Lailaths Hieb das Rückgrat des anderen zerschmettert. So blieb ihm der echte Tod erspart, nicht aber die Schmach der Niederlage, die stärker schmerzte als der Treffer. Wie ein geprügelter Schakal zog Zalidion sich zurück. Er würde sich oben am Rand der Senke in den Kreis der Sippenmitglieder setzen und gemeinsam mit ihnen das Salasandra singen, während er zusehen musste, wie ein anderer die Ehre errang, nach der er gestrebt hatte.

Sie waren nur noch zu fünft: Kursalah, Lailath, zwei weitere Krieger und Lailaths Bruder Nantiangel, dessen Augen in beinahe demselben Blau funkelten wie ihre eigenen.

Urdiriel ging zwischen den Kämpfern umher. Die Anführerin der Shiannafeya trug die Verantwortung der Schiedsrichterin selbst. Lailath bewunderte sie. Ihr entging nichts, ihre Aufmerksamkeit war wie die Sonne, die über der gesamten Wüste schien, oder wie der Wind, der über jede Düne strich. Und sie bewegte sich wie der Sand, beständig und unaufhaltsam. Vielleicht wäre sie die Beste gewesen, um die heilige Klinge zurückzugewinnen.

Aber die Sippe brauchte Urdiriel, sie war ihr Kopf, ihr Herz, ihr Wasser. Die Shiannafeya durften sich keine Fehler mehr erlauben, denn ihnen wurden kaum noch Kinder geboren, weniger als zweihundertfünfzig waren sie inzwischen.

Die meisten davon saßen im Kreis des Salasandra und sangen ihr auf- und abschwellendes Lied zu den Kämpfern herab. Die Sippe bezeugte die Bestimmung des Erwählten, der die Ehre der Wächter wiederherstellen und verhindern würde, dass der Ruhm der Shiannafeya verwehte wie eine Spur im Sand.

Lailath hielt sich ein Stück abseits. Sie konnte Kursalah ihre Bewunderung nicht verwehren. Seine Knie, die Hüften, Waden, den geschmeidigen Oberkörper – er nutzte alles, keine noch so kleine Bewegung war ohne Zweck. Gleich einer Welle lief der Schwung durch seine Schulter, den Ellbogen entlang, als hätte er keine Knochen, dann durch das Handgelenk in das Schwert, das um eine Haaresbreite über die Deckung seines Gegners hinwegzischte. Die Spitze traf die Brust des anderen, doch die Klinge war so leicht, dass sie sich unter der Wucht des Stoßes bog, statt einzudringen.

»Belliarin!«, rief Urdiriel. »Tot!« Und sofort darauf: »Aligion! Verkrüppelt!« Im Rückschwung hatte sich Kursalah zu Boden geworfen und zugleich gedreht. Der Sand war wie in einer Windhose aufgewirbelt, die Klinge gegen das Knie des anrennenden Gegners geschlagen.

Lailath fehlte die Zeit, darüber nachzudenken, wie ein Wesen aus Fleisch und Blut zu solchen Bewegungen fähig war. Ihr Bruder drang auf sie ein.

Nantiangels Angriffen war Kursalahs Eleganz fremd. Die rasch vorgetragenen Hiebe sangen von Wut. Er wollte sein Schicksal erzwingen.

Lailath nahm die Attacke auf und wich zurück. Schritt um

Schritt, mal blockte sie, mal duckte sie sich unter einen Schlag oder ließ ihn durch einen Sprung Luft schneiden. So näherte sie sich dem tiefsten Teil der Senke, wohin der lockerste Sand gerieselt war. Ihre Füße wirbelten ihn auf, gleich dünnen Rauchfahnen stieg er in die Höhe.

Kursalah kam gemessenen Schrittes näher.

Das Tuch vor Nantiangels Gesicht wurde bei jedem Atemzug an den Mund gesogen, er legte seine ganze Kraft in diesen Kampf. Es war Zeit, die Sache zu Ende zu bringen.

Mit einem Schrei rammte Lailath die Ferse in den Boden. Sie würde nicht weiter zurückweichen. Dreimal schlugen ihr Säbel und das Schwert ihres Bruders gegeneinander, Funken sprühten aus dem Stahl.

Nantiangels brutaler Schlag traf knapp über dem Handschutz.

Lailaths Finger öffneten sich, der Säbel flog davon.

Sie stürzte in den Sand. Gerade noch fing sie sich auf einem Knie und einer Hand ab, sonst wäre sie lang hingeschlagen. Mit gesenktem Haupt bot sie Nantiangel ihren Nacken dar.

Die Geschwister waren die Einzigen ihres Alters in der Sippe, als Kinder hatten sie keine anderen Spielgefährten gehabt. Ihre Lieder hatten sie beinahe ständig gemeinsam gesungen. Lailath wusste, dass er der bessere Fechter war, so war es immer gewesen.

Kursalah stellte sich so, dass er die Sonne im Rücken hatte. Seine goldbraunen, löwenartigen Augen waren in dem Spalt, den das dunkle Kopftuch frei ließ, nur zu erahnen. Er wartete vier Schritt entfernt darauf, dass er sich dem letzten Gegner widmen konnte.

Vier Schritt. Lailath hatte gehofft, er würde näher herankommen. Niemand vermochte, die Strophen des Lebens bis auf den feinsten Ton vorauszuahnen.

Aber man konnte die Stimme vorbereiten, um dann, wenn

sie die Harmonie vervollkommnete, die eigene Melodie einzubringen.

Ihre Hand griff in den lockeren Boden. Sie sprang vor, streckte sich wie eine Lanze und schleuderte den Sand in Kursalahs Gesicht. All ihre Aufmerksamkeit diente diesem einen Ziel. Weder mental noch körperlich wäre Lailath in der Lage gewesen, sich abzufangen. Hart schlug sie auf den Boden, der Aufprall presste ihr die Luft aus der Lunge.

Dumpf hörte sie den Treffer.

Sie wagte nicht, sich zu rühren, und atmete so flach wie möglich. Das Gesichtstuch schützte ihre Nase, sodass kein Staub eindrang, aber es lag auch über ihren Ohren und dämpfte die Geräusche.

»Kursalah! Tot!«

Tränen der Erleichterung füllten Lailaths Augen. Eigentlich hätte sie darauf achten sollen, dass sie nicht über ihre Wangen rannen und verdunsteten, denn wer Wasser verschwendete, bestahl die Sippe. Doch heute brachte Lailath dieses Opfer. Die Wüste hatte ihr Sehnen erfüllt.

Nantiangels Schritte knirschten im Sand. Er hob Lailaths Säbel auf und reichte ihn seiner Schwester mit dem Griff voran.

Ihre Brust schmerzte, als sie sich hochdrückte und die Waffe entgegennahm. Sie achtete darauf, keinen Laut der Schwäche von sich zu geben, und richtete sich stolz auf.

Kursalah stieg mit gesenktem Haupt den Hang hinauf.

Urdiriel sah die beiden Geschwister auffordernd an. Ihre Augen waren ebenfalls blau, aber dunkler. »Noch ist der Kampf nicht vorbei.«

»Doch, das ist er«, widersprach Nantiangel.

»Du hast keinen Treffer gesetzt«, stellte Urdiriel fest. »Ich habe deine Schwester nicht aus dem Kampf genommen.«

»Das ist wahr«, bestätigte er.

»Dann sucht die Entscheidung.«

»Die Entscheidung ist gefallen«, sagte Lailath.

Sie hörte die Verwirrung im Gesang der Sippenangehörigen. Niemand begriff, was hier geschah. Einige mochten befürchten, die Geschwister wollten die Bestimmung der Shiannafeya missachten. Das Gegenteil war richtig, sie würden sie erfüllen.

»Wir kämpfen nicht gegeneinander«, erklärte Lailath.

»Es wird gekämpft, bis die Wüste den Würdigsten aus der Sippe der Wächter gewählt hat«, sagte Urdiriel. »So lauten die Regeln, die ich euch gab.« Diese Elfe führte die Sippe viel länger, als die Geschwister lebten. Sie strahlte eine solche Autorität aus, dass Lailaths Entschluss wankte.

Nantiangels Stimme zitterte. »Die Wüste hat nicht nach deinen Regeln gefragt, als die heilige Klinge verloren ging. Unsere Feinde haben sich um keine Regel geschert. Deine Regeln haben dem Anführer der Rosenohren nicht gestattet, Selflanatil zu rauben. Und doch ist es geschehen.«

Das Salasandra verstummte. Die Sippe verstand vielleicht noch vor Urdiriel, dass der Kampf wirklich vorbei war. Dennoch blieb es ihr Urteil, das darüber entscheiden würde, wer auszog, um die heilige Mission der Shiannafeya zu ehren. Sie neigte ihr verhülltes Haupt eine Winzigkeit.

»Wir handeln außerhalb der Regeln.« Lailaths Herz pochte nicht wegen der Anstrengung des Kampfes. Sie wusste, dass sich niemand Urdiriels Spruch widersetzen würde – auch nicht, falls sie die Geschwister aus der Sippe verstieße. »Und weil uns keine Regeln binden, werden wir Erfolg haben, wo andere versagen.«

Lailath dachte, dass die Sippe den Gesang des Salasandra wieder aufnahm, aber es war die Wüste selbst, deren Stimme sich erhob. Binnen weniger Herzschläge wurde das Säuseln des Windes zu einem Brausen, dann zu einem Tosen. Über der Senke wich das Blau des Himmels dem dichten Schleier aus Sand. Gelb und Grau wirbelte er in der Höhe wie die Faust eines Riesen. Die Elfen, die im Kreis oben am Hang saßen, wurden zu Schemen, aber sie harrten aus und erwarteten Urdiriels Entscheidung.

»Lailath und Nantiangel«, verkündete sie, »ihr sollt es sein!«

Oase Kei Urdhasa,
vierter Tag im Sturmmond, vor 235 Jahren

Am Nachmittag hatte sich der Sturm gelegt, aber noch gegen Abend überhauchte der in der Luft treibende Staub den Himmel mit einem gelblichen Schleier. Die Dünen, die die Oase schützten, die Palmen und die sandfarbenen Zelte warfen lange Schatten.

»Es macht mir Angst«, flüsterte Lailath ihrem Bruder zu.

Nantiangel drückte ihre Hand. »Es ist das, was wir wollten.«

»Nicht das.« Ihr Blick glitt über seine Gestalt. Die Beine, die einen ganzen Tag lang ein beständiges Marschtempo halten konnten, die Arme, denen das Gewicht seines Schwerts auch nach Stunden nichts ausmachte, die kräftigen und doch geschmeidigen Schultern, das verhüllte Antlitz, aus dem ihr seine blauen Augen entgegenblickten. »Wir werden ihn aufspüren, wir werden kämpfen, wir werden töten. Wir werden Selflanatil zurückbringen, und vielleicht werden wir dabei verwundet. Das schreckt mich nicht.«

»Vielleicht werden wir nicht nur verwundet. Diese Krieger sollen anders sein als die Rosenohren, die wir kennen. So verrucht er auch ist, dieser Erm Sen ist zweifellos ein hervorragender Kämpfer.«

»Das ist Kursalah auch. Gegen uns beide hat es ihm nichts genützt.«

Nantiangel ließ ihre Hand los, griff den Schleifstein und zog ihn über die Schneide seines Schwertes. Leise zischte er auf dem Stahl. Natürlich würden sie ihre echten Waffen mitnehmen, nicht solche, wie man sie im Übungskampf verwendete. Lailath hatte ihren Säbel bereits geölt und in die Scheide zurückgeschoben. Ihre Ausrüstung war in Bündeln verpackt. Kursalah tränkte die Kamele. Er hatte darum gebeten, wenigstens mit diesem niederen Dienst daran beteiligt zu sein, das heilige Schwert zurückzuholen.

Lailath ballte die Faust. Was für ein Unrecht, was für eine Schmach, dass Selflanatil diesem Nichtswürdigen in die Hände gefallen war! Jemandem, der noch nicht einmal aus der Wüste stammte. Erm Sen kam aus dem Norden, wo das Wasser reichlich sprudelte, das Land üppig und das Leben leicht war. Eigentlich wohnten dort nur verweichlichte Rosenohren, aber dieser Krieger war anders. Er hatte die Tulamiden, die Menschen der Wüste, gedemütigt, ihre Lager verwüstet, ihnen eine Niederlage nach der anderen beigebracht.

Eigentlich interessierten sich die Shiannafeya nicht für die Angelegenheiten der Rosenohren. Sie waren seltsam, sie waren hektisch, sie verstanden die Wüste nicht. Wenn sie konnten, mieden sie das Reich von Sand und Wind, statt darin aufzugehen wie ein Staubkorn. Ihre Pläne wechselten hundertmal an einem Tag, sie kannten weder Geduld noch Schönheit. Gulanija hätte sich niemals zu ihnen begeben dürfen!

Dann wäre sie auch nicht in diesem Lager gewesen, als Erm Sen es überfallen hatte. Ein paar Rosenohren hatten überlebt, so, wie auch immer einige Termiten davonkamen, wenn ihre Burg abbrannte. Sie berichteten von mehreren Hundert Kamelreitern, die von allen Seiten über sie hergefallen seien, mit Lanzen und Schwertern. Und von Erm Sen, ihrem Anführer, den ein gewaltiger Wolf begleitete. Manche sagten, dieses Tier hätte mehr Blutdurst als der schlimmste Mörder unter den Menschen, andere meinten, darin käme Erm Sen niemand gleich.

Jedenfalls hatten die Menschen dieses Lagers ihr Wasser mit Gulanija geteilt. Lailath verstand, dass ihre Sippenschwester dieser Verlockung erlegen war. So lange war sie mit Selflanatil durch die Weiten der Wüste gezogen, durch das unfruchtbare Land. Auf diese Weise hatte sie das Herz der Göttin Orima erweichen wollen, aus den Reihen der Shiannafeya endlich wieder eine Priesterin zu berufen. Die letzte war schon lange vor Lailaths Geburt gestorben, und viele glaubten, dass dies die Kinderarmut noch verschlimmerte. Auch Nantiangel und Lailath waren schon lange erwachsen, aber nach ihnen waren der Sippe nur noch drei Leben geschenkt worden. Die Shiannafeya waren ein sterbendes Volk.

Nantiangel reckte sein Schwert der untergehenden Sonne entgegen. Das Licht schimmerte auf dem Stahl. Lailath sah keine Unebenheit, und auch er schien zufrieden, legte die Klinge auf dem über seine Knie gebreiteten Tuch ab und begann, sie einzuölen.

»Es ist sicherer so, wie Urdiriel es bestimmt hat«, sagte er.

»Hallans Leiche ist auch zurückgekehrt.«

Sie sah hinüber zum Hügel, der den Abstieg in die Kavernen schützte. Die Magie der Shiannafeya hielt den Sand in seiner Form ebenso wie bei den Dünen, die Kei Urdhasa vor neugierigen Blicken verbargen, aber über das Element des Lebens hatten sie keine Macht. Früher war dieser Einstieg ein Brunnen gewesen, doch jetzt lag das Wasser viel tiefer. Man erreichte es noch immer, wenn man weit hinabstieg. Auf dem Weg dorthin hatten die Shiannafeya Kavernen entdeckt, dicht unter dem Boden und so trocken, dass die Leichen der Ihren dort nicht verfielen. So konnte man sie verwahren, bevor man sie zum Meer brachte, in ein mit Zauberzeichen versehenes Boot legte und den Wellen anvertraute, die sie zur Insel Gontarin bringen sollten, wo das nächste Leben der Verstorbenen begann.

Lailath schauderte. Sie dachte ungern an das Meer.

»Hallan hatte Glück«, meinte Nantiangel. »Aber was, wenn einer von uns weniger Glück hat?«

»Du würdest mich nie zurücklassen«, sagte sie fest, »und ich dich ebenso wenig.«

»Was, wenn du dich zwischen meiner Leiche und Selflanatil entscheiden müsstest?« Ernst sah er ihr in die Augen. »Wenn du rasch fliehen musst, kannst du keinen toten Körper tragen.«

Sie schluckte. »Du hast recht.«

Die Angst blieb. Die Magie, die Urdiriel mithilfe einiger anderer Zaubersänger über die Geschwister legen wollte, würde sie im Augenblick ihres Todes zu rotem Wüstensand zerfallen lassen. Niemand könnte sie dann noch halten. Sie würden mit dem Wind treiben, lange Zeit, aber irgendwann würde der Wind sie nach Gontarin tragen.

Die Sippenführerin trat aus dem Eingang zu den Katakomben. Ohne Umschweife kam sie auf die Geschwister zu.

»Es geht so schnell«, flüsterte Lailath.

Nantiangel schob sein Schwert in die Scheide und stand auf. »Die Zeit drängt. Die Tulamiden warten.«

Den Rosenohren, die Hallans Leiche gebracht hatten, war der Zutritt zu Kei Urdhasa verwehrt. Sie lagerten zwei Meilen nördlich, wo sie darauf warteten, den nächsten Erwählten der Shiannafeya mit sich zu nehmen und seinem Schicksal entgegenzuführen. Dafür gab Urdiriel ihnen Silber, das sie aus irgendeinem Grund besonders schätzten, obwohl es in fantasielose, runde Plättchen geschlagen war.

Eine Bö wehte Sand in Lailaths Augen, als sie aufstand. Sie schauderte bei der Vorstellung, dass sich ihr Körper, oder der ihres Bruders, in unzählig viele Körnchen auflösen könnte. Die Tulamiden nannten die Shiannafeya die »Kinder derer ohne Gesicht«, und das wären sie dann auch. Nicht einmal ein Haar würde von ihnen bleiben. »Es macht mir noch immer Angst«, flüsterte sie.

Raschtulswall,
dreiundzwanzigster Tag im Sturmmond, vor 235 Jahren

Mit einem tiefen Brüllen rannte das Kamel auf Lailath zu. Der kleine Rundschild war an den Unterarm des Reiters gebunden, sodass er beide Hände benutzen konnte, um die Lanze zu fassen. Der Versuch, sie mit dem Säbel fortzuschlagen, wäre aussichtslos gewesen.

Im letzten Moment sprang Lailath nach rechts. Dadurch befand sich das Kamel zwischen ihr und der Lanze, und dem kaiserlichen Soldaten fehlte die Zeit, die Waffe auf die andere Seite zu legen. Er riss an den Zügeln, um das Tier herumzubringen, aber dafür war die Geschwindigkeit zu hoch. Ein protestierendes Gebrüll war das Einzige, was er erreichte.

Lailath schlug zu.

Der Reiter trug Stiefel aus Kernleder, die ihn gut schützten, aber Lailath hatte ihre Klinge sorgfältig geschärft. Die Waffe fand nahe am Griffstück Kontakt, und sie drückte den gekrümmten Stahl über die gesamte Länge bis zur Spitze in einer schneidenden Bewegung gegen den Widerstand.

Binnen eines Augenzwinkerns war der Krieger vorbei. Sein heller Schrei kündete davon, dass Lailaths Säbel das Stiefelleder durchdrungen hatte. Sicher war der Schnitt nicht tödlich, aber schmerzhaft, und er würde den Halt im Sattel beeinträchtigen.

Das hielt den Kaiserlichen jedoch nicht davon ab, mit seiner Lanze einen Tulamiden zu attackieren, der in Laufrichtung des Kamels kämpfte. Er durchbohrte seinen Rücken, schaurig gellte der Todesschrei durch die Nacht.

Hätte Lailath daran denken müssen, dass ihre Verbündeten dort standen? Als sie sah, wie der Reiter die Leiche von seiner Lanze schüttelte, wurde ihr übel. Schlaff rollte sie den Hang hinunter, bis sie gegen einen Baum schlug.

Dieses Land verwirrte Lailath, hier war sie eine Fremde. Die vagen Melodien, mit denen die wenigen Reisenden der Sippe solche Gegenden im Salasandra besungen hatten, wurden der Wucht ihrer Eindrücke nicht gerecht. Gemeinsam mit den Tulamiden unter der Führung von Selo al'Ankhra, was in ihrer unmelodischen, einstimmigen Sprache einen Löwen bezeichnete, waren sie Erm Sens Einheit über das Gebirge gefolgt. Schon in den Schluchten war Lailath unwohl gewesen. So musste es einem Käfer ergehen, der in einen Becher fiel. Ringsum hielten die Hänge den Blick gefangen, nirgends konnte das Auge auf der geraden Linie des Horizonts ruhen. Welch eine Erlösung war eine Passhöhe, wenn man wenigstens nach Süden freie Sicht hatte und sich die Weite der Wüste erahnen ließ!

Ein Kaiserlicher, der sein Kamel verloren hatte, schlug das Schwert tief in die Halsbeuge eines Tulamiden. Der Getroffene brach zusammen und zuckte auf dem Boden. Der Feind stampfte dreimal auf seinen Kopf, bis er sich nicht mehr rührte. Auch er trug Stiefel aus Kernleder, an der Vorderseite reichten sie höher als hinten, sodass sie das Knie und die Hälfte des Oberschenkels schützten. Sein Kettenhemd hing so weit herunter, dass dessen Ringe gegen das Leder schlugen, wenn er das Bein hochriss. Es klang wie das leise Prasseln der Steine, wenn sie auf dem Weg über das Gebirge unter den Füßen der Kamele ins Rutschen geraten und über die Felsen geschlittert waren. Auch sein Helm hatte einen Nackenschutz aus Kettengeflecht. An der Linken trug er den kleinen Rundschild der Reiter, aber die Lanze konnte er natürlich zu Fuß nicht führen. Stattdessen benutzte er ein gerades Schwert, auf dessen Klinge das Licht des Halbmonds schimmerte, wo das Blut den Stahl nicht verdunkelte.

Der Krieger sah zu ihr herüber, hob den Schild und kam auf sie zu. Das Schwert legte er auf der zurückgenommenen Schulter ab, sodass er kraftvoll zuschlagen könnte.

Inzwischen hatte Lailath gelernt, dass Kettenhemden einen wirkungsvollen Schutz vor ihrem Säbel boten. Mit einem Hieb gegen den Oberkörper hätte sie also kaum Erfolg.

Ihr Vorteil lag in der Schnelligkeit. Die Rosenohren bewegten sich träger als Elfen, und das Gewicht einer Eisenrüstung machte sie noch behäbiger. Zudem schützte der Helm zwar die Nase und die Augen, engte aber das Sichtfeld ein.

Lailath hielt sich auf der Schildseite des Kriegers und umkreiste ihn, sodass er sich mitdrehen musste, um sie im Blick zu behalten. Ein paarmal stieß sein Schwert vor, aber das waren harmlose Versuche.

Viel mehr machte ihr das Land zu schaffen. Sie kannte die hundert Arten des Wüstensandes, den harten Untergrund, den nachgiebigen, den trügerischen. Sie wusste, wie man den Staub aufwirbelte, um die eigenen Bewegungen zu verbergen, oder wie man sich auf festem Boden abstieß, um sich dem Gegner entgegenzuwerfen. Am Flüstern des Windes auf einer Düne erkannte sie, ob man an einem Hang einsinken oder schnell laufen könnte.

Die Melodien des Lebens dagegen waren in der Wüste selten und kostbar. Die Schlangen, die sich über den Sand wanden, die Käfer, die sich darin eingruben, um die Mittagshitze zu überstehen, das majestätische Gleiten der Geier, der geduldige Gang der Kamele. Man konnte tagelang unterwegs sein, ohne einem einzigen Lebewesen zu begegnen.

Hier dagegen stürmte alles in wilder Kakofonie auf sie ein. Ungehemmt wucherte das Leben auf dieser Seite des Gebirges. Das Gras stand so hoch, dass man sich darin verbergen konnte, jede Bö ließ es rauschen und verursachte eine verwirrende Vielzahl von Bewegungen in unüberschaubar vielen Halmen. Büsche erhoben sich daraus, nicht einer oder zwei, sondern Hunderte. Und Bäume. Sie standen nicht beisammen, um sich gegen Wind und Sand beizustehen. Stattdessen rangen sie miteinander. In diesem Land des Überflusses wirkten selbst die Haine eitel, als hätten sich die Bäume zusammengefunden, um mit ihrem bunten Laub zu prahlen. Andere erhoben sich allein auf Hügeln und sammelten Pilze unter ihren ausladenden Kronen, wie ein arroganter Stammesführer die Seinen versammeln mochte, um sie mit seiner Pracht zu beeindrucken. Und dann erst die Tiere! Mäuse, Elstern, Füchse, Dohlen, verwilderte Hunde, fette Würmer, Libellen, Falken, Rehe, Karnickel … sie alle schrien ihr Lied gegen den Lärm an. Hier ging es nicht darum, in Demut seinen Platz im großen Schweigen der Wüste zu finden, sondern um den Versuch, alle anderen zu übertönen. Es war schrecklich, und wenn Lailath den Hang hinuntersah, fürchtete sie, dass es nur noch schlimmer würde. Dort glänzte das Band eines breiten Flusses im Sternenlicht. Jenseits davon drohte das Gewimmel noch zuzunehmen.

Der Kaiserliche bemerkte ihre Ablenkung. Er wirbelte um die eigene Achse und ging dabei zugleich in die Knie, während er zuschlug. Eine Attacke, die darauf zielte, Lailaths Beine zu durchtrennen.

Gerade noch rechtzeitig sprang sie hoch und riss die Knie zur Brust.

Das Schwert pfiff unter ihr hindurch.

Noch in der Luft richtete Lailath die Säbelspitze nach unten. Der Krieger hatte sich vorgebeugt, er hatte wohl damit gerechnet, dass sie zurückwiche, und sie dennoch erwischen wollen. Dadurch bot er ihr den Rücken dar. Mit einem entschlossenen Stoß, in den sie ihr gesamtes Gewicht legte, rammte sie ihre Waffe gegen das Kettenhemd.

Die schmale Spitze bog die Eisenglieder auseinander. Der Säbel drang ein. Sie spürte, wie er am Schulterblatt abrutschte und auf die Rippen traf, doch auch diesen Widerstand brach sie.

Mit dem Knie presste sie den Feind auf den Boden, fasste den Säbelgriff mit beiden Händen und lehnte sich darauf, um die Waffe noch tiefer in den Körper zu drücken. Eine gerade Klinge wie die von Nantiangel wäre besser dafür gewesen, aber sie musste mit dem auskommen, was sie hatte. Auch so würde sie das Herz oder wenigstens die Lunge durchbohren. Vielleicht hatte sie das bereits, der Mann rührte sich nicht mehr. Doch das mochte auch eine Täuschung sein.

Sie bewegte die Waffe in der Wunde hin und her, um zwischen den Rippen hindurchzukommen, und tatsächlich sank der geschliffene Stahl noch ein paar Fingerbreit tiefer ins Fleisch.

Das konnte niemand überleben.

Sie widerstand der Versuchung, dem verklingenden Lebenslied zu lauschen. Auch der Kampf war in diesem Land reine Hektik. Um sie herum wurde gefochten, gebrüllt, gestorben. Ihre Kameraden brauchten sie. Wo war Nantiangel?

Sie stand auf, setzte einen Fuß auf den Rücken des getöteten

Kriegers und zog den Säbel heraus. Das Gefecht verlagerte sich, in ihrer unmittelbaren Umgebung lagen nur Tote auf dem Hang. Selo al'Ankhra führte die Mehrzahl der Tulamiden im Kampf um die Versorgungskarren des Feindes. Dort hatten sie die Oberhand, ein umgekipptes Gefährt nutzten sie als Deckung für die Bogenschützen.

Die Kaiserlichen dagegen sammelten sich um Erm Sen. Der schändliche Räuber besaß sogar die Unverfrorenheit, Selflanatil wie eine profane Waffe zu benutzen. Es schmerzte Lailaths Herz zu sehen, wie er das heilige Schwert schwang. Dass er es vielfach eleganter tat, als sie es je bei einem Menschen gesehen hatte, machte es noch schlimmer. Wieso griff Orima nicht ein? War es der Göttin etwa gleichgültig, dass man ihr heiliges Artefakt derart schändete? Hatte sie sich von den Elfen abgewandt, sodass die Shiannafeya ihr egal waren? War die Zeit der Unfruchtbarkeit nicht nur eine Prüfung, sondern das Ende? Verging Lailaths Volk wie verdunstendes Wasser in der Wüstensonne?

Nein! Sie würden Selflanatil zurückerobern und so beweisen, dass sie seiner würdig waren. Sie waren die Wächter, und sie würden ihre Aufgabe in unverbrüchlicher Treue erfüllen.

Schreiend rannte Lailath dem Räuber entgegen, der sich mit den Seinen umgab und die Tulamiden auseinandertrieb, die den Kamelreitern den Weg hinab zum Fluss versperrten. Er war nicht nur ein hervorragender Fechter, sondern auch ein fähiger Anführer, wie Lailath widerwillig eingestand. Erm Sen ordnete die Kamelreiter so, dass sie wie ein Keil in die Tulamiden drangen. Sie konzentrierten ihre Kraft auf einen Punkt in der Schlachtlinie, sodass ihnen dort nichts entgegenzusetzen war. Zugleich preschte ein anderer Trupp an der linken Flanke vor und nahm Lailaths Verbündete in die Zange. Panik brach aus, und bevor Lailath den Ort des Geschehens erreichte, flohen die Tulamiden bereits, obwohl sie den etwa fünfzig Reitern an Kopfzahl deutlich überlegen waren. Die Kaiserlichen setzten den Weg zum Fluss fort, wo Lailath einige Fähren als eckige Schattenrisse auf dem Wasser ausmachte.

Vor die Wahl gestellt, sich neu zu ordnen und den kampfstarken Gegnern nachzusetzen oder sich zu den Versorgungswagen zu begeben, wo die anderen bereits begannen, die Truhen aufzubrechen und die Beute aufzuteilen, entschieden sich die Tulamiden für Letzteres. Nur einer blieb zurück und folgte den Reitern, wobei er eine Hand auf den Bauch presste, aus dem zwei Pfeile ragten.

Lailath erkannte ihren Bruder sofort, er war verschleiert wie sie, während die Tulamiden zwar Kopftücher trugen, aber die Gesichter frei ließen. »Nantiangel!« Sie lief auf ihn zu.

Doch zwei Nachzügler der Kaiserlichen preschten mit eingelegten Lanzen heran.

»Nein!«, schrie sie. »Nantiangel! Hinter dir!«

Ihr Bruder hörte sie und wandte sich um, erkannte die Gefahr und hob sein Schwert. Aber wie sollte eine Klinge zwei Lanzen parieren?

Alles in ihr bäumte sich dagegen auf, dass er aufgespießt werden könnte. Sie verfolgten eine heilige Mission, und jetzt sollten sie an diesen Rosenohren scheitern, die taub für die Melodien der Welt waren, die noch nicht einmal ahnten, welchen Frevel ihr Anführer beging? Das war eine unerträgliche Ungerechtigkeit!

Lailath schrie ihren Schmerz, ihren Zorn hinaus. Mit ihrem ganzen Wesen wollte sie den Tod ihres Bruders verhindern, den Angriff ablenken.

Ihr Wunsch wurde zu einem Gesang, und die Melodien ihrer beiden Stimmen drangen in das Erz, das auch in diesen Bergen unter all dem wimmelnden Leben lag. Es antwortete auf ihr

Flehen, stieg empor. Die Erde zitterte, ein Wall warf sich auf. Er nahm von Lailath seinen Ausgang und schoss zwischen den Reitern und Nantiangel in die Höhe. Es sah aus, als grübe eine riesige Maus ihren Gang in festem Boden nahe der Oberfläche.

Zwar war der Aufwurf nur einen halben Schritt hoch, aber das reichte, um die Kamele aus dem Tritt zu bringen. Die Lanzen verfehlten ihr Ziel. Nantiangels Hieb dagegen riss einen Reiter aus dem Sattel.

Sein Kamerad wendete, doch bevor er erneut anreiten konnte, köpfte Nantiangel den gefallenen Gegner, und Lailath sprang an seine Seite. Gemeinsam erwarteten sie den Angriff.

Mit einem Schrei des Unwillens riss der Kaiserliche das Kamel wieder Richtung Fluss und folgte seinen Kameraden.

»Hinterher!«, verlangte Nantiangel. »Wir müssen … Selflanatil …«

Seine Knie gaben nach. Neben dem Erschlagenen sank er zu Boden. Er ließ sein Schwert fallen und drückte beide Hände neben den Pfeilen auf seinen Bauch.

Lailath kniete sich hin und bettete sein Haupt auf ihre Oberschenkel. Unten am Fluss erreichten die Kamelreiter die Fähren. Erm Sen schien das Gefecht nicht fortsetzen zu wollen.

Ringsum stöhnten die Verwundeten. Viele von ihnen würden noch in dieser Nacht sterben. Aber nicht Lailaths Bruder!

»Die Pfeile müssen raus. Sie zerreißen dir die Gedärme.« Sie zog ihr Messer, um die Geschosse freizuschneiden.

Nantiangel hielt ihre Hand zurück. Erst jetzt sah sie, dass sein linker Unterarm völlig zerrissen war.

Erschrocken schrie sie auf. »Was war das?«

»Ich war so nah«, flüsterte Nantiangel. »Keine zwei Schritt haben mich von Selflanatil getrennt. Aber dann kam dieser Wolf … Er hat mich angesprungen.«

Auch Lailath hatte das Raubtier gesehen. Es war riesig, beinahe wie ein Löwe. Sie stellte sich vor, wie die Zähne in den Arm ihres Bruders gedrungen waren ... Er hatte Glück, dass er seine Hand nicht verloren hatte.

»Trotzdem, erst die Pfeile«, meinte sie.

»Nein, du musst ... Selflanatil ...«

Sie sah hinunter zum Fluss. Dort trafen sich jetzt einige Kaiserliche mit Tulamiden, aber sie kämpften nicht. Offenbar tauschten sie Gefangene aus, Verwundete wahrscheinlich und die Bauern aus den abgebrannten Hütten. Erm Sen stand inmitten seiner Krieger.

»Nicht heute Nacht«, flüsterte sie mit Tränen in den Augen.

Zischend atmete Nantiangel ein, als sie die Pfeile aus seinem Leib schnitt. Sie sang einen Heilzauber. Es fiel ihr schwer, der Lärm dieses Landes lenkte sie ab. Ständig verlor sie die Melodie, die ihren Wunsch, Adern und Fleisch mögen wieder zusammenwachsen, mit dem Lied der Umgebung und der magischen Kraft verbinden sollte. Und auch vom Gedanken an Selflanatil konnte sie sich nicht freimachen. Eigentlich sollte sie sich auf ihren Bruder konzentrieren, aber immer wieder glitt ihr Blick den Hang hinunter zum Fluss, den die mit Menschen und Kamelen beladenen Fähren jetzt überquerten.

Ihr Zauber blieb unvollkommen. Nantiangels Wunden bluteten nicht mehr, aber sie schmerzten noch, und er war so schwach, dass er sich auf sie stützen musste, um zu den erbeuteten Karren zu gehen.

Selo al'Ankhra und seine Leute waren bester Laune. »Ihr habt hervorragend gekämpft!«, rief er den Geschwistern entgegen. Jedenfalls glaubte Lailath, das zu verstehen. Die Sprache der Rosenohren war ihr noch immer fremd. Selo half ihr, Nantiangel auf einen Felsen zu setzen, und plapperte dabei davon, dass sie

Helden seien. Er wollte wissen, wie viele sie erschlagen hatten. Zehn? Fünfzehn?

»Ich weiß nicht, wie viele Lieder heute Nacht unter unseren Klingen verstummt sind.« Lailath musste sich konzentrieren, um sich die Worte in der Menschensprache zurechtzulegen. »Erm Sen ist uns entkommen, das ist alles, was zählt.«

»Nein.« Selo erinnerte sie eher an einen Schakal als an einen Löwen. Seine Ohren waren groß, das Kinn spitz, die Augen huschten unablässig umher, sie waren ebenso unruhig wie dieses Land. Er sprach von einem großen Sieg, zeigte auf die erbeuteten Truhen voll Silber und forderte sie auf, sich ihren Anteil zu nehmen.

»Wieso ist das wichtig?«

Selo lachte. Er setzte an, ihr auf die Schulter zu schlagen, überlegte es sich dann aber anders. »Manchmal erscheint ihr mir wirklich wie Geister«, sagte er so langsam, dass Lailath ihn gut verstand. »Nicht von dieser Welt. Das hier«, er zeigte auf die Truhen, »ist die Soldkasse des Kamelkorps. Erm Sen wird sehr wütend sein, wenn er merkt, dass wir sie erbeutet haben.«

Lailath versicherte sich, dass Nantiangel ohne ihre Hilfe sitzen konnte, stand auf, nahm ein paar der Silberscheiben, die die Tulamiden »Münzen« nannten, und ließ sie zurückfallen. Ihr Klang war hell und leblos, ohne jede Schönheit. »Was nützt das?«

»Man braucht Silbertaler, um Krieg zu führen …« Selo sah sie an wie ein Hund, der überlegte, wie er einen Knochen stibitzen könnte. »Das versteht ihr nicht. Aber ihr seid trotzdem hervorragende Kämpfer.«

Lailath sah hinunter zum Fluss. Die ersten Fähren erreichten das gegenüberliegende Ufer. »Wir müssen ihn verfolgen.«

»Über den Bosquir?« Energisch schüttelte Selo den Kopf. »O Tochter der Einfalt! Ohne uns!«

Lailath überlegte, ob sie ihn hier und jetzt töten sollte. Seine Feigheit widerte sie an, und der Verrat schmeckte gallig in ihrem Mund. Sie hatten gekämpft, wie er es gesagt hatte. Selo hatte bekommen, was er wollte, das sah sie an seinem selbstgefälligen Grinsen. Aber Nantiangel und Lailath sollten leer ausgehen.

Natürlich hatten sie ihm nichts von Selflanatil erzählt. Die Schande der Shiannafeya ging ihn nichts an. Aber die Vereinbarung lautete, dass er sie zu Erm Sen brachte, damit sie ihn erschlagen konnten. Doch er hatte seine Truppen mit einem anderen Ziel geführt. Einem Ziel, das sie wohl alle von vornherein im Sinn gehabt hatten, wie Lailath jetzt erkannte. Deswegen hatten sie auch die Höfe niedergebrannt und die Bauern gefangen genommen. Bestimmt gehörten sie zu jenen, die sie vorhin ausgetauscht hatten, und Erm Sen hatte zugestimmt, die Kampfhandlungen zu beenden, um die Schutzlosen zu retten. Er war ein schändlicher Räuber, und dennoch war er mehr wert als diese Tulamiden.

Sicher hätte Lailath Selo töten können. Aber was hätte das gebracht? Die anderen Rosenohren hätten sie in Stücke gehackt, und Nantiangel wohl auch. Ohne ihr Ziel erreicht zu haben, würden sie zu Sand zerfallen. Lailath schauderte.

Nein, sie wollte hier nicht sterben. Vor allem nicht so sinnlos.

Konnten sie die Verfolgung allein fortsetzen?

Nachdenklich musterte sie den Fluss. So viel Wasser … in einem unablässigen Strom wälzte es sich dahin. Wie tief es wohl war?

»Ist das Land jenseits des Flusses ebenso laut wie hier?«, fragte sie.

Selo lachte auf. »Ich bin zwar nicht sicher, was du meinst, aber dort leben noch mehr Menschen mit ihrem Vieh.« Dann sprach er wieder schneller, und Lailath verstand nicht mehr alles. Es ging um Punin, diese Stadt, zu der Erm Sen unterwegs war. Er reiste wohl oft dorthin, um seine Einheit zu verstärken. Die Rosenohren waren in vielerlei Hinsicht seltsam. Menschen wie Erm Sen sorgten nicht für ihren eigenen Lebensunterhalt, das taten andere. Erm Sen war ein Krieger, sonst nichts. Er schützte sein Volk und kämpfte gegen andere Völker. Seine Leute ernährten und kleideten ihn und seine Untergebenen dafür, und auch das hing irgendwie mit den Silbertalern zusammen. In Punin jedenfalls lebten viele Menschen, Zehntausende, behauptete Selo, aber er übertrieb oft. Die wenigsten von ihnen waren Krieger, aber eine Steinmauer umgab die Stadt, und es gab dort viele Häuser, ebenfalls aus Stein. Man drängte sich in engen Gassen und lebte dicht beieinander.

Schon der Gedanke an den Lärm, der dort herrschen musste, ließ Lailath zittern. Noch nicht einmal in Kei Urdhasa errichteten die Shiannafeya feste Bauwerke, immer hatte Lailath in Zelten gewohnt. Dieses ganze Land nördlich der Berge … es war gegen sie! Es wollte ihre Niederlage, und jetzt, da Erm Sen ihnen entwischt war, lachte es die Elfen aus. Es verhöhnte sie, weil sie hier fremd waren. In Punin wäre es sicher noch schlimmer, sie würden sofort auffallen. Weder kannten sie die Sitten jenes Ortes, noch die Sprache, die man dort sprach, denn die unterschied sich von der Zunge der Tulamiden. Zehntausende Menschen … wie sollte sie den Räuber unter so vielen finden? Und sie alle waren die Freunde Erm Sens.

Die Aussichtslosigkeit ihres Vorhabens schnürte Lailath die Kehle zu. Die Tulamiden hätten Erm Sen hier stellen müssen, vor dem Fluss. Lailaths Faust schloss sich um den Säbel.

»Die Kaiserlichen werden diese Niederlage nicht auf sich sitzen lassen«, sagte Selo langsam und verständlich. »Sie werden das Silber zurückwollen. Kehrt mit uns heim in die Wüste.«

Stöhnend krümmte sich Nantiangel.

Sofort hockte Lailath sich neben ihn. »Hast du Schmerzen?«

»Es geht schon.«

Nein, erkannte Lailath, es ging nicht. Nicht in diesem Land, nicht in dieser Nacht.

Sie presste die Zähne aufeinander.

Sie verachtete Selo, aber dennoch hatte er recht: Sicher waren sie nur in der Wüste. Dort könnten sie ergründen, was falsch gelaufen war, wirklich verstehen, wieso Erm Sen ihnen entwischt war. Sie hatten ihn gesehen, seine Melodie gehört und die seiner Krieger. Dieses Wissen mussten sie nutzen. In der Wüste würden sie zu ihrer Stärke zurückfinden, Nantiangels Wunde würde heilen. Sie würden bessere Verbündete als Selo gewinnen, und wenn sich die nicht finden ließen, würden sie einen Plan entwickeln, wie sie Selflanatil ohne fremde Hilfe zurückerlangen würden.

Noch einmal blickte Lailath über den Fluss. Von den Fähren war nichts mehr zu erkennen, man hatte sie wohl an das andere Ufer gezogen. Das hier war das Land der Kaiserlichen.

Aber die Wüste … niemand kannte die Melodien der Wüste so gut wie die Shiannafeya. Immer war Erm Sen dorthin zurückgekehrt, und beim nächsten Mal würden seine Leiche und das Fell seines Wolfes im Sand zurückbleiben.

Oase Kei Urdhasa,
zehnter Tag im Frostmond, vor 235 Jahren

»Ihr habt mich enttäuscht«, urteilte Urdiriel.

Die Scham verschloss Lailaths Lippen. Mehr noch als in den Worten der Sippenführerin lag ihre Traurigkeit in den tiefblauen Augen. In ihnen zeigte sich die Verständnislosigkeit gegenüber dem Handeln der Geschwister.

»Ihr wart so nah …«

»Wir haben den Falschen vertraut«, wagte Nantiangel vorzubringen.

»So wie ich, die ich euch vertraute.« Nicht ohne Grund empfing Urdiriel sie in den Katakomben unter der Oase. Hierher kehrten die Helden zurück, die ehrenvoll gescheitert waren. Sie hatten ihr letztes Opfer gebracht, und die Sippe bewahrte ihre Körper, um sie später zum Meer zu bringen.

Aber ihnen wäre ein anderes Schicksal beschieden gewesen, dachte Lailath. Sie hörte das Flüstern des Sandes, den der Wind draußen bewegte. Es drang den Schacht hinab und bis in die Kaverne, deren Felswände die Kunstwerke der Shiannafeya zierten. Das Erz zu formen lag in der Natur ihres Volkes. Man sang davon, dass dies den Alten noch viel besser gelungen war, aber das vermochte sich Lailath nicht vorzustellen. So filigran waren die Reliefs, die die Zaubersänger dem Kalkstein entlockten, wenn sie mit den Fingern den Fels erspürten oder das Lied ihrer Wünsche über ihn hauchten. Manche waren lebensecht, wie die blühende Rose, vor der Nantiangel stand. Andere kunstvoll, wie die verschlungenen Ranken, die an die verlorene Pracht von Orimas Garten erinnerten. Ganze Szenerien erzählten vom untergegangenen Tie'Shianna, das die Vorfahren einst geschaffen, wo sie gelebt, geliebt und gesungen hatten. Im Dämmerlicht, wo der Lampenschein allmählich der Dunkelheit unterlag, wirkte es, als bewegten sich die Figuren. Die Priester, die einen Garten pflegten. Die Baumeister, die kühne Kuppeln schufen. Die spielenden Kinder – eines der häufigsten Motive, drückte es doch die Sehnsucht des sterbenden Volkes aus.

»Der eigentliche Fehler liegt bei mir«, sagte Urdiriel voller Traurigkeit. »Ihr wart nicht die Erwählten. Von einem einfachen

Wüstenwind habe ich mich täuschen lassen. Ich hätte euch niemals aussenden dürfen.«

»Auch alle, die vor uns gingen, sind gescheitert«, begehrte Lailath auf.

»Doch sie kehrten in Ehre heim«, sagte Nantiangel niedergeschlagen. Seine innere Qual schmerzte stärker als Urdiriels Verachtung.

»Unsere Reise war nicht vergebens.« Lailath wusste nicht, ob sie die Sippenführerin milder stimmen oder ihren Bruder trösten wollte. Vielleicht sprach sie auch zu sich selbst. »Wir haben viel herausgefunden, das dem Nächsten, der geht, nützen wird.«

Abwartend blickte Urdiriel sie an.

»Es war falsch, Hilfe bei den Rosenohren zu suchen. Sie sind so viele, ihr Lied übertönt unsere Melodien, und ihr Sehnen ist nicht das unsrige.«

»Damit hast du recht«, stimmte Urdiriel zu Lailaths Überraschung zu. »Und auch das war mein Fehler. Ich wollte den raschen Erfolg, doch wir sind Kreaturen der Wüste, und die Wüste bestraft den Ungeduldigen.«

»Aber wenn wir das heilige Schwert nicht schnell zurückgewinnen, könnten wir es für immer …« Lailath verstummte unter Urdiriels gestrengem Blick.

»Wir werden dem Weg des Räubers folgen, dieses Dieners des verderbten Pyr'Dakon, aber zugleich werden wir dem Weg treu bleiben, der den Shiannafeya bestimmt ist«, erklärte Urdiriel. »Dem Weg der Wüste. Die Kriege der Menschen sind nicht unsere Sache. Schon in eurer Lebenszeit wurden neue von ihnen geboren, wuchsen heran und sind gestorben. Sie sind anders als wir, ihr Leben ist von Hast geprägt. Ihre Kriege sind nicht unsere Kriege, wir werden uns nicht länger einmischen. Wenn wir ihnen Dank schuldeten, müssten wir auch dulden, dass sie Teil unseres Lebens blieben, wenn Selflanatil zurückgewonnen ist. Aber wir sind die Wächter, und nur uns ist es gestattet, zwischen diesen Dünen zu leben, bis das Land wieder erblüht und der hohe König zurückkehrt. Wir dürfen sein Reich nicht an die Rosenohren geben, sondern müssen es für ihn bewahren. Doch wenn wir die Menschen zu unseren Freunden machen, können wir sie nicht mehr vertreiben. Im Augenblick des höchsten Triumphs, wenn der König zurückkehrt, wären wir entehrt und müssten gemeinsam mit den Menschen in die Verbannung gehen.«

»Das wäre ein schreckliches Unglück!«, rief Nantiangel.

»Wir werden es abwenden«, versprach Urdiriel. »Wir werden sie ihre kindischen Kriege ausfechten lassen. Sie werden leben, oder sie werden sterben, und das Tuch, das über ihren Oasen flattert, wird die eine Farbe haben oder eine andere. Es geht uns nichts an. Wir werden den Weg der Wüste gehen. Nicht das wimmelnde Leben, von dem ihr berichtet, sondern der Einzelne, der den Einen stellt.«

Duelle, begriff Lailath. Sie sprach von Duellen.

»Kursalah hätte gehen sollen«, fuhr Urdiriel fort. »Er ist der beste Fechter unseres Volkes, auch wenn ich zuließ, dass Sand meine Augen verklebte, sodass ich es nicht erkannte. Er wird gehen und den Räuber herausfordern.«

»Was, wenn auch er scheitert?«, fragte Nantiangel.

»Dann wird ein anderer aufstehen und gehen. Und noch einer und noch einer. Immer der Würdigste unseres Volkes, bis das heilige Schwert zurückgewonnen ist.«

Lailath blickt in die Augen ihres Bruders. Er hielt die Tränen zurück, genau wie sie. Die Sippe würde die Geschwister niemals wieder für würdig befinden.

Oase Kei Urdhasa,
zehnter Tag im Vinmond, vor 230 Jahren

Kursalah war nach allem, was sie wussten, zu Sand zerfallen, wie es der Zauber vorgab. Dass sein Licht den Weg nach Gontarin gefunden hatte, konnten sie nur hoffen.

Andere waren ihm gefolgt. Zalidion, Lugidiel, Fajanilas, Belliarin ... keiner von ihnen hatte die heilige Klinge zurückgebracht, und nun verkündeten Lailath und Nantiangel den Shiannafeya auch die Nachricht vom Tod Sibilias. Die Geschwister wussten, dass ihr Schicksal an das von Selflanatil gebunden war, und so hatten sie sich entschlossen, die Schwertsucher zu unterstützen. Sie überwanden ihre Angst vor der Fremde jenseits der Wüste, erlernten die Sprachen der Rosenohren – das Tulamidya ebenso wie das Garethi –, gestanden sich in Demut ein, wie wenig sie wussten, und lernten.

Erm Sen, der schändliche Räuber, war kein leichter Gegner. Nicht Glück schützte ihn vor den Klingen der Schwertsucher, sondern Können. Er selbst kam aus einem fernen Land im hohen Norden, wie sie nun wussten, und hatte sich in den Dienst des Kaisers gestellt, der in einer riesigen Stadt lebte, viel größer noch als Punin, das Lailath inzwischen besucht hatte. Dieser Kaiser hatte die Wüste niemals gesehen, er kannte ihre Größe nicht, und dennoch wollte er sie unter seine Macht zwingen. Ein Wunsch, dessen Erfüllung Erm Sen und sein Kamelkorps dienten.

Auch wenn Urdiriel meinte, dass sich die Shiannafeya aus dem Streit der Rosenohren heraushalten sollten, versuchten Lailath und Nantiangel, alles davon zu verstehen. Er prägte Erm Sens Leben, und je mehr sie darüber wussten, desto eher würden sie einen Weg finden, ihn zu besiegen. So wanderten sie durch die Oasen der Tulamiden, brachten Salz, Teppiche und Rauchkraut von einem Ort zum anderen, verkauften Kamelkälber und Zaumzeug für Pferde, verdingten sich als Karawanenführer und sogar Wasserträger. Das Silber dafür nahmen meist ihre Verbindungsleute, es interessierte die Elfen nicht. Sie hörten zu, wenn die Rosenohren nachts an den Lagefeuern erzählten. Was sie erfuhren, trugen sie zurück nach Kei Urdhasa, ins Salasandra, in den gemeinsamen Gesang der Sippe.

Daher wussten die Shiannafeya, dass Erm Sens hartes Vorgehen das Gegenteil dessen erreicht hatte, was sein Kaiser wünschte. Statt sich zu unterwerfen, einten sich die Menschen der Wüste unter ihrem Anführer Malkillah ibn Hairadan. Mit Stolz nannten sich immer mehr von ihnen »Novadis«, obwohl die Beni Novad eigentlich nur einer unter vielen tulamidischen Stämmen waren. Sie riefen Malkillah zum Kalifen aus, glaubten, ihm sei bestimmt, die Invasoren aus ihrem Land zu vertreiben. Wenn er rief, kamen sie zu Hunderten, mit Krummschwertern und Lanzen und Bögen. Er sprach vom ewig währenden Ruhm, der den Tapferen erwartete. Das machte sie furchtlos, ohne Rücksicht auf das eigene Leben stürzten sie sich auf die Kaiserlichen. Viele starben, doch ihr Volk hatte viele Söhne und Töchter, der Kaiser aber war fern, und nur wenige seiner Untertanen wollten, gleich Erm Sen, Krieg in der Fremde führen. So betrachteten es die Tulamiden als Sieg, wenn von ihnen nicht mehr als dreimal so viele ihr Wasser an die Wüste zurückgaben wie von ihren Feinden. Eine Oase nach der anderen eroberten sie, und auch Städte wie Unau und Keft.

Dort hatten sie Erm Sen eingeschlossen, und das hatte Lailath und Nantiangel so sehr alarmiert, dass sie sich selbst dorthin begeben hatten. Was mochte geschehen, wenn die Tulamiden den Räuber diesmal wirklich töteten? Schonung hatte er nicht zu erwarten, zu viele Wüstensöhne waren unter dem Schwert, das er als das seine betrachtete, gefallen, oder von seinem Wolf zerfleischt worden. Was sie mit seiner Leiche treiben würden, war den Geschwistern gleich, aber die Tulamiden waren schnell darin, die Beute zu verteilen. Selflanatil war eine prächtige Klinge mit Gold und Rubinen am Griff. Es war möglich, dass die Krieger sie ihrem Kalifen zum Geschenk machten, weil sie es für seiner würdig erachteten.

Doch Malkillah war der heiligen Klinge nicht würdig. Kein Mensch war das, und auch kein Elf. Selflanatil war das Eigentum Orimas, der Fruchtbringenden. Erm Sens Tod wäre nutzlos, wenn er nicht damit einherginge, dass das Schwert zu den Shiannafeya zurückkehrte.

Diese Überlegung brachten Lailath und Nantiangel in den Gesang des Salasandra ein, als die Sippe in einem weiten Kreis auf dem sandigen Boden von Kei Urdhasa saß und sie das Geschehen, das nun bereits einige Jahre zurücklag, nochmals bedachten. Sie hörten die Zustimmung der anderen, aber auch die Sorge, denn diese Gefahr bestand noch immer.

Wo befand sich Selflanatil jetzt? Dass Sibilia gefallen war, wussten sie bereits, und auch, dass die Geschwister die heilige Klinge bei ihrer Rückkehr nicht dabeigehabt hatten.

Ja, Sibilia war tot, sang Lailath. Sie war in einer Stadt weit im Norden gestorben, in Gallys, wo es im Winter so kalt war, dass das Wasser weiß und fest wurde und unter den Schritten knirschte. In einem Tempel, den die Menschen dort ihrer Kriegsgöttin geweiht hatten, hatte sie den Räuber gestellt. Mehrere Zeugen hatten gesehen, dass die schlanke Klinge die Kämpferin durchbohrt hatte, die sich todesmutig auf Erm Sen gestürzt hatte. Das war der Tochter eines Bäckers ebenso im Gedächtnis geblieben wie einem Pferdehändler und zwei Kriegern, die ihre Schwerter demjenigen andienten, der ihnen das meiste Silber dafür bot, denn daraufhin war Sibilia zu rotem Sand zerfallen.

Erm Sen jedoch war weitergezogen in die Stadt seines Kaisers. Hundert Märchenerzähler hatten Lailath hundert Geschichten über die Flucht Erm Sens aus dem belagerten Keft erzählt. Dschinne kamen darin vor, Feuer, das vom Himmel regnete, ein Erzmagier aus vergangener Zeit, sinnenverwirrende Schleiertänzerinnen oder ein Dämon mit Pelz und Fängen eines Wolfes. Die Wahrheit jedoch blieb hinter diesem Rauchwerk der Vorstellungskraft verborgen. Sicher war nur: Nach der Niederlage in Keft hatte Erm Sen das Kamelkorps aufgelöst. Er hatte keinen Grund mehr, in die Wüste zurückzukehren.

Sorge erklang im Salasandra, und die Melodien sprachen von Zweifel. Wollte der Kaiser die Khôm denn nicht mehr unterwerfen? Oder war er von Erm Sens Fähigkeiten enttäuscht?

Im Salasandra gab es keine Geheimnisse, und so hörten auch alle die Melodie von Nantiangels eigener Enttäuschung. Er hatte die Zurückweisung durch Urdiriel niemals überwunden, das Urteil, dass er und seine Schwester ungenügend für die ehrenvolle Aufgabe seien.

Jetzt klang Urdiriels Gesang versöhnlich. Die Geschwister waren keine Schwertsucher, aber sie waren dennoch wertvoll. Als Kundschafter brachten sie unverzichtbare Nachricht.

Doch das führte nicht zum Erfolg, wie das Salasandra in seiner Gesamtheit feststellte. Vergeblich versuchte Urdiriel zu beschwichtigen. Es war zu offensichtlich: Das heilige Schwert hatte die Wüste verlassen, und es entfernte sich immer weiter. Wie sollten die Shiannafeya Orimas Wohlwollen zurückerlangen, nun, da nach dem Kelch auch das zweite Artefakt, das sie den Elfen anvertraut hatte, verloren war? Welchen Grund hätte sie, das Land erneut mit ihrer Fruchtbarkeit zu segnen und so die

Rückkehr des hohen Königs vorzubereiten? Oder auch nur, eine neue Priesterin zu berufen?

Sie alle spürten die Ratlosigkeit, die das Salasandra durchdrang. Urdiriel beendete den Gesang. Die Elfen saßen nun stumm im Kreis, der Wind wehte den Sand über die Dünen. Die Oase lag jedoch geschützt, sodass sich zwar der Himmel färbte, aber kein Staub in die Augen geriet.

»Wir werden unsere heilige Aufgabe niemals verraten!«, rief Urdiriel so laut, dass jeder der zweihundert Versammelten sie verstand. »Die Tulamiden haben ihre Siege errungen und ihr Land befreit. Auch wir werden einen Sieg erringen, wenn wir beständig unserem Weg folgen. Wir werden einen neuen Schwertsucher aussenden.«

»Nein.« Nantiangel erhob sich. Das staubverschleierte Licht der Abendsonne schimmerte auf dem silbernen Armreif, den er ebenso wie Lailath über dem Gewand trug. Er war ein Zeichen ihrer Zusammengehörigkeit.

Lailath stellte sich neben ihn. Sie spürte die Ablehnung der Sippe, aber auch die Neugier, aus welchem Grund sie sich so offen gegen die Anführerin wenden mochten.

»Kein neuer Schwertsucher wird gehen«, verkündete Lailath, »sondern zwei alte. Über uns wurde zuerst der Zauber gesprochen, der unsere Leichen zu Sand machen wird. Wir waren dem Räuber bereits einmal nah. Ja, wir haben versagt, aber das wird nicht wieder geschehen. Damals waren wir einfältig, wir haben ihn unterschätzt. Doch nun sind wir vorbereitet.«

»Die Shiannafeya kennen die Wüste wie kein anderer«, führte Nantiangel die Rede weiter. »Aber um das heilige Schwert zurückzuholen, müssen wir dorthin gehen, wo der Räuber es hinträgt: in die fruchtbaren Lande im Norden. Nur wir haben die Sitten dort studiert, nur wir sprechen die Zunge der Menschen, die dort leben. Niemand außer uns kann ihn dort aufspüren.«

»Diese Entscheidung ist nicht die eure«, stellte Urdiriel klar. Sie hatte sich nicht erhoben, sondern saß noch immer im Kreis des Salasandra.

»Wir werden mit deinem Segen gehen«, sagte Lailath, »oder ohne ihn. Unter denen, die du ausgesandt hast, sind wir die Einzigen, die nicht unter Erm Sens Hieben gefallen sind. Der Grund dafür ist, dass es uns bestimmt ist, Selflanatil zurückzuholen. Jeder andere, den du schickst, wird sterben. Wir aber können erst vergehen, wenn wir diese Aufgabe vollbracht haben.«

»Seid ihr euch dessen gewiss?«, fragte Urdiriel ernst.

Kein Elf sprach leichtfertig von seiner Lebensaufgabe. Wer sie erfüllt hatte, alterte und verging, das war allen klar.

»Das sind wir«, bestätige Lailath.

»Du müsstest uns töten, um uns aufzuhalten«, sagte Nantiangel.

Seufzend erhob sich Urdiriel. »Ich habe befürchtet, dass es so kommen würde«, gestand sie. »In den vergangenen Jahren löste sich euer Herz niemals von der heiligen Klinge. Und doch bleiben Zweifel in mir. Wenn ich euch aber nicht zurückhalten kann, so kommt wenigstens mit mir, wenn ich unsere Toten auf ihrem letzten Weg begleite. Bringt Hallan und die anderen mit mir gemeinsam zum Meer.«

Unter den Schwertsuchern war Hallan der letzte, dessen Körper nach Kei Urdhasa zurückgekehrt war. Alle, die nach ihm gegangen waren, trieben als roter Sand im Wind.

Nahe Zorgan,
dreißigster Tag im Vinmond, vor 230 Jahren

Lailath saß mit untergeschlagenen Beinen auf einem grünen Hügel und beobachtete das Meer, das die Menschen den Golf von Perricum nannten. Das Wasser war trügerisch ruhig, auf diese Entfernung erkannte man die Wellen kaum. Der Tag war nicht so heiß wie in der Khôm, und ein sanfter Wind brachte zusätzliche Kühlung.

Jenseits des Flusses glänzten Zorgans Kuppeln in der Sonne. Es war erst Mittag, aber die Menschen beeilten sich, in die Stadt zu kommen. Auf ihren Reisen hatte Lailath gelernt, dass die guten Quartiere an solchen Tagen schnell belegt waren. Dann brauchte man viel Silber, selbst wenn man nur in einem Stall übernachten wollte. Die Wirte wussten, dass heute niemand freiwillig in der Wildnis bliebe.

Ruhigen Schrittes kam Nantiangel den Hügel hinauf und setzte sich neben sie. »Das Boot ist beinahe fertig.«

Sie nickte. Es wäre wohl angemessen gewesen, wenn sie den anderen dabei geholfen hätte, das Boot zu schmücken und mit Zauberzeichen zu bemalen. In der Nacht, wenn die Menschen es nicht sahen, würden sie ihre Toten für die letzte Reise verabschieden und auf das Meer hinausschieben. Es kam ihr seltsam vor, dass sie dafür ein Boot verwendeten, das ungelenke Menschenhände in der für sie üblichen Hast zusammengezimmert hatten. Aber die Shiannafeya verstanden nichts vom Schiffbau.

Die Sonne glitzerte auf dem ruhigen Meer. Wenn man die Lider bis auf einen Spalt schloss, ähnelte das Schauspiel dem Sternenhimmel mit seinen vielen winzigen Lichtern. Aber Lailath wusste, dass der friedliche Eindruck trog. Der Seewind wehte Salzgeruch heran, doch das Wasser bot keinerlei Halt, anders als der Chichanebi-Salzsee, der dem Kundigen den einen oder anderen Pfad öffnete. Trinken konnte man dieses Wasser auch nicht, und seine Oberfläche verbarg Tiefen, die niemand vermessen hatte. Keiner, der auf zwei Beinen ging, vermochte zu erahnen, welche Ungeheuer dort unten lauerten.

Nantiangel legte einen Arm um Lailaths Schultern. Sie spürte den Reif. Außerhalb von Kei Urdhasa verbargen sie diese Schmuckstücke unter der Kleidung. Silber weckte die Begehrlichkeit der Menschen. Es konnte freundliche Fremde zu gierigen Feinden machen.

»Was bereitet dir Sorgen?«, fragte Nantiangel flüsternd.

Im Nordosten erstreckte sich das Meer bis zum Horizont, wo es eine gerade Linie bildete. Es war wie die Wüste, aber Lailath war hier eine Unkundige, die keine der Gefahren abzuschätzen vermochte, die sie dort erwarteten. In der Wüste konnte man in jede Richtung gehen, aber das Meer hielt einen auf einem Schiff gefangen. In der Wüste konnte man sich mit einer Zeltplane vor einem Sturm schützen, auf dem Meer türmten sich die Wellen auf und drückten den Segler unter Wasser. In Punin ersäuften die Kinder der Bettler Ratten im Fluss. Lailath hatte zugesehen, wie die Tiere die Mäuler öffneten und schlossen, während ihre runden Augen hervorquollen. Den Seeleuten auf einem sinkenden Schiff ging es sicher ebenso. Und dann die Geschichten von riesigen Schlangen oder achtarmigen Ungeheuern, die über die Reisenden herfielen …

Es war wie eine Erlösung, als Lailath die Augen endlich vom Meer löste und den Blick gen Zorgan wandte, wo eine weitere Karawane dem Stadttor entgegeneilte. »Die Namenlosen Tage beginnen in dieser Nacht. Das ist eine Unheil bringende Zeit für Reisen, sagen die Menschen, die hier leben.«

»Die Novadis stören sich nicht daran«, versuchte Nantiangel, sie zu beruhigen.

Gegen ihren Willen kehrte Lailaths Blick zum Wasser zurück. »Das Meer macht mir Angst«, flüsterte sie.

»Ich weiß.« Er drückte ihre Schultern. »Aber wenn wir Selflanatil zurückgewinnen wollen, müssen wir unsere Ängste besiegen. Das ist uns schon einmal gelungen. Wir kennen die Lande der Rosenohren besser als jeder andere Shiannafeya. Wir haben sogar ihre Städte bereist.«

»Das stimmt.« Lailath spürte den Stolz, als sie sich an Punin erinnerte. Es war genauso laut und verwirrend gewesen, wie sie befürchtet hatte, und so groß, wie sie es nicht hatte glauben können, bevor sie all die Menschen gesehen hatte. Und dennoch war sie durch seine Straßen gegangen, hatte gelernt und war mit neuem Wissen in die Wüste zurückgekehrt.

Doch es gab auch Ängste, die geblieben waren. Die Vorstellung, zu Sand zu werden, bereitete ihr noch immer Albträume. Was, wenn der Wind sie in unterschiedliche Richtungen verteilte? Sicher, alle hofften, dass er sie nach Gontarin trüge, doch wie lange mochte das dauern? Man sagte, die Stürme über dem Meer seien feindselig ...

Und selbst, wenn sie Gontarin erreichte ... was erwartete sie auf dieser Insel? Fand das Licht eines Elfen dort wirklich das Tor zur Welt unter den Wellen?

Ihre Zweifel waren noch gewachsen, als sie einem Auelfen begegnet war. Er wusste nichts von der Wüste, und er wusste nichts vom Tod. Seine Sippe legte die Verstorbenen einfach in den Wald, wo die Tiere sie fraßen. Manche glaubten wohl, dass das Licht in Elfenkindern wiederkehrte. Falls das zutraf ... weshalb wurden den Shiannafeya dann so wenige Kinder geboren?

»Niemand ist von Gontarin zurückgekehrt, um uns zu berichten«, klagte sie. Der letzten Wahrheit musste sich jeder allein und unvorbereitet stellen. Lailath schauderte.

»Du brauchst mich nicht zu begleiten.«

Mit einem Ruck löste sie sich aus seiner Umarmung und starrte ihn an. »Das kannst du nicht ernst meinen!«

»Beruhige dich«, bat er. »Ich sage nicht, dass ich den Räuber allein jagen will.«

Das Tuch vor seinem Gesicht verhinderte, dass sie in seinen Zügen las. »Was hast du vor?«

»Ich werde ein Schiff nach Norden nehmen, in diese Stadt namens Festum, so, wie wir es geplant haben.«

Von dort wollten sie über Land in die kalten Steppen der Nivesen weiterreisen. Diesem Volk entstammte Erm Sen, und sie vermuteten, dass er nun, da der Kaiser seine Dienste nicht mehr benötigte, zu seinem Stamm zurückkehren würde.

»Wo du hingehst, gehe ich auch hin.« Lailath ärgerte sich über das Zittern in ihrer Stimme. Das Meer, das schreckliche Meer …

»Wir müssen klug sein«, mahnte Nantiangel. »Niemals war die Gefahr so groß wie jetzt, dass der Räuber uns entwischen könnte. Das müssen wir verhindern.«

»Dann sollten wir uns beeilen.«

»Ein schneller Verstand ist wichtiger als schnelle Beine.«

»Was willst du damit sagen, Bruder?«

»Wir sind zu zweit. Das sollten wir ausnutzen. Wenn man einen Vogel fängt, nähert man die Hände von zwei Seiten. So sollten wir es auch machen. Ich reise nach Norden, so schnell ich kann. Du aber ziehst nach Gareth und nimmst dort seine Spur auf.«

Lailaths Puls hämmerte in ihrem Hals. Gareth war die größte Stadt Aventuriens. Hundert mal tausend Menschen sollten dort wohnen. Eigentlich hätte sie sich ängstigen sollen.

Aber sie verspürte nur Erleichterung. Sie musste nicht aufs Meer hinausfahren.

Grindelau,
siebter Tag im Eimond, vor 229 Jahren

»Milch wäre angenehm«, sagte Lailath.

»Milch?«, fragte der Schankjunge mit zweifelndem Blick.

»Wenn es keine Umstände macht.« Klackend legte sie einen Silbertaler auf den runden Tisch.

Der Junge riss die Augen auf, für einen Moment schien sein sommersprossiges Gesicht heller zu leuchten als die Trankerze. Er fuhr sich mit der Hand über den Kopf, als glaubte er, das würde das rote struppige Haar ansehnlicher machen.

»Den Rest darfst du behalten«, sagte Lailath, um ihm eine Freude zu bereiten.

»Aber das ist viel zu viel!«

»Wenn du es nicht willst, kannst du mir den Rest zurückgeben.«

»Nein! Ich meine …«

Inzwischen traute sich Lailath zu, Verlegenheit in einem menschlichen Gesicht zu erkennen. Der Aufenthalt in Gareth hatte länger gedauert als gedacht. Die Kaiserstadt war wirklich so riesig, wie man sagte. Zu Beginn war Lailath wie gelähmt gewesen, aber sie hatte viel gelernt. Nicht nur über Erm Sen, den Kaiser Bodar I. zum Ritter geschlagen hatte, sondern auch über die Rosenohren. Diese Erkenntnisse hatte sie mit Zeit bezahlt, die sie bei den Banden in den Gassen verbracht hatte, bei einem weisen Elfen namens Ellinar Sterntreu, der glaubte, die Menschen zu besseren Wesen erziehen zu können, in Tempeln und Waffenschulen. Magier, Lustknaben, Diebe, Handwerker, Gaukler, Schlachter, Barden – in Gareth gab es das alles und noch viel mehr. Lailath glaubte, dass sie dort weitgehend ihre Furcht vor dem wimmelnden Leben abgelegt hatte. Man durfte nicht versuchen, es in allen Einzelheiten zu verstehen, sondern musste einfach kopfüber hineintauchen. So hatte die Elfe von den tausend Verlockungen der Stadt gekostet und auch Geschmack an Milch gefunden.

Irgendwann hatte sie den Söldner mit dem faulenden Arm getroffen, der von einem Schwertmeister erzählt hatte, der einen weißen Wolfskopf auf blauem Grund im Wappen führte. Das Zeichen, das der Kaiser Erm Sen verliehen hatte. Da war Lailath aus ihrem Monde währenden Lebensrausch erwacht und aufgebrochen, doch das Frühlingswetter verwandelte die Straßen in Schlammpfade und machte das Vorankommen mühselig.

Ob Erm Sen wirklich ebenfalls auf der Reichsstraße nach Norden geritten war? In den vergangenen Tagen hatte sie keinen Hinweis mehr gefunden. Morgen wollte sie ihr Glück in Baliho versuchen, obgleich ihr etwas unwohl bei dem Gedanken war. Zwar fürchtete sie sich nicht mehr vor Städten, aber in Gareth hatte sie erfahren, dass sie anfällig dafür war, sich ins Leben fallen zu lassen und die Zeit zu vergessen, während sie es erforschte. Ihren Sippengeschwistern hätte sie dieses Problem kaum begreiflich machen können, ihnen war Eile fremd. Aber hier, in der Welt jenseits der Wüste, hatte jeder Tag seinen Preis. Erm Sen würde die Zeit nutzen, um auf seinem Weg voranzukommen, also durfte auch Lailath nicht trödeln.

Der Schankjunge stand noch immer unschlüssig vor ihrem Tisch, als scheute er sich, das Silberstück zu berühren. Lailath fragte sich, ob sie etwas falsch gemacht hatte. Im Allgemeinen führte Freundlichkeit dazu, dass die Menschen einem halfen. Die Feinheiten ihrer Regungen entgingen ihr jedoch noch immer.

»Ihr habt doch Milch?«, fragte sie vorsichtig.

»Ja, natürlich! Von der Ziege und von der Kuh.«

»Könnte ich einen Becher Ziegenmilch bekommen?«

»Selbstverständlich. Aber ein Silbertaler ist …« Er biss sich auf die Lippe, nahm die Münze und verließ die Schankstube fluchtartig durch die Tür, die nach draußen führte.

Lailath lehnte sich im knarrenden Stuhl zurück. Ob Selflanatils Räuber wohl bereits in seiner Heimat angekommen war? Hatte Nantiangel ihn schon aufgespürt? War ihr Bruder mit dem heiligen Schwert auf dem Weg nach Kei Urdhasa? Aber was, wenn ihm etwas zugestoßen war?

Sie musste sich wirklich beeilen. Am besten wäre es, wenn sie Erm Sen gemeinsam stellten.

Nachdenklich musterte sie das Bündel mit ihren Sachen. Sie reiste mit leichtem Gepäck, nicht einmal ein Pferd brauchte sie. Dadurch entfiel der Aufwand, das Tier zu versorgen. Pferde waren empfindlicher als Kamele, weniger ausdauernd, man musste stärker darauf achten, dass sie genug zu fressen und zu saufen bekamen, und wenn sie verschwitzt waren, musste man sie trocken reiben, sonst keuchten sie sich am nächsten Tag das Leben aus der Lunge.

Außer Lailath hielten sich nur vier junge Menschen in der Schankstube auf. Sie saßen alle am selben Tisch, die Humpen vor sich, und spielten. Eine Maid mit strohfarbenem Haar legte eine Karte ab, indem sie mit der Faust auf das Holz schlug. »Fürstliche Schwertbrüder! Nehmt dies, Kameraden!«

Der Jüngling zu ihrer Rechten murrte unverständlich. Derjenige, der ihr gegenübersaß, beklagte, dass er »nur einen Gemüseacker« auf der Hand habe. Der Letzte im Bunde, ein bleicher Knabe mit kohlschwarzem, streng geschnittenem Haar, grinste verschmitzt. »Ich habe zwar nur Fünfen«, räumte er ein, »aber davon einen Dreizack.« Er blätterte seine Karten auf den Tisch.

»Das darf nicht wahr sein!« Die Maid sah wirklich wütend aus. »Du hast unverschämtes Glück, Ludowulf!«

»Den hat eine Fee geküsst«, meinte einer der anderen.

»Genau«, bestätigte Ludowulf und zog die Holzstäbchen zu sich, die zwischen den Spielern auf einem Haufen lagen. »Ich habe die Nymphe betört, und seitdem ist mir das Glück hold.«

Der Jüngling ihm gegenüber, ein grobschlächtiger Mann mit rundem Gesicht und platter Nase, lachte. »Du willst eine Maid von sphärischer Schönheit verführt haben? Wenn überhaupt, wäre es wohl umgekehrt! Aber solches Glück hast selbst du nicht.«

»Wer weiß?« Ludowulf mischte.

Die Maid setzte ihren Humpen an den Mund und legte den Kopf in den Nacken, aber das Trinkgefäß war wohl schon leer. »Auch das noch!« Sie hämmerte damit auf den Tisch. »Alrik! Wo steckst du? Ich verdurste.«

Sie sah sich um. Kurz blieb ihr Blick an Lailath hängen, dann schweifte er weiter.

»Gibt es hier für die Kadetten der Kriegerakademie nichts mehr zu trinken?«

»Wir hätten nach Baliho reiten sollen«, meinte der Grobschlächtige.

»Da ist alles doppelt so teuer«, gab Ludowulf zu bedenken.

»Macht euch nichts draus, Alrik wird schon wiederkommen«, sagte der junge Mann, der der Maid gegenübersaß. Mit seinem Wams aus blauem Bausch und der schwarzen Tunika darunter war er am besten gekleidet.

»Ich habe aber *jetzt* Durst«, stellte die Maid klar.

»Wenn du verlierst, bist du unausstehlich, Rondine.« Er schob seinen Humpen über den Tisch. »Bedien dich. Ich bestelle mir einen neuen, wenn Alrik wieder da ist.«

Sie funkelte ihn an, nahm aber einen Schluck.

Ludowulf teilte reihum die Karten aus, fünf an jeden. Die Spieler sortierten ihre Hand.

Lailath hatte in Gareth nur wenige Male gespielt. Ellianar lehrte, dass kaum etwas so häufig zu Streit führte, wie das Glücksspiel. Er nannte es »den Krieg der einfachen Leute«. Dennoch hatte die Elfe es versucht. Die Regeln waren kompliziert, und man durfte seine Mitspieler nicht um Rat fragen, weil bis zum Aufdecken geheim war, wer welche Karten hatte. Zudem wechselten die Regeln, je nachdem, wo man spielte. Manchmal wurden einige Karten offen in die Mitte des Tisches gelegt, und jeder durfte probieren, diese mit seiner Hand zu aussichtsreichen Kombinationen zu komplettieren. Die vier spielten jedoch eine einfachere Variante.

Lailath versuchte, die Melodie der Herberge in sich aufzunehmen. Das *Aakenruh* bot nur wenige Fremdenzimmer, von denen die meisten an Viehtreiber vergeben waren, die der Tag so erschöpft hatte, dass sie schon in den Betten lagen. Lailaths Raum richtete die Dame des Hauses gerade her, deswegen hatte sie ihre Sachen noch nicht nach oben gebracht. Von der Schankstube führte eine Tür nach draußen und eine in die Küche, eine Klappe im Boden verschloss den Abstieg zum Keller, und über eine Treppe gelangte man ins Obergeschoss. Die Zimmermannsarbeit war selbst für menschliche Maßstäbe rustikal, Kunstfertigkeit fand sich nur bei den mit grünem Faden bestickten Vorhängen an den Fenstern.

Die Spieler machten ihre Einsätze, tauschten Karten, Rondine warf schnaubend ab, und die anderen erhöhten. Die junge Frau nahm ihren leeren Humpen und stapfte damit zu den beiden Fässern, die auf einem runden Tisch standen. »Hat sich einer von euch gemerkt, welches das mit dem Dunklen ist?«

Ludowulf sah zu ihr hinüber. »Das linke.«

Sie zapfte, schloss den Hahn, nahm einen Schluck und spuckte sprühend aus. »Du Schwein! Das ist das Buchforster!«

Die Jünglinge lachten. »Du bist die Einzige, die einen ganzen Humpen vollschenkt, bevor sie probiert!«

»Ja, treibt nur euren Schabernack, aber das bezahle ich nicht!«

Alrik, der Schankjunge, kam zurück. Er hatte einen Tonkrug dabei.

»Wo hast du denn gesteckt?«, fuhr Rondine ihn an. »Und damit du es auch gleich weißt: Diesen Humpen zahle ich nicht!« Sie schwenkte das Trinkgefäß so wild, dass die Hälfte des Inhalts über den Rand schwappte.

Lailath sah es ungern, wenn Wasser verschwendet wurde.

»Ich habe die Ziegenmilch für die Dame geholt«, erklärte Alrik kleinlaut.

»Für die … wen?«, rief Rondine. »Und wieso Ziegenmilch?«

»Ich war bei Bauer Rodgalf, aber seine Ziege gibt heute keine Milch, und dann bei Travisine. Da musste ich selbst melken. Ich habe mich auch beeilt.«

»Davon war aber nichts zu merken!«

Mit gesenktem Kopf und rotem Gesicht eilte Alrik an Lailaths Tisch und stellte den Krug ab. »Wollt Ihr das restliche Kupfer?«, fragte er.

»Behalte das Geld.« Der Junge tat ihr leid.

Rondine kam zu ihnen und stellte ihren halb leeren Humpen auf Lailaths Tisch ab. »Jetzt bringst du mir sofort ein Dunkles!«, forderte sie. »Und das hier«, sie hob den Humpen an und knallte ihn zurück, »zahle ich nicht!«

»Das ist aber ungerecht«, wandte Lailath ein.

Langsam wandte Rondine ihr das Gesicht zu und sah sie mit den schmalen Schlitzen ihrer Augen an. »Was willst du?«

»Ich finde ungerecht, wenn du dein Bier nicht bezahlst.«

»Ach ja? Und was geht dich das an? Überhaupt, was lallst du so? Hattest wohl schon zu viel?«

Auch wenn sie das Garethi sprach, benutzte Lailath beinahe immer beide Stimmen, was für die Menschen verständlicherweise ungewohnt klang. »Ich finde nur, Alrik sollte nicht um seinen Lohn betrogen werden.« Sie legte ein weiteres Silberstück auf den Tisch. »Das reicht, oder?«

»Das ist zu …«, setzte Alrik an. »Ich meine: Ja, natürlich reicht das.«

»Gut. Dann lasst uns alle Freunde bleiben.«

Alrik griff nach der Münze, doch Rondine umfasste sein Handgelenk. »Ich will aber nicht mit dir befreundet sein!«

»Das ist schade«, meinte Lailath.

»Ich finde schade«, knirschte Rondine, »dass ich dein Gesicht nicht sehe. Wird etwa nach dir gesucht? Nimm den Fummel ab!«

»Das möchte ich nicht.« Lailath genoss es, das Tuch zu tragen. Nicht nur weil es sie an ihre Heimat erinnerte, sondern auch weil es allzu neugierige Blicke abhielt. Sie band es inzwischen so, dass ihre Augen im Schatten lagen.

Die jungen Männer sahen zu ihnen herüber. »Verdirbt da jemand die Preise im *Aakenruh*?«, fragte Ludowulf.

»Kann man so sagen.« Rondine ballte die Hände zu Fäusten. »Einfache Kadetten müssen wohl bald froh sein, wenn man hier genauso viel zahlt wie in Baliho.«

»Mal den Dämon nicht auf den Schild!«, forderte der Grobschlächtige.

Die Jünglinge standen auf und kamen herüber.

»Ich suche keinen Streit«, beteuerte Lailath und hob die Hände. Sie hoffte, dass die Geste trotz des Säbels, der neben ihr an der Wand lehnte, beschwichtigend wirkte.

Alrik zog sich zu den Fässern zurück.

»Entschuldige dich gefälligst!«, forderte Rondine.

»Wofür?«, fragte Lailath.

»›Wofür‹, fragt sie auch noch!« Rondine warf den Tisch um. Die schöne Milch ergoss sich über den Boden und vermischte sich mit dem Rest des Bieres, der sich noch im Humpen befunden hatte.

Lailath besah sich die Misere.

Sie sah Alrik an. »Würdest du für ein Silberstück noch eine weitere Ziege suchen?«, fragte sie.

»Jetzt reicht es aber wirklich, du blöde …«

»Das ist eine Elfe!«, unterbrach Ludowulf seine Kameradin. »Ganz sicher!«

Verdutzt sahen die anderen sie an.

»Stimmt das?«, fragte der Massige.

»Und wenn es so wäre?«, wollte Lailath wissen. »Würde euch das stören?«

»Nein, ganz und gar nicht«, beteuerte Ludowulf. »Es ist nur: An der Akademie und überhaupt in Grindelau habe ich noch nie eine Elfe gesehen.«

»Du bist in deinem ganzen Leben noch keiner Elfe begegnet«, versetzte der mit dem blauen Wams. »Genauso wenig wie wir.« Er drängte die anderen zur Seite, stellte sich vor Lailath, nahm einen Fuß zurück und verbeugte sich einigermaßen elegant. »Bärheld von Bärenburg, habe die Ehre.«

Sie nickte. »Lailath.«

Er richtete sich auf, zog das Wams zurecht und grinste seine Kameraden an. »Ihr müsst verstehen, Lailath … spreche ich das richtig aus? Lailath?«

Sie fand nichts daran auszusetzen, wenn man bedachte, dass er nur eine Stimme hatte. »Ja.«

»Gut, Lailath also. Es wäre eine Ehre, wenn wir in der Akademie erzählen könnten, dass wir einer Elfe begegnet sind.«

»Wenn ihr das berichtet, sagt ihr nichts Falsches.«

»Was Bäri meint«, mischte sich der Grobschlächtige ein, »ist, dass es wirklich wuchtig wäre, wenn wir dein Gesicht sehen dürften. Wir würden dich auch den restlichen Abend freihalten. Spielst du Boltan? Dabei lernt man viel über das Leben, meint unser Fechtlehrer.«

Lailath merkte auf. »Ihr lernt fechten? Mit dem Schwert?«

»Ja, auch mit dem Schwert. Obwohl wir auf den Lanzenritt besonders stolz sind.«

»Ich habe einmal gegen Lanzenreiter gekämpft«, sann Lailath.

»Wirklich?«, rief Ludowulf begeistert. »Bei welcher Gelegenheit? Und wie ist die Sache ausgegangen?«

»Viele Tote, verstreut auf einem Berghang in der Nacht …« Sie dachte daran, wie Erm Sen ihnen mit den Fähren entkommen war.

»Ein echter Kampf?«, wollte Bärheld wissen. »Auf Leben und Tod?«

»Die Sache lohnte es«, meinte Lailath düster, »dafür zu töten und dafür zu sterben.«

Jauchzend klatschte Ludowulf in die Hände.

»Seid Ihr noch lange hier?« Auch Bärheld war seine Freude anzusehen. »Wenn wir morgen mit unseren Freunden kommen, werden wir Euch noch antreffen?«

»Ach was, mit unseren Freunden!«, rief Ludowulf. »Die Elfe muss mit in die Akademie kommen! Sie kämpft sicher ganz anders als die Fechtmeister, die uns unterrichtet haben. Da können wir noch etwas dazulernen.«

»Kehren oft wandernde Schwertmeister bei euch ein?« Lailath bemühte sich, die Frage unbeteiligt klingen zu lassen.

»Immer wieder«, plapperte Ludowulf. »Aber du wärest etwas ganz Besonderes. Natürlich würdest du für die Übungsstunde bezahlt.« Vorfreudig trat er von einem Fuß auf den anderen. »Das versteht sich ja ganz von selbst.«

»Kennt ihr auch diesen Schwertmeister, der mit dem Silberwolf durch die Lande zieht?«

»Du meinst Erm Sen!«, rief Bärheld. »Klar, der hat uns beigebracht, wie man zum Hals angreift.« Er vollführte einige hohe Schwünge mit der leeren Hand. »Erbarmungslos! Man muss die Augen des Gegners mit dem eigenen Blick festhalten, und dann immer wieder so … und so … und so …«

Von Erm Sens Eleganz war bei ihm nichts zu sehen, aber das störte Lailath wenig. »Wohnt er noch bei euch?«

»Nein.« Rondines Bedauern war überdeutlich zu hören. »Er ist weitergezogen.«

»Nach Norden?«

Die Kadetten sahen sich an.

»Nach Osten«, berichtete Bärheld. »Er wollte nach Vallusa, um dort eine Fechtschule zu eröffnen.«

»Ich danke euch.« Lailath gürtete ihren Säbel.

»Du kommst mit uns?«, rief Ludowulf erfreut.

»Nein.«

»Wieso ›nein‹?«

»Ich habe es eilig.«

»Wieso ›eilig‹?« Ludowulf sah sie an, als wäre sie ein rosafarbenes Kamel mit grünem Höcker.

Lailath nahm das Bündel mit ihren Sachen auf. »Ihr habt mir sehr geholfen.«

»Stets zu Diensten«, beteuerte Ludowulf, »aber willst du nicht …«

»Nein«, beschied sie und verließ das *Aakenruh*, ohne sich umzudrehen. Leichter Nieselregen empfing sie.

Sie eilte die schlammige Dorfstraße entlang und traf auf einen schmalen Fluss. Sie folgte ihm, bis das Buschwerk am Ufer sie vor Blicken aus dem Dorf verbarg. Rasch sah sie sich um. Niemand war ihr gefolgt. In einiger Entfernung erhob sich der Schattenriss einer Burg, hinter manchen Fenstern brannte Licht.

Lailath legte ihr Bündel ab, schloss die Augen und atmete tief durch. Das Plätschern des Wassers, das Knistern des Regens auf den Blättern, die bei jedem Windhauch raschelten … sie nahm die Melodien ihrer Umgebung in sich auf.

»Valva'sa mandra ya'dha fey«, sang sie ihren Zauber. Sie legte die Hände um ihren Mund und ahmte ein Wiehern nach.

Sofort wurde es beantwortet.

Lächelnd öffnete sie die Augen.

Schnaubend trabte ein weißes Pferd zwischen den Büschen heran.

»Jetzt brauche ich deine Ausdauer und deine Schnelligkeit«, flüsterte sie. »Die Shiannafeya haben mir eine heilige Pflicht auferlegt, und ich spüre, dass der Zeitpunkt naht, da ich sie erfüllen werde.«

Vallusa,
elfter Tag im Vinmond, vor 229 Jahren

Oben auf dem Turm, der dort stand, wo sich die in der Flussmündung gelegene Insel am weitesten dem Meer entgegenreckte, brannte das rote Leuchtfeuer in der Nacht. Für Lailath ging jedoch stärkerer Trost von den sauber behauenen Blöcken aus dunklem Granit und Basalt aus, die nicht nur den Turm, sondern auch die Mauer formten, die die Stadt umschloss. Ihnen fehlte jede Verspieltheit, wie sie alles schmückte, was Elfen erschufen, aber in ihrer entschlossenen Präzision kündeten sie davon, dass es auch keine Menschen gewesen waren, die diese Steine zurechtgehauen hatten. Es war Zwergenwerk, das Vallusa vor dem Meer schützte.

Nach den Zwergen war auch der Platz benannt, auf dem Lailath stand. Auf diesem Pflaster war ihr Bruder gestorben.

Jetzt, in der Nacht, kam dieser Teil Vallusas zur Ruhe. Um den Platz herum dräuten große Gebäude, ein Palast, die Tempel zweier Göttinnen, ein Haus, in dem man von Gerechtigkeit sprach. Auch die Fechtschule, wo der Räuber unterrichtet hatte. Sie hatten ihn verbannt, aber nicht wegen des schändlichen Diebstahls und auch nicht, weil er Nantiangel erschlagen hatte, sondern nur, weil er ihre Regeln gebrochen und das innerhalb der Stadtmauer getan hatte. Freudlos lachte Lailath auf. Sie hätte sich gewünscht, dass die Menschen ihm diese Verfehlung nachgesehen hätten. Dann wäre Erm Sen noch hier gewesen, dann hätte sie ihn endlich gestellt und die heilige Aufgabe erfüllt, an der nun auch Nantiangel gescheitert war.

Sie kniete sich auf den Boden und tastete über die Fugen zwischen den Pflastersteinen. Ob dort noch ein paar Körner von dem roten Sand zu finden wären, zu dem ihr Bruder zerfallen war? Viele Rosenohren waren Zeugen dieses Vorfalls geworden. Erm Sen hatte Nantiangels Hals getroffen, und der Körper ihres Bruders hatte sich aufgelöst. Seinen silbernen Armreif hatte die Stadtwache versteigert, Lailath hatte ihn bei einem Krämer aufgespürt und erstanden.

Sie musste lächerlich aussehen, wie sie über das Pflaster kroch. Das hätte Nantiangel nicht gewollt. Sie erhob sich.

Diese Stadt war wirklich still, verglichen mit den anderen Siedlungen der Menschen, die sie kannte. Sicher gab es auch hier Schenken, weiter im Westen, und ganz bestimmt an den beiden Häfen. Aber die Melodien von Feier und Streit, von Hoffen und Handeln waren gedämpft. Ob das am Zwergenwerk lag?

Oder an Lailaths dumpfer Trauer?

Sie hoffte, dass der Wind Nantiangels Sand wirklich nach Gontarin trieb, und dass sein Licht dort das Tor in die Welt unter den Wellen fand. Und dass er sich nicht zu sehr über sein Scheitern grämte.

»Ich werde es zu Ende führen, Bruder«, flüsterte sie. »Selflanatil wird heimkehren. Das schwöre ich.«

Sie überwand ihre Abscheu gegenüber dem Räuber und ging zu den beiden Statuen, die ein dankbarer Fechtschüler zu Ehren Erm Sens aufgestellt hatte. Sie zeigten zwei kauernde Wölfe, die nach Westen schauten, wohin der Schwertmeister gezogen war. Ein Silberwolf war sein Begleiter, und ein Wolfskopf schmückte sein Wappen. Das machte das Motiv für die Statuen zu einer naheliegenden Wahl.

Und was erinnerte an Nantiangel, der ausgezogen war, um seinem Volk das Wohlwollen Orimas zurückzubringen, der sich in edlem Kampf gestellt hatte und hier gefallen war?

Nur Lailaths Liebe. Traurig strich sie über einen der steinernen Wolfsrücken.

Sie bemerkte eine Gestalt im Eingang der Fechtschule, einen Schatten in der Dunkelheit. Ein Schüler, der es als Frevel ansah, dass sie das Denkmal für seinen ehemaligen Meister berührte?

Wenn er es darauf anlegte, würde sie ihm zeigen, wie wenig die Kunst seines Meisters wert war! Sie ging einen Schritt auf ihn zu und fasste den Griff ihres Säbels.

Er kam näher, blieb aber ein Schatten. Kälte traf Lailath, ohne dass sie einen Windhauch verspürt hätte. Als hätten sich die Pflastersteine plötzlich in Eis verwandelt, kaltes, hartes Wasser, das sie in den Wintern des Nordens kennengelernt hatte.

»Willst du deine Waffe gegen deinen eigenen Bruder erheben?«, flüsterten zwei wohlvertraute Stimmen.

»Nantiangel!« Lailath wollte zu ihm eilen, aber ihre Beine waren wie gelähmt. Obwohl es eine helle Nacht war, blieb er ein Schatten. Seine Konturen verwischten mit der Dunkelheit in seiner Umgebung. Vergeblich suchte sie seine Augen, die ein so ähnliches Blau hatten wie die ihrigen.

»Du musst sehr vorsichtig sein und darfst ihn nicht unterschätzen, Schwester.«

Er zerstob wie Staub, den der Wind auseinandertrieb, um sich neben ihr wieder zu verdichten. Noch immer erkannte sie nichts als Dunkelheit, aber die Kälte nahm so sehr zu, dass sie zitterte.

»Er hat mich getötet.« Sein eisiger Atem traf sie, als er sprach.

Lailath schlang die Arme um die Brust. »Wieso bist du noch hier? Sollte dein Licht nicht mit dem Sand treiben, über das Meer nach Gontarin?«

»Das heilige Schwert befindet sich noch immer in den Händen dieses Unwürdigen.« Die Bitterkeit in seinen einander umspielenden Stimmen trieb ihr die Tränen in die Augen. »Ich kann ihm nicht weiter folgen. Diesen Ort, wo er mich erschlagen hat, kann ich nicht verlassen.«

»Ich werde gehen«, versprach Lailath. »Ich werde ihn finden, ich werde ihn töten und dich rächen, Bruder. Wenn du diese Stadt nicht verlassen kannst, werde ich das heilige Schwert hierherbringen, damit du sehen kannst, dass ich es heimhole nach Kei Urdhasa. Dort werde ich im Salasandra von dir singen, und die Shiannafeya werden dich ehren und dem hohen König von dir berichten, wenn er in sein Land zurückkehrt. Das schwöre ich.«

»O Lailath, waren sich jemals Geschwister so nah wie wir?«

»Niemals«, sagte sie fest. Stolz erfüllte sie, Zorn auf den Räuber, doch auch ein Schaudern ob dem, was aus ihrem Bruder geworden war. Er war ein Gespenst, ruhelos nach Selflanatil strebend, obwohl die heilige Klinge ihm auf immer entzogen war und die grausamen Gesetze der Geisterwelt ihm verwehrten, dem Einzigen zu folgen, das ihn erlösen konnte.

»Dann eile, bevor sich seine Spur von Neuem verliert!«, bat Nantiangel. »Ich kann mich nicht weit bewegen, aber tief kann ich dringen, bis in die Träume jener hinein, die in den Häusern um diesen Platz schlafen. Wenn der Verstand ruht, begegnen sich die Welt der Sterblichen und die Welt der Geister. Ich habe erfahren, wohin sich der Räuber gewandt hat. Suche die Stadt Ysilia. In einem Gebäude namens *Blutturm* gibt es eine Fechtschule. Dort lehrt er seine tödliche Kunst.«

»Ich werde für uns beide gehen.« Sie berührte ihr Gewand über Nantiangels Armreif, den sie am rechten Oberarm trug. »Und dies lasse ich dir als Erinnerung an mich und meinen Racheschwur.«

Sie trat an den südlichen der beiden Steinwölfe, die an den Räuber erinnerten. Ihr Schicksal war mit dem Erm Sens verbunden, ebenso wie das ihres Bruders, also war dies der passende Ort für ihre Botschaft. Ihre Fingerkuppen strichen über den Stein an der rechten Schulter des Tiers. Leise stimmte sie den Gesang an, den auch die Künstler Kei Urdhasas benutzten, wenn sie die Reliefs im Kalkstein der Katakomben schufen.

Nahe Ysilia,
zweiter Tag im Midsonnmond, vor 228 Jahren

»Was wollt ihr?«, fragte Erm Sen. »Ihr sprecht nie mit mir.«

»Ich bin gekommen, um dich zu töten«, antwortete Lailath.

Sie dachte gar nicht daran, diesem Räuber Rechenschaft abzulegen. Er ahnte nichts von der Heiligkeit des Schwerts, das er gerade aus der Scheide zog. Bei Lailath dagegen verursachte schon der Anblick der vollkommenen Klinge ein Kribbeln entlang des Rückgrats. Wie plump war ihr eigener Säbel im Vergleich dazu! Sie hatte immer lieber mit einer gebogenen Waffe gekämpft, aber nun kamen ihr Zweifel. Die gerade Linie des Schwerts war von solcher Klarheit, solcher Schönheit … Der Handschutz dagegen, mit den Rubinen auf den goldenen Strängen des Korbs, wirkte so leicht wie Bast, an dem der Wind zupfte. Dennoch zweifelte sie nicht an seiner Festigkeit, die Ahnen hatten niemals die Funktionalität einer eitlen Erscheinung wegen geopfert. Selflanatil war eine Waffe, kein Schmuckstück.

»Viele haben vor dir versucht, mich zu töten«, stellte Erm Sen fest. »Wieso? Deine Kleidung verrät mir, dass du aus der Khôm stammst.« Er wechselte die Sprache, benutzte nun die Zunge der Tulamiden. »Der Krieg um die Wüste ist zu Ende. Der Kalif herrscht über die Dünen.«

Lailath schnaubte. Niemand herrschte über die Wüste. Sterbliche mussten ihr mit Demut begegnen, wenn sie überleben wollten. Seltsam, dass Erm Sen diese einfache Wahrheit nicht verstand, obwohl er die große Khôm doch gesehen hatte.

Er trat auf das saftige Sommergras der Lichtung hinaus, und Lailath folgte ihm. Der Räuber wandte ihr den breiten Rücken zu, offenbar fürchtete er keine Hinterlist von ihr. In der Tat spürte sie kein Verlangen danach, ihn wie eine Mörderin zu erstechen. Die Niedertracht einer solchen Tat war ihrer unwürdig, sie wollte ihm in die grauen Augen sehen, wenn sie ihn tötete.

Überhaupt war viel grau an ihm, nicht nur die Augen und das Eisen seines Kettenhemds. Auch im Haar nahmen einige Strähnen die Farbe von Asche an. Menschen alterten anders als Elfen. Alles, was sie taten, grub Spuren in ihre Züge. Als er sich umdrehte, sah sie die tiefen Falten in seinem Gesicht. Sie verbanden die Nasenflügel mit den Winkeln eines Mundes, der wohl selten lächelte, und betonten die hohen Wangenknochen. Seine Augen waren schmaler als bei den meisten Rosenohren und standen etwas schräg.

»Ich bin dieser Duelle müde«, sagte Erm Sen. »Sie werden niemals enden, oder? Nach dir werden weitere kommen?«

»Nein«, widersprach Lailath. »Ich bin die Letzte, denn ich werde dich besiegen.«

Es war ein sonniger Tag, aber der Wind stahl die Wärme. Er rauschte in den Bäumen, die die Lichtung umstanden. Er zauste auch das Fell Arlupas, des riesigen Silberwolfes, der Erm Sen begleitete. Lailath erinnerte sich an Nantiangels zerfleischten Unterarm. Erst im Gesang des gemeinschaftlichen Salasandras war diese Wunde vollständig verheilt. Jetzt lag der Wolf neben einem Findling und sah ruhig zu ihnen herüber.

Lailath wäre lieber gewesen, wenn das Tier Unruhe gezeigt hätte. Es schien jedoch ebenso wenig Zweifel am Sieg seines Herrn zu hegen wie dieser selbst.

Sie spürte den Druck von Nantiangels Reif an ihrem Arm. Die Zeit war gekommen. Lailath hob den Säbel und stellte sich Erm Sen gegenüber.

»Ich sehe, dass du mich hasst. Aber ich hasse dich nicht.« Er hob Selflanatil vor sein Gesicht und besudelte die Klinge mit einem Kuss.

Die Wut über diesen Frevel überwältigte sie. Schreiend stürzte sich Lailath auf ihn.

Als hätte sein Kettenhemd kein Gewicht, tänzelte Erm Sen zur Seite und ließ sie ins Leere laufen. »Zwölf Jahre habe ich dem Kaiser gedient«, sagte er. »Zwölf Angriffe will ich dir gewähren. Wenn dein Hass dann noch nicht erloschen ist, werde ich dich töten.«

Er benutzte keinen Schild. Dadurch war seine linke Seite

ungedeckt. Lailath schwang ihren Säbel von unten herauf. Die sorgfältig geschärfte Schneide durchtrennte einige Grashalme, bevor sie sich seiner Hüfte näherte.

Er wirbelte um die eigene Achse und brachte sich so aus der Bahn der Klinge.

Lailath zog nach, nutzte den Schwung ihres Körpers, um einen waagerechten Streich zu führen.

Plötzlich war Selflanatil zwischen ihrer Waffe und dem Schurken. Hell schlug der Stahl aufeinander.

»Drei«, stellte Erm Sen fest. »Ein Viertel deines Lebens hast du schon verschwendet.«

Lailath versuchte es mit hohen Kreuzschlägen. Schräg kam der Säbel herab, zielte auf die Beuge zwischen Hals und Schulter.

Erm Sen fing ihn ab, doch sie löste die Klingen sofort, schlug einen Bogen und kam von der anderen Seite.

Nochmals parierte er, noch einmal und noch mal. Es tat Lailath im Herzen weh, dass ihre Angriffe das heilige Schwert trafen, das sie doch bewahren wollte.

Unter dem nächsten Schlag duckte sich Erm Sen seitlich hindurch, er ging ins Leere.

»Acht«, sagte er ruhig. »Zwei Drittel.«

Sie machte einen Schritt rückwärts und betrachtete ihn. Sie musste klüger agieren, erkannte Lailath. Obwohl er ein schändlicher Räuber war, schien ihr Gegner gewillt, sich an seine Ankündigung zu halten, denn noch hatte er nicht angegriffen. Das bedeutete, dass sie kühner vorgehen konnte. Solange er nicht seinerseits attackierte, brauchte sie keine Parade vorzubereiten. Sie konnte jede Deckung vernachlässigen und sich ganz dem Willen hingeben, ihm eine tödliche Verwundung beizubringen.

Nein, das *konnte* sie nicht. Das *musste* sie, oder sie würde unterliegen. Erm Sen war ein brillanter Schwertkämpfer. Er hatte nicht nur Nantiangel besiegt, sondern Hunderte Tulamiden und auch die besten Fechter der Shiannafeya vor ihm. Seine Selbstsicherheit entsprang keiner Arroganz, sondern dem Wissen um die eigene Stärke.

Lailath trat bis auf einen Schritt an ihn heran. Stumm sahen sie sich in die Augen. Er machte noch immer keine Anstalten, anzugreifen. Ob er wirklich hoffte, sie würde unverrichteter Dinge abziehen?

Er verstand gar nichts.

Um ihn zu täuschen, setzte sie zu einer Rückwärtsbewegung an, zog aber unvermittelt ihre Klinge hoch und attackierte sein linkes Knie. Diesen Streich konnte er unmöglich kommen sehen.

Er parierte ihn dennoch. Zuckte da etwa ein Lächeln in seinem harten Gesicht?

Lailath warf sich nach vorn und stach nach seinem Bauch.

Er drehte sich, sodass die Säbelspitze ungünstig auftraf. Scharrend glitt sie über das Kettenhemd, ohne ihn zu verletzen.

»Zehn.«

Auf einem Fuß drehte sich Lailath dicht über dem Boden. In der Wüste wäre nun der Staub aufgestiegen und hätte ihre Bewegung verborgen, hier jedoch bremste sie das hohe Gras.

Erm Sen sprang zurück und brachte seine Beine so in Sicherheit.

Damit hatte sie gerechnet! Auch ein Meisterfechter konnte seine Bewegungsrichtung nicht ändern, solange er in der Luft war. Für einen Wimpernschlag war er ihr ausgeliefert.

Sie drückte sich ab und sprang hinter ihm her. Ihr Säbel stieß vor.

Die Parade kam spät, aber sie kam. Funken schlugen aus dem Stahl.

Lailaths gekrümmte Klinge verfehlte sein Gesicht, nur ein fadendünner Schnitt blieb auf seiner linken Wange zurück.

Er blinzelte verwirrt.

Sie trennten sich, beide gingen einige Schritte rückwärts. Der Wolf hob den Kopf.

»Zwölf.« Erm Sen wischte über seine Wange und betrachtete das Blut an den Fingern. »Du warst besser als die meisten vor dir. Lass es dabei bewenden.«

Lailath hockte sich hin. »Ich werde dich töten«, versprach sie.

Als er sich näherte, veränderte sich etwas an seiner Haltung. Zum ersten Mal schien es Lailath, dass er sie als Gegnerin ernst nahm, und das schnürte ihr die Kehle zu.

Erm Sen holte mit dem Schwert auf der Schulter aus, wie es die Kaiserlichen oft taten.

Lailath sprang auf und schleuderte ihm Gras ins Gesicht. Das Wurzelwerk hatte etwas dunkle, nasse Erde mitgenommen. Nicht so gut wie Wüstensand, aber sie brauchte jeden Vorteil, den sie kriegen konnte. Sie stieß den Säbel vor.

Erm Sen schloss die Augen, doch die Parade, in der er Selflanatil vor seinem Körper entlangwischte, erfasste Lailaths Angriff trotzdem und zwang ihn aus der Bahn.

Enttäuscht schrie sie auf.

Erm Sen schüttelte den Kopf, womit er Gras und Erde abschüttelte. Als er die Augen wieder öffnete, wusste Lailath, dass sie nun zu rotem Sand werden würde, der im Wind trieb.

I BLUTZOLL

Festum,
fünfzehnter Tag im Faramond

Salarin Trauerweide suchte in sich nach dem Klang der Frische und des Aufbruchs. Er vernahm ihn draußen, wo ein Sturm tobte, wie er ihn noch nie erlebt hatte. Der Elf wollte auf den Ruf der Böen antworten, die gegen die Zeltwand schlugen. Er wollte in das Geheul einstimmen, das ihn an den einsamen, blauäugigen Wolf erinnerte, der sie so lange begleitet hatte. Sogar das Brechen der Baumstämme und das Krachen der umkippenden Wagen stachelten ihn auf, viel Kraft sprach aus diesen Geräuschen. Sie forderten eine Entscheidung, ein entschlossenes Voranschreiten.

Aber Salarin Trauerweide fühlte sich matt. Das Zauberlied, mit dem er Tjorne geheilt hatte, war anstrengend gewesen. Diese endlos vielen kleinen Wunden, die Krebsscheren in die Haut des Mannes geschnitten hatten, erforderten eine andere Art der Konzentration als eine einzige große Verletzung. Aber schlimmer war der Misston zwischen dem auf dem Bett im *Blauen Salamander* zitternden Tjorne und seinem Freund Tylstyr Hagridson gewesen. Oder waren die beiden gar nicht mehr befreundet? Wenn sich Salarin an die Melodie im Zimmer des Gasthauses erinnerte, verwirrte sie ihn nur immer mehr. Zuneigung schwang darin mit, aber mehr noch Zorn, Schuldbewusstsein, und doch auch Hoffnung. Und kurz vor dem Sturm war Tjorne aus dem Zelt gerannt, wobei er gerufen hatte, dass Beorn der bessere Drachenführer sei.

»Menschen verwirren mich«, flüsterte er.

»Nicht nur dich«, bestätigte Galandel die-von-Ometheon-singt. Die weißhaarige Elfe saß neben ihm in der Nivesenjurte, die unter dem immer heftigeren Ansturm des Windes aus dem Boden zu reißen drohte. Einige Pflöcke lösten sich bereits. Firutin, ein kräftiger Mann, der sie seit seiner Befreiung aus dem Himmelsturm begleitete, versuchte, sie wieder festzudrücken, ohne das Zelt zu verlassen.

Mit Ausnahme der Waldmenschenfrau Irulla war allen anzusehen, dass sie sich vor dem so plötzlich losgebrochenen Unwetter fürchteten. Man suchte die Nähe der anderen, aber während Zidaine Barazklah mit versteinertem Gesicht neben Nirka hockte, stand Tylstyr Hagridson mit Vascal della Rescati und dessen Nichte Leomara zusammen. Waren Tylstyr und Zidaine nun kein Paar mehr?

»Sie sind so schnelllebig«, murmelte Salarin. Die Rosenohren konnten ein Dutzend Dinge auf einmal empfinden. Dabei spielte es keine Rolle, ob sich diese Gefühle widersprachen, geschweige denn, ob sie irgendeinen Bezug zur umgebenden Melodie der Welt hatten. Das prägte ihre Entscheidungen. Sie trafen sie plötzlich und änderten sie ständig.

Passierte das gerade jetzt zwischen Zidaine und Tylstyr? Begannen sie, ein neues Lied zu singen? Und wussten sie selbst, wie es klänge?

In jedem Fall war dies ein Tag, an dem Neues begann. Tjorne hatte Phileassons Ottajasko zornerfüllt verlassen, und wenn Salarin richtig deutete, was bei seinem Eintreffen im Zelt im Gange gewesen war, wollten sich Nirka und Hern'Sen der Ottajasko anschließen. Schwester Shaya hatte gerade angesetzt, die beiden einzuschwören, aber dann war der Sturm aufgekommen, sie war hinausgegangen und Asleif Phileasson und Ohm Follker waren ihr gefolgt.

»Wir wollen zur Sturmherrin Rondra und zum aufbrausenden Efferd beten.« Praioslob stellte sich neben die Feuerstelle und breitete die Arme aus. Die Ärmel seiner roten Tunika hingen so weit herab, dass die Arme Schwingen ähnelten. »Bitten wir die Göttlichen um ihr Erbarmen, damit ihr Zorn uns nicht zerschmettert.«

»In diesem Wind liegt kein Zorn.« Salarin stand auf. »Er ist eine Einladung.«

Der beinahe kahle Geweihte runzelte die Stirn. »Wie kommst du darauf?«

»Hört ihr es nicht?« Um Bestätigung heischend sah Salarin sich um. Sogar in Galandels grünen Augen stand nur Ratlosigkeit.

»Komm, Schwester.« Er streckte ihr die Hand hin. »Gehen wir hinaus.«

Die anderen verstanden seine Worte nicht, da er das zweistimmige Isdira der Elfen benutzte, wenn er mit Galandel sprach. Als sie seine Hand nahm, sich auf die Füße zog und mit ihm gemeinsam zum Ausgang schritt, wurde ihre Absicht jedoch allen klar.

Salarin hörte, wie sich die Melodien der Menschen in der Jurte vereinten. Das Unwohlsein ob des Unwetters wich der Neugier. Der Elf brauchte sich nicht umzudrehen, um zu wissen, dass sie sich ihnen anschlossen.

Ohm Follker raffte den Umhang mit beiden Händen vor der Brust. Der Sturm riss am braunen, von der langen Reise zerschlissenen Stoff, der um seine Beine flatterte wie eine Fahne. Asleif Phileasson trug seinen Bärenmantel nicht. Er schloss die linke Faust um den elfenbeinernen Griff von Fejris, seinem Breitschwert. Das Gewimmel des hellblonden Haars vor seinem Gesicht strafte der Drachenführer mit Missachtung. Unbeirrt hielt er den Blick seiner eisgrauen Augen auf Shaya Lifgundsdottir gerichtet.

Die kleine Geweihte stand zwanzig Schritt entfernt, mitten auf der Norbardenwiese. Um sie herum schienen unsichtbare Riesenfäuste auf das Gras einzuschlagen. Kurz nur drückten sie es an einer Stelle nieder, und noch während es sich wieder aufrichtete, fuhr der Wind woanders hinein. Ein Elch stakste röhrend umher, wobei er die Packen verlor, die auf seinem Tragegeschirr verschnürt waren. Fluchend folgten ihm drei Männer in honiggelben Gewändern, die sich nicht einigen konnten, ob sie zuerst ihr Lasttier einfangen, die zu Boden gefallene Ware aufheben oder die noch auf dem Rücken befindlichen Bündel sichern sollten. Vor dem Gasthaus *Lavaitzis* bemühte sich eine Norbardensippe, die Zugtiere von der Deichsel ihres umgefallenen Wagens zu schneiden. Eine plötzliche Bö riss eine Frau von den Beinen und trieb sie zehn Schritt vor sich her, wobei sie sich überschlug wie ein Ballen Steppengras.

Shayas sommersprossiges Gesicht dagegen lächelte. Sie stand mit ausgebreiteten Armen, ähnlich wie Praioslob gerade im Zelt. Das Orange ihrer Robe erschien Salarin so hell, als leuchtete es von innen. Der Sturm zerrte den Stoff mal in die eine, mal in die andere Richtung, aber der Körper der zierlichen Frau schien von der Naturgewalt unberührt zu bleiben. Sie blinzelte noch nicht einmal, wenn der Wind in ihr Gesicht blies. Nur die beiden kupferfarbenen Zöpfe tanzten in der Luft.

»In der Stadt, in der Ingerimm Efferd trotzt,
konnten selbst die Stürme der Zeit
die Spur des Steppenwolfs nicht verwischen.«

Salarin verstand Shayas Worte laut und deutlich, aber nicht, weil sie geschrien hätte. Das Tosen des Sturms umgab sie noch immer, doch es klang, als stünde sie direkt neben ihm und spräche in einem stillen Raum. Ihre Melodie war losgelöst von der Welt des Greifbaren.

»Zerreißt den Schleier der Vergangenheit,
und ihr werdet eine silberne Flamme finden!
Sie ist der eine Schlüssel zu Orima der Allsehenden,
der ihr dereinst begegnen werdet.«

Salarin und Galandel sahen einander verwundert an. Die Stimme der Elfe verwehte im Sturm, aber die Lippenbewegung reichte Salarin, um zu erkennen, welches Wort sie hauchte: »Orima!«

Zu Beginn der Reise war Salarin dieser Name unbekannt gewesen, erst Galandel hatte ihm seine Bedeutung erklärt. Damals, auf der Felsnadel nördlich der Insel der Schneeschrate, wo sie Jahrhunderte auf Gefährten gewartet hatte, die das letzte Stück ihrer Reise mit ihr gingen. Im Heiligtum der alten Götter, wo die vier Statuen mit dem von Kristallen gebündelten Sonnenlicht den Weg nach Ometheon wiesen, zum Himmelsturm. Eines der Bildnisse zeigte Orima, die blinde Göttin, die mit Füllhorn und Schwert das Schicksal zuteilte.

Vor eineinhalb Wochen erst hatte er mehr über sie erfahren, so viel mehr! Von Niamh, der Lichtelfe in ihrem Zauberwald. Sie hatte Orima gekannt, anders, als die Menschen ihre Götter kannten. Noch nicht einmal die Hochgeweihten in ihren pompösen

Tempeln kamen den Ewigen so nahe. Niamh und Orima waren Seite an Seite aus dem Licht in die Welt getreten.

Salarin blinzelte und sah auf die Wiese, wo der Wind abflaute. Sein Heulen wurde zu einem Säuseln. Shaya schien aus dem Griff der Mächte entlassen zu sein, die durch sie gesprochen hatten. Sie richtete ihr Gewand. Salarin glaubte, dass sie nach dieser Erfahrung einen Vorwand suchte, einen Moment allein zu sein. Die anderen Gefährten dagegen plapperten wild durcheinander.

Salarin ging ein paar Schritte zur Seite. Auch er suchte Ruhe, um seine Gedanken zu ordnen. Hatte Niamh wirklich berichtet, sie sei gemeinsam mit Orima aus dem Licht getreten? Salarin erinnerte sich daran … und doch wieder nicht. Mit welchen Worten hatte Niamh das beschrieben? Sie hatte Orima mit dem Beinamen Mit-dem-Sternenmal bezeichnet, und damit meinte sie das Geburtsmal, das auch sie selbst und Salarin an der rechten Schulter trugen. Auch von Orimas Rosentempel in Tie'Shianna hatte Niamh berichtet, sie hatte ihn sogar gezeigt, am Grund ihres Sees …

Aber Salarin Trauerweide sah ihn auch anders. So als stünde er davor, als würden die Blätter aus weißem Stein vor ihm in die Höhe wachsen. Doch das konnte nicht sein, dafür hätte er unter Wasser stehen müssen! Sie waren aber doch in einem Boot zu Niamhs Insel gefahren, die sie nach ihrem Geliebten, dem Zaubersänger Oisin, benannt hatte. Aber Salarin sah auch ein Gesicht vor sich, als er an Oisin dachte. Hüftlanges schwarzes Haar, ein spitzes Kinn, die Augen beinahe farblos, wie Bergkristall … Wer war dieser Mann, der ihm überlegen und zugleich milde entgegenlächelte?

»Was hast du?« Besorgt sah Galandel zu ihm hoch. Die Fältchen neben ihren Augen verschwanden jetzt nicht mehr. Das Alter kroch in den Körper der Elfe.

»Ich erinnere mich«, sagte Salarin, »und doch erinnere ich mich nicht. Bilder … Worte …«

»Orima«, sagte Galandel ernst. Der Name klang wunderschön, wie sie ihn mit zwei einander umspielenden Stimmen aussprach. »Denkst du an die Prophezeiung, von der Niamh berichtet hat?«

Die Lichtelfe hatte die Mahnungen wiedergegeben, die Orima ihrem Volk vor Jahrtausenden hinterlassen hatte. Von einem brennenden Himmel war darin die Rede, von einem leidenden König und der letzten Möglichkeit, sich hinter den Nebel zu retten.

Zögerlich schüttelte Salarin den Kopf. »Das ist Vergangenheit.« Oder?

»Was wühlt dich dann auf, Bruder?«

»Ich weiß es selbst nicht«, gestand er. »Vielleicht ist es meine Suche.«

»Nach den Göttern unseres Volkes?«

»Ich glaube nicht, dass ich diesem Pfad noch folge.«

Abwartend legte Galandel den Kopf schräg. Einst war sie aus der Goldregenglanzsippe aufgebrochen, um Ometheon zu suchen, die legendäre Stadt des Eises. Sie hatte Jahrhunderte bei den Schneeschraten verbracht, und dennoch war ihr Ziel dasselbe geblieben. Jetzt hatte sie es erreicht, und sie war nicht mehr Galandel Spatzensang, nicht mehr Galandel Mutter-der-Schrate, sondern Galandel die-von-Ometheon-singt. Oder sie wollte es werden, wollte mit ihrem Leben diese Melodie in die Welt weben. Aber es mochte sein, dass die Welt dafür nicht bereit war. Die Fältchen in ihrem Gesicht, die wohl kein Menschenauge entdeckt hätte, deuteten darauf hin, dass Galandels Lied verklang.

»Ich habe gedacht, dass die Sehnsucht nach unseren Göttern

mich leitet«, überlegte Salarin. »Aber vielleicht war das nur das Präludium zu meinem Lied. Nur die ersten Töne, die in die eigentliche Melodie überleiten.«

»Und was für eine Melodie wird das sein?«

»Ich erkenne sie noch nicht«, gab er zu. »Aber ist es nicht seltsam, wohin uns diese Reise führt? Zu einem uralten Heiligtum unseres Volkes ... dann nach Ometheon, einer Metropole der Hochelfen ... nach Gerasim, wo Mensch und Elf friedlich zusammenleben ... in den Zauberwald der Lichtelfe Niamh ... und nun sollen wir Orima der Allsehenden begegnen?«

»›Dereinst‹, hat Shaya gesagt«, erinnerte Galandel.

»Und dennoch! Kennst du einen lebenden Elfen, der Orima geschaut hat?«

»Prophezeiungen sprechen in Rätseln und Bildern.« Galandel wirkte nachdenklich. »Es mag sein, dass es nicht wörtlich gemeint ist. Vielleicht geht es um eine Statue oder um ein verfallenes Heiligtum.«

Salarin erinnerte sich an das Bildnis Simias, das er am Flüsterbach gefunden hatte. Diese überwucherte Darstellung des beinahe vergessenen Gottes der kreativen Kraft hatte die Unruhe in Salarins Herz gesät. Wäre es nicht eine wundervolle Harmonie, wenn sein Lied ihn am Ende zu einem ähnlichen Ort führte?

»Du magst recht haben«, meinte er. Aber seine merkwürdigen Erinnerungen erklärte das nicht. Und schon gar nicht, was im Himmelsturm mit ihm geschehen war, als er Phileasson für seinen König gehalten hatte. Oder im Zauberwald, wo Niamh ihm wie eine vertraute Freundin erschienen war.

»Kommt alle her!«, rief Phileasson.

Er meinte nur die beiden Elfen, die anderen Gefährten standen bereits um ihn versammelt. Auch Shaya war in den Kreis zurückgekehrt.

Salarin und Galandel begaben sich zu ihnen.

»Firutin hier«, sichtlich erfreut legte Phileasson die Hand auf die breite Schulter des Arbeiters, »Firutin versteht es, Shayas Prophezeiung zu deuten.«

Der kräftige Mann hatte sein ganzes Leben lang den Hammer geschwungen, erst in der heimatlichen Mine, dann unter den Peitschen der Shakagra'e, und auf der gemeinsamen Reise, wenn ein Kampf es erfordert hatte. Er war der Stärkste in der Gruppe, auch wenn er es wohl nicht mit Ragnor oder Eichward aufgenommen hätte. So in den Mittelpunkt gestellt zu werden, behagte ihm jedoch offensichtlich nicht. Sein Gesicht wurde so rot wie Shayas Haar.

»Ich habe nur zum Beginn einen Einfall«, nuschelte er. »Und auch da mag ich mich irren.«

»Unsinn!« Phileasson schlug ihm auf den Rücken. »Das ist ein sehr kluger Gedanke! Nur raus damit, dass ihn alle hören.«

»Nun ja, wenn wir Eisenbarren verkaufen wollten … aus Isenborn, meine ich. Meistens haben wir sie nach Ysilia gebracht. Aber vor fünf Jahren, nach der Katastrophe …«

»Du sprichst vom Zug der Oger!«, fiel Vascal della Rescati ihm ins Wort.

»Ja, als die Menschenfresser durch das Land zogen«, bestätigte Firutin. »Diese Ungeheuer, mehr als tausend waren es, und sie haben alles verwüstet. Auch Ysilia, die Hauptstadt. Und da … na ja, eine Zeit lang sah es so aus, als käme man dort nicht mehr auf die Beine. Manche zweifeln noch immer daran. Obwohl, ich weiß ja nicht, was während meiner Gefangenschaft passiert ist.«

»Die Prophezeiung«, erinnerte Phileasson. Ein Hauch von Ungeduld schwang in seiner Stimme mit.

»Ja, Foggwulf, natürlich. Also, wir sind dann einmal eine Fuhre Eisenbarren nicht losgeworden. Zu keinem vernünftigen

Preis. Wir hätten umkehren können, aber Freiherr Härmhardt wollte nicht unverrichteter Dinge zurück auf die Burg. Sein Sohn war gerade geboren, sein zweites Kind. Da war er stolz und wollte sich nicht einfach mit ein paar Silberstücken zufriedengeben und …«

»Die Prophezeiung«, grollte Phileasson.

Firutin schluckte, was man wegen des breiten Halses kaum sah. »Wir sind dann mit unserem Karren weiter, bis zur Küste. Nach Vallusa. Das könnte die Stadt sein, in der Ingerimm Efferd trotzt.«

»Wie kommst du darauf?«, fragte Ohm Follker. »Ich habe davon gehört, dass Vallusa auf einer Insel in einem Fluss liegt, aber das allein wird kaum eine Herausforderung an den Gott des Meeres sein.«

»Ich mag mich irren.« Firutin sah zu Boden.

»Nicht so schnell!« Phileasson ließ eine Hand an Firutins Rücken und streckte die andere Ohm entgegen, als müsse er seinen alten Freund zurückhalten. »Erzähl von der Wallmauer.«

Firutin hielt den Blick gesenkt. »Sie ist gewaltig. Ohm hat ganz recht, Vallusa liegt auf einer Insel in der Mündung der Misa, direkt am Perlenmeer. Der Wall soll keine menschlichen Angreifer abhalten und auch sonst keine Kreatur aus Fleisch und Blut. Aber wenn der Mond verborgen ist und der Wind aus Osten stürmt, drückt der Ozean das Wasser des Stroms zurück. Es sind gewaltige Fluten, die Efferd in Marsch setzt. Man sagt, ihm missfällt der Flecken trockenen Landes inmitten der Wellen, und er will ihn fortspülen. Aber die Mauer hat noch jedem Brecher standgehalten. Zwerge haben sie gebaut.«

»Ingerimms erwähltes Volk«, murmelte Ohm Follker.

Firutin nickte und sah den Skalden an. Seine Augen leuchteten bei der Erinnerung an die damalige Reise. »Und stellt euch diesen Turm vor. Zwanzig Schritt hoch! Sie nennen ihn den Feuerturm, und das zu Recht. Auf ihm lodern die Flammen und weisen den Schiffen den Weg. Das ist eine heilige Aufgabe, denn dieses Bauwerk gehört dem Tempel des Ingerimm.«

»Dem Gott des Feuers, der dem Herrn der Meere trotzt!«, triumphierte Phileasson.

»Obwohl die Stadt von der Fischerei und dem Seehandel lebt, betet man dort öfter zu Ingerimm als zu Efferd«, fuhr Firutin fort. »Das kann man wahrhaft als eine Trutzburg im Reich des Meeresgottes verstehen.«

»Das wohl.« Phileasson grinste.

»Und auch die Brücken über die Misa! Sowohl das Nord- als auch das Südufer sind zu erreichen. Endlos lang sind die. Schwierig zu bauen, ganz bestimmt.«

Phileasson nickte, wobei er ein wenig säuerlich lächelte.

»Und noch heute wohnen Zwerge in …«

»Danke, Firutin!«, sagte Phileasson scharf. »Das reicht fürs Erste. Ich denke, wir haben unser nächstes Ziel gefunden.«

Vascal nickte bedächtig. Der Nandusgeweihte liebte Rätsel, und mit dieser Lösung schien er einverstanden.

»Aber was ist mit dem Rest?«, fragte Ohm. »Die silberne Flamme, die wir finden sollen? Die Schleier der Vergangenheit?«

Phileasson sah in die Runde. »Weiß jemand etwas damit anzufangen?«

Salarin hätte seine Gedanken gern ausführlich überdacht, aber in der Zeit bei den Menschen hatte er gelernt, dass sie es durchaus schätzten, wenn auch Überlegungen vorgetragen wurden, die noch keine vollkommenen Harmonien ergaben und die man noch nicht in ein schönes Lied gekleidet hatte. Das war zwar bedauerlich, weil es ihnen viel von ihrer Schönheit nahm. Andererseits war das Thorwalsch dermaßen plump, dass solche Bedenken im

Grunde von vornherein unsinnig waren. »Orima«, sagte Salarin. »Die elfische Göttin des Schicksals.«

Phileasson sah ihn an. »Ja …«, sagte er gedehnt. »Was ist mit Orima?«

Salarin erkannte keinen Wert darin, seine persönliche Unruhe zu offenbaren. Weder zum Schlüssel, der ihnen Zutritt zu Orima verschaffen sollte, noch zu den Umständen dieser Begegnung wusste er etwas zu sagen. »Ich weiß etwas mit dem Namen anzufangen«, meinte er. »Danach hast du gefragt. Orima ist eine der Göttinnen, deren Statuen im Heiligtum an der Insel der Schneeschrate stehen.«

Phileasson räusperte sich. »Ja. Das behalten wir im Blick.«

»Möglich, dass die Prophezeiung eine Reihenfolge angibt«, meinte Vascal. »Das war auch bei der dritten Aufgabe so. Wir mussten zu den Tenjos, und erst dort konnten wir uns dem gesichtslosen Tod in Gestalt der Seuche stellen. Dann galt es, dem Weg der Nivesen bis zum Verkauf der Karenherde hier in Festum zu folgen, wobei uns ein blauäugiger Wolf begleitet hat.«

Nirkas Mund zuckte. Salarin wusste, dass ihr der Abschied von dem Rüden schwergefallen war.

»Wenn wir mit Vallusa richtig liegen«, überlegte Vascal, »und davon gehe ich aus …«

Firutin straffte stolz die Schultern.

»… dann könnten wir dort auf diesen Steppenwolf treffen, den Schleier der Vergangenheit zerreißen und schließlich zur silbernen Flamme und zu Orima gelangen – was immer das konkret bedeuten mag.«

Der Gelehrte aus dem Lieblichen Feld schien also Galandels Annahme zu teilen, dass es sich nicht notwendigerweise um eine persönliche Begegnung handeln müsste. Vielleicht stand der Name Orima auch nur für das Schicksal an sich, überlegte

Salarin. Dann wären sie auf dem Weg, ihrem Schicksal zu begegnen. Er blickte in das Gesicht seiner Sippenschwester. Wenn sich das Schicksal eines Elfen erfüllte, verklang sein Lied. Ob das bei Menschen auch so sein konnte? Oder hatten sie gar kein Schicksal wie die Elfen?

»Wie dem auch sei!« Phileasson klatschte in die Hände. »Kein Grund, länger hier herumzutrödeln. Wir haben einen Kurs, also: Leinen los! Ruhm erwartet uns!«

Ohm reckte eine Faust in die Höhe. »Das wohl!«

Die Gefährten stimmten ein, und auch Salarin hörte sich rufen. Was auch immer diese Aufgabe für sie bereithielt – die Ottajasko würde sich ihr gemeinsam stellen.

Tobrische See,
siebzehnter Tag im Faramond

Der schmale Spalt Himmel, der zwischen den rabenschwarzen Wolkenbänken und dem dunklen Ufer sichtbar blieb, hatte die Farbe von Schwefel angenommen.

Der Bug der schwer beladenen Kogge hob und senkte sich in den Wellen, die in die Tobrische See hinausrollten. Gischt sprühte über die Reling.

Bis auf die Knochen durchnässt stand Beorn auf dem Vorderkastell des plumpen Schiffes, das schwer gegen den Gezeitenstrom ankämpfte. Seine Ottajasko hatte in der Kajüte des Achterkastells vor dem Toben der Elemente Zuflucht gesucht. Seine Zuflucht war hier.

Der Regen, der ihm ins Gesicht peitschte. Der Wind, der an den nassen Kleidern zerrte. Ihm machte das Meer keine Angst. Unwohl wurde ihm beim Gedanken an jene, die in Gestalt der

Traviageweihten Lenya Yasmadottir mit ihnen reiste. Die dunkle Herrscherin des Himmelsturms, die sich selbst für eine Göttin hielt. Pardona.

Immerzu kreisten seine Gedanken um sie. Manchmal verzehrte er sich in Lust, dann wieder ekelte er sich vor sich selbst. Sie hatte sich ihm hingegeben. Ihn Ekstasen erleben lassen, die er sich bis dahin nicht einmal vorzustellen vermocht hatte. Wie hätte er ihr widerstehen können? Ihr, die dazu erschaffen war, Elfenherrscher, gerühmt für ihre Weisheit, in den Wahnsinn des Bruderkrieges zu treiben! Was war er, verglichen mit Ometheon? Ein einfacher Plünderfahrer … Pardona hatte ihn zum Verräter an seiner Ottajasko werden lassen. Seine Recken ahnten nicht, wer da in ihrer Mitte weilte.

Der schmale Himmelsstreifen unter den Wolken hatte alle Farbe verloren, so als sei sie vom Regen herausgewaschen. Fahles Grau ergab sich dem Dunkel der Nacht. Noch immer kämpfte sich die Kogge dem Hafen entgegen.

Obwohl sie mit ihrem großen, quadratischen Segel dicht am Wind lag, schien sie ihrem Ziel kaum näher zu kommen. Es war eine Ewigkeit her, dass er auf einem Schiff gefahren war, das nicht unter seinem Kommando stand. Er hasste es, sich anderen ausgeliefert zu fühlen, nicht selbst das Ruder in der Hand zu halten.

Gischt peitschte ihm ins Gesicht. Nicht nur hier war ihm das Ruder aus der Hand genommen. Sie bestimmte jeden ihrer Schritte. Diese verfluchte selbst ernannte Göttin. Ihre letzte Mission hatte nichts mit dem Wettrennen um den Titel des Königs der Meere zu tun gehabt. Diese Armreife zu holen, das hatte allein ihr in die Hände gespielt. Phileasson hatte die ersten drei Aufgaben gelöst. Er selbst nur zwei. Er musste diese Kreatur loswerden …

Wann immer er nachts auf seinem Lager ruhte und das Auge

schloss, eroberte sie seine Gedanken. Die Erinnerung an sie … an ihre Wollust. Ihre Kunstfertigkeit im Liebesspiel. Er sehnte sich danach, wieder bei ihr zu liegen. Das war dumm. Sie würde nur mit ihm spielen … Das beherrschte sie meisterlich.

Deutlich war nun das Leuchtfeuer Vallusas im Dunkel zu erkennen. Die Flamme tanzte wild im Sturmwind. Nur schemenhaft war der Turm aus schwarzem Basalt im letzten Tageslicht auszumachen, und darunter die hohen Mauern, die Vallusa vor dem Wüten der See schützten. Die Stadt war auf einer Insel errichtet, inmitten der Flussmündung der Misa. Von ferne sah sie wie der Rumpf eines steinernen Schiffes aus, das die Fluten teilte.

Beorn blickte auf den gelben Fleck des Leuchtfeuers. Er wies dem Steuermann den Weg. So konnte er Kurs auf die Flussmündung halten.

Auch er brauchte wieder ein Leuchtfeuer in seinem Leben, dachte der Drachenführer bitter. Er musste wieder einen klaren Kurs setzen. Seine Ottajasko erwartete es. Er erwartete es von sich! All sein Streben sollte nur noch seinem ursprünglichen Ziel gewidmet sein: König der Meere zu werden. Keiner verdiente diesen Titel mehr als er. So vielen Stürmen hatte er getrotzt. So oft war er als Erster an Bord feindlicher Schiffe gestiegen, um mit der Klinge in der Hand für seinen Ruhm zu streiten.

Beorn dachte an die stürmische Nacht in Festum zurück, als Pardona ihnen inmitten einer Schenke die nächste Prophezeiung verkündet hatte. Während draußen wütende Böen am Dachgebälk gerüttelt hatten, war es drinnen totenstill geworden. Leise wiederholte er: »In der Stadt, in der Ingerimm Efferd trotzt …«

Jedes Wort hatte sich wie in einen Runenstein gemeißelt in sein Gedächtnis geprägt. Selbst der wütende Sturm war verstummt, nachdem Pardona gesprochen hatte. Die wenigen Gäste in der

Schenke hatten ängstlich Eisen berührt, um sich vor bösem Zauber zu schützen, und waren in die Nacht hinausgeflohen. Für ihn aber sollten diese Worte das Leuchtfeuer sein, auf das er von nun an Kurs setzte. Die Stadt, in der Ingerimm Efferd trotzte, war ein Rätsel, das leicht zu lösen war. Auch wenn er Vallusa nie zuvor besucht hatte, hatte er sofort gewusst, welcher Hafen gemeint war. Unzählige Monde war er auf Plünderfahrt im Perlenmeer gewesen, und er kannte fast alle seine Geschichten. Die Einwohner Vallusas hatten den Zorn des Meeresgottes Efferd geweckt, als sie das Volk der Molochen zu Frondiensten gezwungen hatten. Immer wieder hatte er mit Sturmfluten die Stadt heimgesucht, bis die Bürger schließlich die Zwerge um Hilfe gebeten hatten. Sie hatten angeblich in nur drei Monden die gewaltige Wehrmauer aus Basalt errichtet, die von nun an die Fluten des Meeres von den Häusern fernhielt. Um das Bollwerk zu krönen, hatten sie ihrem Gott Ingerimm einen Tempel erbaut, der zugleich auch der Leuchtturm der Stadt geworden war. Seine Flamme wies ihnen nun den Weg zum Hafen.

Die Wut des Sturmes hatte ein wenig nachgelassen. Die Dünung rollte schwächer gegen den Rumpf. Beorn spürte, wie sich jedes Haar in seinem Nacken aufrichtete. Das letzte blasse Tageslicht schwand. Einzig die tanzende Flamme erhellte die Finsternis, die sich herabsenkte.

»Nun sollten wir bald den Hafen erreichen«, sagte eine Stimme, die nach Lenya klang und doch nicht von ihren Lippen stammte.

War sie es gewesen? Hatte Pardona den Sturm besänftigt? Oder war es Zufall, dass das Wüten der Elemente nachgelassen hatte, als sie zum Vorderkastell hinaufgestiegen war?

»So still, mein kühner Recke?«

Er kämpfte gegen den Drang, sich zu ihr umzudrehen und ihr

in die Augen zu sehen. Diese Augen … allein ihr Blick verzauberte! Stattdessen starrte er fest auf das Leuchtfeuer. Er musste seinen Kurs halten. Die Prophezeiung. Vallusa …

»Er hat sie nach seiner Frau benannt, Raul, der erste Kaiser in Gareth. Vallusa war eine nette Blondine. Etwas kräftig gebaut vielleicht … aber damals hatte man ein anderes Bild von schönen Frauen. Zu jener Zeit war es nur ein kleiner Handelsposten. Vallusa, der nördlichste Hafen des Reiches am Perlenmeer.«

Es machte sie noch unheimlicher, wenn sie über Personen sprach, die seit Jahrhunderten in ihren Gräbern ruhten, als sei sie ihnen von Angesicht zu Angesicht begegnet.

»Dieser Teil des Rätsels war leicht zu lösen«, fuhr sie fort. »Das mit dem Steppenwolf wird schwerer … Was glaubst du, was uns erwartet?«

Er kämpfte gegen den Drang, sie anzusehen, sich in ihren Augen zu verlieren. »Ich erwarte, dass du uns hilfst. Durch dich sind wir an der dritten Aufgabe gescheitert. Phileasson liegt vorne. Du wirst diesen Vorsprung für uns ausgleichen. Wir müssen dieses Mal gewinnen!«

»Glaubst du, ich stünde in deiner Schuld?«

Etwas in ihrem Tonfall ließ ihm das Mark in den Knochen gefrieren. Ihm war bewusst, wie schmal der Grat war, auf dem er wandelte.

»Liegt es nicht auch in deinem Interesse, dass uns noch Hoffnung auf einen Sieg bleibt?«

Sie lachte. »Glaubst du, meine Interessen erahnen zu können?«

Beorn blieb ihr die Antwort schuldig. Die Kogge machte nun gute Fahrt. Schon waren die Schemen der Hafenmolen im Dunkel zu erkennen. Der Steuermann rief seine Matrosen an Bord, um das große Segel einzuholen.

»Wirst du uns helfen oder uns nur begleiten?«

»Ich bin nicht Lenya«, entgegnete sie gelassen.

Das konnte alles heißen. Die Geweihte war zwar dazu aufgerufen, sich in diesem Wettstreit neutral zu verhalten, doch war sie stets ein zupackendes Mitglied der Ottajasko gewesen. Nun sah er doch aus dem Augenwinkel zu Pardona, vermied es aber, in ihr Antlitz zu blicken. Er betrachtete die beiden Armreife, für die er seine Ottajasko ins Totenmoor geführt hatte. Ihre Magie sollte die Herrin des Himmelsturms davor schützen, dass ein Zauberkundiger oder Geweihter entdeckte, wer sich wirklich hinter der Maske der harmlosen Traviageweihten verbarg. Vielleicht hoffte sie, selbst die Götter täuschen zu können. Allerdings hatte sie ihm schon mehr als einmal deutlich gemacht, dass sie trotz der Armreife ihre beinahe göttliche Macht nicht einsetzen würde. Ihre Hilfe würde nicht die Möglichkeiten der Traviageweihten übersteigen, die sie verkörperte. Pardona wollte ihr Glück nicht unnötig herausfordern.

Sie war mehr ein Klotz am Bein als Unterstützung. »Ganz gleich, was uns in dieser dunklen Stadt erwartet, wir gehen dieses Mal meinen Weg«, sagte Beorn entschieden.

»Nun, das werden dir wohl selbst deine Feinde zugestehen müssen, Blender. Du gehst immer deinen Weg.«

Sie klang nicht ironisch, dachte er verwundert. Doch er schob jeden weiteren Gedanken darüber, wie sie zu ihm stand, von sich. Er würde sich sonst nur wieder in ihren Netzen verfangen. Stattdessen beobachtete er, wie die Matrosen das regenschwere Segel einholten und der Steuermann breitbeinig an der Ruderpinne stand und sein Schiff auf Kurs hielt, bis es sicher am Kai anlegte.

Skorpsky,
siebzehnter Tag im Faramond

»*Im Himmelsturm wir Feinde haben,*
die sich an Sklavenschmerzen laben.
Glücklich wir ihnen sind entkommen,
doch Mordlusts Fluch wir dann vernommen.

Nachtalben uns mit Seuche schlagen,
doch wir niemals daran verzagen.
Den unsichtbaren Feind wir stellen,
die Dunkelheit gilt's aufzuhellen!«

Die Menge sang den Kehrvers mit:

»*Pullt voran! Mehrt des Foggwulfs Ruhm!*
Das wohl! Das wohl!
Die Meere sind sein Königtum!«

Ohm Follker stand auf einem Weinfass in der Schenke *Fuhrmanns Trost*. Nach den zwei Tagen strammer Reise die Kronstraße hinunter gönnte Asleif Phileasson seiner Ottajasko die Unterkunft im *Hotel Stoerrebrandt*, dem besten Haus in Skorpsky. Dort nächtigten jedoch sonst nur Kaufleute und ein paar Bronnjaren, wie sich die Adligen in dieser Gegend nannten. Einen Führer durch die Misasümpfe, die sie noch von Vallusa trennten, würden sie eher in dieser Spelunke finden, die man sich auch mit weniger prallem Geldbeutel leisten konnte.

»Uns Goblins die Karene rauben,
dass Nirka tut vor Wut laut schnauben.
In ihrem Tal hilft uns die List,
ihr Häuptling nicht der Klügste ist.«

Ohm dichtete seine Lieder inzwischen nicht nur auf Thorwalsch, obwohl Phileasson fand, dass die Stimme des alten Skalden am besten zu den hart, aber ehrlich klingenden Lauten ihrer Muttersprache passte. Dann jedoch hätten die Menschen dieser Weltengegend nicht verstanden, was der Sänger über die Heldentaten der Ottajasko vortrug. Allerdings erinnerte sich Phileasson daran, dass sein sechsjähriger Neffe schon gekonnter gereimt hatte.

»So Abduls Zauber ihn erschreckt
und Tylstyr sich noch kühn erkeckt,
den Blitz gegen sein Reitschwein schleudert,
den Goblin reut, dass er geräubert.

Pullt voran! Mehrt des Foggwulfs Ruhm!
Das wohl! Das wohl!
Die Meere sind sein Königtum!«

Im *Fuhrmanns Trost* war man auf die vielleibige Bestie der Sümpfe vorbereitet, wie man hier die Mücken nannte. Während die Kerzen in der Schenke nur spärlich und hinter gefärbten Glashauben brannten, standen vor dem Haus langstielige Fackeln, um die stechenden Plagegeister in einen heißen Tod zu locken.

An diesem Abend waren die runden Tische kaum besetzt, aber der Schankjunge hatte dennoch viel zu tun. Die Gäste standen oder saßen in einem Pulk vor Ohms Fass und orderten reichlich. Die Erzählungen vom Sturm vor Olport, vom Kampf gegen die

Ungeheuer des Himmelsturms und vom Niederringen des Mammuts stachelten ihren Wagemut an.

Phileasson konnte jedoch keine Maulhelden gebrauchen. Er wollte jemanden, der ihm half, den Vorsprung seines Rivalen zu verkürzen.

»Eigentlich ein kleiner Mann, er geht mir bis zur Brust«, erklärte er Gritten, einer Frau mit einem verkümmerten Arm.

Es musste sich um eine angeborene Missbildung handeln, er war nicht abgetrennt, sondern einfach nur dürr wie ein vertrockneter Ast und so kurz, dass sich das offenbar unbewegliche Händchen auf derselben Höhe befand wie der Ellbogen auf der linken Seite.

»Er wirkt aber größer«, fuhr Phileasson fort. »Meist trägt er dunkle Kleidung und einen Helm, an den Metallschwingen genietet sind. Das rechte Auge fehlt, aber man sieht die Klappe nicht immer. Er kämmt sein Haar darüber.«

Die Sumpfläuferin schüttelte den Kopf. »So einen Thorwaler habe ich noch nie gesehen.«

Phileasson versuchte, sich seine Enttäuschung nicht anmerken zu lassen. Natürlich bemerkte man in einer Stadt wie Skorpsky nicht jeden Durchreisenden, aber Gritten kam aus Vallusa. Da sie Beorn unmöglich überholt haben konnten, mussten er und die Sumpfläuferin einander passiert haben, wenn sein Vorsprung weniger als einen Tag betrug. Also war er ihnen weiter voraus, oder er hatte sich für ein Schiff entschieden.

»Die Tiere werden fett so schnelle
im Zauberwald der Elfe helle.
Gar manches Wunder wir geschaut
in dieser Welt, die sie gebaut.

Von schöner Vergangenheit die Pracht
Elfenvolkes allerletzer Wacht.
Wie man sie findet, Liamh licht?
Das, o ihr Leut', verrat ich nicht!

Pullt voran! Mehrt des Foggwulfs Ruhm!
Das wohl! Das wohl!
Die Meere sind sein Königtum!«

»Wir haben dreiunddreißig Ponys und zwei Pferde dabei«, erklärte Phileasson.

»Das ist ja schon eine Herde«, meinte Gritten.

»Die Hälfte sind Packtiere. Wir wollen rasch vorwärtskommen.«

Hätte er in Festum doch ein wenig mehr Geduld beweisen sollen? Zwar hatte gerade niemand nach Vallusa abgelegt, und die gut eingerittenen Ponys waren ausgeruht gewesen. Aber auf einem Schiff, das die Küste entlangsegelte, hätten ihm die Wolken, die sich zusammenbrauten und die Sterne draußen unsichtbar machten, weniger Sorgen bereitet.

Gritten benutzte ihre gesunde Hand, um ihren Krug hin und her zu schieben. »Zehn Silbergroschen«, murmelte sie. »Dafür bringe ich euch nach Vallusa.«

Phileasson runzelte die Stirn. Wieso sah die Frau ihn nicht an? Wenn man um Preise feilschte, wollte man doch für gewöhnlich im Gesicht des Gegenübers erkennen, wie weit man das Spiel treiben konnte.

Er nahm einen Schluck. Das Getränk brannte in seiner Kehle. Einen Becher Meskinnes gönnte er sich, mehr sollte es nicht werden. Sie wollten mit dem ersten Tageslicht aufbrechen.

»In Festum, auf Norbardenwiese,
wir hoffen nun auf unsre Prise.
Der Pamperin hat Edelsteine,
Karene kauft er mit Geschmeide.

So Sairan-Hokke glücklich sind,
da werden fett Mann, Weib und Kind.
Crottet fortan ihr Häuptling sein will,
zu schützen sie vor aller Unbill.

Pullt voran! Mehrt des Foggwulfs Ruhm!
Das wohl! Das wohl!
Die Meere sind sein Königtum!«

»In welchem Zustand befindet sich der Knüppeldamm?«, wollte Phileasson wissen.

Gritten zuckte mit den Achseln. Ihr verkrüppelter Arm wirkte dabei noch mehr wie eine misslungene Nachbildung aus stümperhaft zurechtgeschnitztem Holz. Am Ellbogen bewegte er sich kaum, aber an der Schulter wurde er im Ganzen zur Seite geschleudert.

»Sie bessern den Knüppeldamm ständig aus«, meinte sie. »An ein paar Stellen hängt er trotzdem durch. Mit Wagen wird es da schwer, da müssen wir schieben.«

»Wir haben keine Wagen«, erinnerte Phileasson. »Alles ist auf Packsätteln verstaut.«

»Aber die anderen Reisenden könnten Wagen dabeihaben.«

»Wir reisen allein.«

»Man schließt sich immer zu mehreren zusammen, damit man sich im Sumpf helfen kann.«

»Wir sind schon sechzehn. Mit dir siebzehn.«

Sie nippte an ihrem Meskinnes. »Ich warte auf den Respers. Den führe ich immer. Sollte eigentlich schon hier sein, kommt vielleicht noch in der Nacht. Bringt starkes Tuch aus Festum.«

Phileassons Faust krampfte sich um seinen Becher. »Ich habe doch gesagt, dass wir es eilig haben. Ich will nicht warten.«

»Tja.« Gritten rieb sich den Nacken. »Das ist schwierig. Der Respers und ich, wir sind ein gutes Paar. Ich kann ihn nicht hängen lassen.«

»Er stößt sie immer kräftig durch.« Ein Elf mit kastanienrotem Haar, das beinahe bis zu seinen Hüften fiel, drehte einen Stuhl so, dass die Lehne zum Tisch zeigte, und setzte sich rittlings darauf. »Dabei jammert sie wie eine Katze. Aber sie kann nicht genug davon kriegen. Deswegen hat sie es nie besonders eilig, wenn sie ihn nach Vallusa führt. Ein Nachtlager kommt ihr sehr gelegen.«

»Was sagt er?«, fragte Gritten.

Sie sprach das Garethi mit dem im Bornland üblichen, rollenden Akzent. Das Thorwalsch des Elfen dagegen war so rein, dass er auch in einem Langhaus in Brattasö keine Probleme damit gehabt hätte. Ob ihm das ein Zauber ermöglichte?

Phileasson ignorierte die Nachfrage der Sumpfläuferin. »Ich bin …«

»… der Foggwulf, den dein Freund besingt«, fiel der Elf ihm ins Wort. »Offenbar willst du diesem Blender zeigen, wer der wahre König der Meere ist, und dafür musst du ihn in einer Wettfahrt bezwingen.«

»Das wohl.«

»He!« Gritten klopfte mit dem Becher auf den Tisch. »Was redet ihr da?«

»Da ihr eure Karene so gut verkauft habt, klimpern doch sicher genug Münzen in deinem Säckel, damit du dir einen guten Führer durch die Sümpfe leisten kannst.«

»Ich will den besten.«

»Der kostet dich fünfunddreißig Silberstücke.«

Phileasson grinste. »Ich nehme an, ich sehe diesem Besten gerade in die himmelblauen Elfenaugen?«

»Falnokul«, stellte er sich vor.

Gritten verlor die Geduld, stand auf und ging zu einem der Tische, die sich nun, da Ohm Follker seine Leier im Lederetui verstaute, wieder füllten. Das war Phileasson recht, er verspürte keine Lust, mit den Schäferstündchen fremder Leute seine Zeit zu verschwenden.

»Dann nehme ich an, dass dein Lied besonders gut mit der Melodie der Sümpfe harmoniert?«

Falnokul spie auf den Holzboden. »Elfengeschwätz!«

Überrascht zog Phileasson die Brauen hoch. Das ebenmäßige Gesicht, die großen Augen und die spitzen Ohren, die noch etwas länger waren als bei Salarin, ließen keinen Zweifel, dass sein Gesprächspartner diesem Volk angehörte. »Ich reise jetzt einige Monde in Gesellschaft von Elfen …«

»Stört mich nicht«, fiel Falnokul ihm ins Wort. »Solange sie nicht auf die Idee kommen, ein Salasandra mit mir singen zu wollen, nehme ich sie für die fünfunddreißig Silberstücke mit. Ich bringe euch alle sechzehn nach Vallusa.«

»Du hast gute Ohren, wenn du unser Gespräch mitgehört hast«, meinte Phileasson.

»Ihr habt gebrüllt wie Ochsen«, behauptete der Elf. »Ist ja auch klar, ihr wolltet den röhrenden Elch übertönen.«

Dabei sah er Ohm Follker an, der sich zu ihnen setzte und versuchte, die Aufmerksamkeit des Schankjungen zu erregen.

»Du führst eine direkte Rede«, stellte Phileasson fest. »Das gefällt mir.«

»Mir egal, ob du mich magst. Ich will ja nicht mit dir schmusen.«

Phileasson lachte so laut, dass Ohm Follker ihn fragend ansah.

»Fünfunddreißig Silberstücke. Sieh es so: ein Groschen für jedes Huftier, und die Menschen, die Elfen und das sonstige Gezücht, das ihr dabeihaben mögt, nehme ich umsonst mit. Morgen, am Ortsausgang Richtung Vallusa, wenn die Nachtwache den Beginn des Tages ausruft. Nicht später, ich habe im Süden zu tun.«

»Auch eine Herzensangelegenheit?« Phileasson grinste anzüglich. »Wie Gritten?«

Falnokul schnaubte. »Ich kann nur keine Trödelei ausstehen.«

»Das kommt mir entgegen.«

Als der Elf aufstand, knirschte das Leder der schwarzen Rüstung, die er unter der Tunika aus braunem Stoff trug. »Sind wir im Geschäft?« Er streckte die Rechte vor. »Fünfunddreißig Silbergroschen?«

Phileasson hatte keine Lust, den Preis zu drücken. Auf ein paar Münzen kam es ihm nicht an, da hielt er lieber den Führer bei Laune, damit es morgen wirklich schnell vorwärtsging. Er schlug ein.

Sie schüttelten einander nicht die Hände, sondern umfassten die Unterarme, wie Krieger es oft taten. Falnokuls Griff war fest wie der eines Ruderers, obwohl ihm die Schwielen an den Händen fehlten, wie Phileasson mit einem Blick auf die Linke feststellte. Die Männer nickten sich zu, der Elf drehte sich um und verließ die Schenke wortlos.

»Wir treffen auffällig viele Elfen auf dieser Abenteuerfahrt«, meinte Ohm. »Mehr, als mir im halben Jahrhundert zuvor begegnet sind, das wohl.«

Phileasson stimmte seinem Freund zu. Mit Salarin hatte es begonnen, noch in Thorwal. Dann war Galandel zu ihnen gestoßen. Im Tal der Donnerwanderer hatten sie bemerkt, dass auch mit Beorn ein Elf reiste, der Weiße mit dem Helm, der wie ein Hundekopf geformt war. Danach das verderbte Volk des Himmelsturms. In Riva der Wirt des *Fröhlichen Spitzohrs*. Die Bewohner Gerasims, die flüchtige Begegnung mit den Steppenelfen vor Norburg. Niamh natürlich, die Lichtelfe, unvergesslich.

»Ja«, meinte Phileasson gedehnt, »aber dieser ist anders.«

Vallusa,
siebzehnter Tag im Faramond

Schweigend versammelten sich die Gefährten auf dem dunklen Kai. Jeder trug sein Bündel auf dem Rücken. Beorns Ottajasko reiste mit leichtem Gepäck, dachte Tjorne Warulfson. Er stand ein wenig abseits der anderen. Er gehörte nicht dazu. Auch wenn sie es nicht sagten, so ließen sie ihn doch spüren, dass sie Verräter verachteten. Auch wenn Beorn ihn aufgenommen hatte, die anderen wollten ihn nicht bei sich haben ... Er würde sich ihren Respekt erkämpfen müssen. Aber erst galt es, einen anderen Sieg zu erringen. Er musste hinter sich lassen, was Zidaine ihm angetan hatte. Die Erinnerung daran, wie sie ihn im Haus am Strand zurückgelassen hatte. Die Erinnerung an die schwarzen Krebse. Wie sie wimmelnd an ihm heraufgeklettert waren. Wie unzählige kleine Scheren in sein Fleisch geschnitten hatten und wie er geschrien hatte, bis seine Stimme gebrochen war. Was scherten ihn ein paar übellaunige Thorwaler! Er hatte ganz andere Sorgen. Sein Blick huschte an der nachtschwarzen Basaltmauer entlang, versuchte, die tiefsten Schatten zu durchbohren, während seine Rechte auf seiner Axt ruhte. Sie würde wiederkommen, da war er sich ganz sicher. Sie war nur zu sich selbst loyal.

Und für sie zählte nur eines: ihre Rache! Aber dieses Mal wäre er bereit!

Beorn war zur Torfestung am Ende der Brücke vorausgegangen. Im Licht einer Blendlaterne verhandelte er mit der Wache, trotz der späten Stunde noch in die Stadt eingelassen zu werden. Lenya kam ihm nun dabei zu Hilfe. Die Geweihte war von allen hier noch am freundlichsten zu ihm. Eine seltsame Ottajasko hatte sich der Blender zusammengesucht. Galayne, den stets weiß gewandeten Elfen, der die seltsame Marotte hatte, bei Nacht sein ebenmäßiges Antlitz unter einem grässlichen Helm zu verbergen. Einer außergewöhnlichen Schmiedearbeit, die wie ein Hundekopf aussah. Selime, das stille Mädchen, in dessen Augen Abgründe lauerten. Ein paarmal war er bei Waffenübungen gegen sie angetreten. Sie war keine Kriegerin, aber sie lernte schnell. Und sie achtete nicht auf ihre Deckung, wenn sie angriff. In einem Übungskampf mochte dies ein Vorteil sein, doch wenn sie im ersten richtigen Gefecht auf diese Weise vorpreschte, würde sie Beorn nicht lange begleiten.

»Komm!« Ursa Oddadottir winkte ihm zu. Die Rothaarige führte gern das Wort, wenn Beorn nicht zugegen war. Und der Blender schien zu dulden, dass sie sich wie eine Drachenführerin gebärdete. Iskir Svenson, trotz seiner Jugend ein Hüne von einem Mann, folgte Ursa wie ein ergebenes Hündchen. So muskulös er war, wuchs ihm doch kaum der erste Flaum, und auch eine frische Narbe in seinem Gesicht ließ ihn nicht wirklich wie den harten Burschen aussehen, als der er sich zu geben versuchte. Dennoch duldete Ursa ihn in ihrer Nähe und bedachte ihn manchmal, wenn sie sich unbeobachtet glaubte, mit einem Lächeln.

Aber dieser Jüngling war immer noch besser als Eimnir Hermson. Der Ruderer brachte kaum die Zähne auseinander. Noch nie war Tjorne einem solch ausdauernden Schweiger begegnet. Doch in seinem Blick schlummerte Wahnsinn. Vor zwei Tagen hatte Tjorne ihn im Frachtraum der Kogge dabei erwischt, wie er ein kleines Feuer hatte anzünden wollen, um die Dunkelheit zu vertreiben und sich zu wärmen. Beorn hatte den Vorfall heruntergespielt … Aber Tjorne hatte für sich entschieden, ein Auge auf Eimnir zu halten. Besonders dort, wo ihnen ein Feuer gefährlich werden konnte.

Er folgte den anderen zum Stadttor. Olav Stirson, Beorns Steuermann, erwartete ihn, während die anderen schon durch die Mannpforte geschlüpft waren, die sich für sie geöffnet hatte. »Schon erstaunlich, was ein paar nette Worte einer Traviageweihten so bewirken«, murmelte der alte Steuermann in seinen rabenschwarzen Bart.

»Ich vermute, sie hat den Wachen ins Gewissen geredet, dass Travia es nicht schätzt, wenn aufrechten Recken ein ordentliches Nachtlager verwehrt wird.«

Olav nickte. »So etwa in der Art war es. Sie hat dem Wächter aber auch noch was in die Hand gedrückt. Sollte mich nicht wundern, wenn ein paar Silbermünzen dabei geholfen haben, dass er sein Herz für Travias Lehren entdeckte.«

Der Steuermann hinkte. Seine Schritte hallten im Tortunnel wider. Hinter ihnen beiden wurde die Mannpforte wieder geschlossen. Im Laternenlicht sah Tjorne die Pechnasen in der gewölbten Decke. Sollten es Angreifer jemals schaffen, die Flussbrücke zu nehmen und das Tor mit einem Rammbock zu zerschmettern, dann erwartete sie hier ein Guss aus kochendem Öl, dem wahrscheinlich ein paar Fackeln folgten, die den Tunnel in ein flammendes Inferno verwandelten.

Tjorne war erleichtert, als er wieder in den Regen hinaustrat und er den Wind auf dem Gesicht spürte. Vor ihm erhob sich eine

Front aus dunklen Häusern. Sie neigten sich zur Gasse hin, als duckten auch sie sich vor dem üblen Wetter.

»Der Drachenführer schlägt zwei Quartiere vor«, wandte sich Ursa an ihn. »Wir steigen dort vorne im *Märkischen Hof* ab.« Sie zeigte die Straße hinab. »Wahrscheinlich gehört er dem Schwager des Torwächters, so vollmundig, wie er die Vorzüge des Hauses gepriesen hat. Du solltest lieber dem Blender folgen. Ihn zieht es für die Nacht zur *Kaiserin*, ins größte Bordell der Stadt.«

Tjorne schüttelte den Kopf. »Mir steht nicht der Sinn nach …«

»Mir ist egal, wonach dir der Sinn steht!«, fuhr die Kriegerin ihn an. »Ich schlafe nicht mit einem Verräter unter einem Dach. Meinetwegen kannst du dich unter einem Torbogen aufs Pflaster strecken, aber im *Märkischen Hof* will ich dich nicht sehen.«

»Beorn wird nicht …«

»Verkriechst du dich eigentlich zu Hause noch hinter der Schürze deiner Mutter?«

»Du …« Tjorne griff nach seiner Axt.

Ursa ließ ihr Bündel fallen und den Schild von der Schulter gleiten. »Du willst dich mit mir schlagen? Nur zu!«

Tjorne beherrschte sich. Fest umklammerte seine Rechte den Griff seiner Axt, aber er zog die Waffe nicht aus dem Eisenring an seinem Gürtel. »Eigentlich keine schlechte Idee, die Nacht bei Frauen zu verbringen, denen es nicht leidtut, dass ihnen kein Schwanz zwischen den Schenkeln wächst.«

»Was sagst du da?«, grollte Iskir, der Ursa um Haupteslänge überragte.

»Dass ich mir jetzt eine anschmiegsame Frau suche. Solltest du auch mal probieren.«

»Du …« Iskir zog seine Axt.

»Lasst ihn gehen!« Lenya trat zwischen sie, und in ihrer Stimme lag ein Ton, der den jungen Hünen erschrocken zurückkuschen ließ. Selbst Tjorne wurde mulmig. Die Geweihte hatte etwas an sich, das keinen Widerspruch duldete.

»Nicht unter einem Dach!«, zischte Ursa ihn an.

Tjorne nahm die Hand von der Axt. Was hatte er auch anderes erwartet? Wären seine Leute so misstrauisch gegenüber Zidaine gewesen, dann wäre er nicht hier. Diese verfluchte Mörderin! Er sollte sie suchen und ihr die Kehle durchschneiden.

»Folge der Straße an der Stadtmauer«, erklärte ihm Lenya. »Dort liegt das Haus, das du suchst. Ich denke, man wird es von außen erkennen.«

Er sah die Geweihte verwundert an. »Du schickst mich in ein Bordell?«

»Du siehst nicht aus wie ein Mann, der Zuflucht im Traviatempel sucht.«

Ihm wurde klar, dass selbst sie ihn verachtete. Verwunderlich war das nicht. Seine Ottajasko war seine Familie gewesen, und sie war eine Dienerin der Göttin von Heim und Herd. Welchen größeren Verrat hätte er in ihren Augen wohl begehen können? Stumm wandte er sich ab und folgte dem Weg an der Mauer. Zu seiner Rechten erhob sich eine Wehranlage. Vielleicht die Garnison der Stadt. Er sah keinen Posten hinter den Zinnen. Bei diesem Hundewetter irrte niemand durch die Nacht, wenn er es nicht unbedingt musste.

Waren da Schritte gewesen? Tjorne blickte zurück. Die Häuser hinter ihm schienen näher zu der Mauer herangerückt zu sein. Die Dunkelheit war fast vollkommen. Wenn fünf Schritt hinter ihm jemand mitten auf der Straße stünde, würde er ihn nicht sehen. War es möglich, dass Zidaine schon hier war und auf ihn wartete?

Nein! Beorn hatte seine Leute gleich am Morgen nach der Prophezeiung auf die Kogge gebracht. Noch vor dem Mittag hatten sie Festum verlassen. Phileasson war mit seinem kleinen Heerzug gewiss viel langsamer. Tjorne hatte kein Schiff im Hafen von Festum gesehen, das so viele Reisende aufnehmen würde. Es war also unmöglich, dass Zidaine hier war, außer vielleicht, sie war allein unterwegs.

Tjorne tastete nach seiner Axt. Da waren wieder Schritte. Diesmal voraus. Dort musste irgendwo Beorn sein. Auch er suchte nach dem Hurenhaus …

Tjorne drückte sich mit dem Rücken an die Mauer. Abwechselnd sah er nach rechts und links und lauschte. Außer dem Geräusch des fallenden Regens und den Windböen, die sich unter den hohen Dächern verfingen, war nichts zu hören. Er überlegte, ob er seinen Schild vom Rücken schnallen sollte. Mit dem Schild am Arm würde er aussehen, als ob er in die Schlacht ziehen wollte. Das würde nicht gut ankommen, wenn er den Weg einiger Stadtwachen kreuzte. Aber ging bei diesem Wetter jemand Streife?

Er spürte, wie sein Herz so wild schlug, als habe er seine Schlacht schon hinter sich. Er musste sich beruhigen! Zidaine konnte nicht hier sein. Und solange Beorn in der Nähe war, würden die anderen ihn nicht so behandeln wie in dieser Nacht. Er musste ihnen Zeit geben, damit sie sahen, dass er ganz auf ihrer Seite stand.

Voller Verbitterung dachte er an Tylstyr. Sie waren zusammen aufgewachsen! Und nun warf sich dieser Lump der Mörderin an den Hals. Tylstyr hätte zu Phileasson gehen und ihm sagen sollen, was Zidaine war! Die anderen in Stainakr hatten recht gehabt. Tylstyr war nicht wie sie. Er gehörte nicht dazu. Tjorne schluchzte leise. Warum war er so ein verdammter Trottel gewesen und hatte das nicht wahrhaben wollen?

Er stieß sich von der Mauer ab. Mit festem Schritt folgte er der

Straße. Bald fand er eine Tür, über der eine Laterne mit roten Glaswänden brannte. Zwei Säulen, die ein kleines Dach trugen, flankierten den Eingang. Der Türklopfer war wie ein Gemächt geformt. Das stieß ihn ab … Er wollte ihn auf keinen Fall anfassen. Einige Herzschläge lang starrte er ihn an. Sonst war er weniger zimperlich, aber das hier war nicht der richtige Ort für ihn. Nicht in dieser Nacht. Vielleicht fand er ja doch einen Tempel, der ihm gnädig Unterkunft gewährte.

Tjorne folgte weiter der Straße. Hoch über den Dächern konnte er nun das Leuchtfeuer sehen. Ein Stadtpalast mit einem Eckturm bildete das Ende des Weges. Er bog ab und folgte ein paar Schritt einer Gasse. Das Gebäude links wirkte wie eine kleine Festung. Dickes Mauerwerk mit Fenstern, die an Schießscharten erinnerten. An das massige Eingangstor war ein Schild gehängt, der eine rote Löwin auf weißem Grund zeigte. War das ein Rondratempel, ein Haus, geweiht der Göttin des ehrenhaften Kampfes? Der Bau war mehr als zwanzig Schritt lang. Sein nördliches Ende bildete die Begrenzung eines weiten Platzes, über den das tanzende Licht des Leuchtfeuers unheimliche Schatten huschen ließ. Vier Statuen, die wohl liegende Hunde zeigten, wachten ein Stück vor dem Tor mit dem Schild.

Tjorne war inzwischen bis auf die Knochen durchnässt. Er flüchtete in den Eingang des Tempels. Kurz zögerte er, ob er an das schwere Tor klopfen sollte. Allerdings waren die Geweihten der Rondra nicht gerade berühmt für ihre Gastfreundschaft.

Er würde hier nicht als jammernder Bittsteller auftreten! Müde nahm er sein Bündel von der Schulter und warf es in eine trockene Ecke. Dann nahm er seinen Schild ab und lehnte ihn an die Wand. Er würde abwarten, bis der Regen aufhörte. Zur Flamme auf der Turmspitze zu blicken spendete ihm Trost. Vielleicht war es ganz gut, wenn er in dieser Nacht mit sich und seinen Gedanken allein blieb.

Er hätte die Sache mit Zidaine anders angehen sollen. Es war ein Fehler gewesen, im Zorn vor Phileasson zu treten.

Trübsinnig schaute er in den Regen. Die Hundestatuen waren eigenartig. Im unsteten Licht schien es manchmal, als bewegten sich ihre steinernen Muskeln. Sie starrten ihn an. Ihre Köpfe waren zum Tempel hin ausgerichtet, statt auf den Platz hinaus. Merkwürdig.

Das gleichmäßige Rauschen des Regens ließ ihn schläfrig werden. Die Augen fielen ihm zu. Ihm war kalt. Er überlegte, sein Bündel aufzuschnüren und seinen Umhang als Decke zu nutzen.

Ein neues Geräusch mischte sich in den Regen. Ungleichmäßige Schritte, begleitet von einem stumpfen Klacken. Dann glaubte er, auch ein Murmeln zu hören. Schlagartig war er wieder wach.

Da war eine schattenhafte Gestalt auf dem Platz. Sie kam auf ihn zu, schwer auf einen Stab gestützt. »Dummer … immer und immer …« Der Regen verschluckte die meisten der gemurmelten Worte.

Erst beim Anblick des Bettlers wurde Tjorne bewusst, dass er in der ganzen Zeit, die er nun schon hier weilte, niemanden auf dem Platz vor dem Tempel gesehen hatte. Dabei war die Nacht noch nicht so weit fortgeschritten.

Der hinkende Schatten machte einen weiten Bogen um die steinernen Hunde, so als seien sie aus Fleisch und Blut und ganz versessen darauf, ihn bei den Waden zu packen.

Tjorne ließ die Schattengestalt nicht aus den Augen. Und tatsächlich näherte sich der Bettler nun von der Seite dem Portal des Rondratempels. Dabei zischte er und stieß mit seinem Stab in Tjornes Richtung, als wollte er einen räudigen Straßenköter vertreiben.

»Was willst du?« Die Gestalt hatte einen Umhang aus Lumpen um die Schultern geschlungen und einen Zipfel davon wie eine Kapuze über den Kopf gezogen. Ihr Gesicht blieb im Schatten.

»Schlaf woanders, Junge.« Die Stimme war ein kehliges Kratzen. Er sprach so langsam, dass Tjorne das Garethi halbwegs verstand.

»Mir gefällt es hier«, entgegnete der Thorwaler trotzig.

»Der Ort ist nicht gut.« Der Bettler war nun bis auf drei Schritt herangekommen. Immer wieder blickte er nervös zu den steinernen Hunden. »Was glaubst du, warum hier niemand ist?«

»Du bist hier.«

Ein tiefer Seufzer entrang sich der Gestalt, die mehr Lumpenbündel als Mensch zu sein schien. »Ich komme nicht los von hier. Von den goldenen Träumen, die er schickt ... Aber du bist noch nicht verloren ... Oder hast du sie schon gestreichelt?«

»Gestreichelt?« Tjorne sah den offensichtlich Verwirrten und dann die steinernen Hunde an. »Du meinst die Statuen.«

»Ja, ja, ja. Hast du sie gestreichelt?«

»Nein ...«, entgegnete der Recke zögerlich.

»Dann ist noch Zeit. Nimm die Beine in die Hand und mach dich davon.«

»Weil mich sonst die Hunde zerfleischen?«, fragte er ironisch.

»Sehe ich verrückt aus?« Wieder blickte der Bettler hastig zu den Statuen. »Nicht diese *Hunde*. Die rühren sich nicht von ihren Sockeln. Es werden deine eigenen Träume sein, die dich zerfleischen. Geht nicht zu den Statuen. Rühr sie nicht an. Ruf nicht den Schattenmann. Sonst ...« Er zog seine Kapuze zurück. Die linke Hälfte seines Gesichts war grausig entstellt. Die Lippen mehrfach gespalten. Das linke Auge eine weiße Kugel. Parallel verlaufende, wulstige Narben zerfurchten sein Fleisch. Es sah aus, als habe jemand versucht, ihm das Antlitz vom Schädel zu fetzen. »Ich war einmal ein ansehnlicher Bursche, nach dem sich die Mädels gern umgedreht haben. Heute taugt mein Gesicht gerade noch, um die Saat für Albträume zu pflanzen.«

»Was ist geschehen?« Tjorne hatte nie zuvor solche Narben gesehen. Der Fremde musste sich wohl mit einem Bären angelegt haben.

»Ich bin meinen Träumen gefolgt. Mach es besser, Recke. Geh fort von hier, bevor der Schwarze kommt und dich verführt. Ich habe zwei meiner Freunde begraben und bin selbst nur knapp mit dem Leben davongekommen. Geh fort von hier, solange du noch kannst.« Der Bettler sah ihn durchdringend mit dem ihm noch verbliebenen Auge an. »Glaube mir.« Schweigend wartete er auf eine Antwort. Als Tjorne nichts sagte, wandte er sich schließlich ab. »Torheit der Jugend«, murmelte er vor sich hin. »Guten Rat in den Wind zu schlagen. Torheit …«

Tjorne lauschte, bis die Schritte und das Klacken des Stabs verklungen waren. Der Regen hatte nicht nachgelassen. Von der Spitze des Leuchtturms fiel wogendes rotes Licht über das Pflaster. Was es mit diesen Hunden wohl auf sich hatte?

Der Recke erhob sich und trat auf den Platz. Die beiden südlichen Steinbilder sahen aus wie Windhunde, wohingegen die anderen beiden eher an Wölfe erinnerten. Ob doch etwas an den Reden des verrückten Bettlers dran war? Ein Traum, der ihm den Weg zu Ruhm und Reichtum weisen würde, wäre ihm jetzt sehr willkommen. Er würde Beorns Ottajasko verlassen, sobald das möglich war. Hier gehörte er ebenso wenig hin wie zu Phileasson. Er sollte seinen eigenen Weg finden.

Neugierig trat er zum südlichsten der Hunde. Eine sich verschlungen windende Inschrift war in die Schulter des Steinbildes geschnitten. Merkwürdige Schriftzeichen, deren Sinn sich ihm nicht erschließen wollte. Vielleicht waren sie einfach nur verwittert, und er musste warten, bis er sie bei Tageslicht genauer betrachten konnte?

Tjorne untersuchte jeden der vier Hunde. Seine Hände tasteten über den nassen Stein. Weitere Besonderheiten fand er nicht.

Schließlich zog er sich unter den schützenden Torbogen des Tempels zurück. Die Worte des Bettlers gingen ihm durch den Kopf. Ruhm und Reichtum … Er dachte an das entstellte Antlitz des Verrückten. Was hatte ihm wohl diese Wunden beigebracht?

Ruhm und Reichtum, ging es Tjorne wieder durch den Kopf. Vielleicht würde er ja einen Schatz finden. Das Gold würde er nutzen, um ein Kopfgeld auf Zidaine auszusetzen. Er lächelte versonnen. Dann würde sie am eigenen Leib erfahren, was es hieß, ständig über die Schulter zu blicken und keinen ruhigen Schlaf mehr zu finden.

Genüsslich malte er sich die Schrecken aus, die die Mörderin erleben würde. Tjorne verschränkte die Arme und kauerte sich vor dem Portal nieder. Sollte er nur kommen, dieser Schwarze, von dem der Bettler gesprochen hatte.

Skorpsky,
siebzehnter Tag im Faramond

Tylstyr Hagridson glaubte den Versicherungen ihres Wirtes gern. Das *Hotel Stoerrebrandt* sollte ein vornehmes Haus werden, mit hohen, bleigefassten Fenstern in jedem Zimmer, daunengefüllten Decken, Türklinken in Form von Falken und roten Vorhängen mit Silberborten. Im Moment steckte es jedoch mitten im Umbau. Die Holzspäne in Tylstyrs Raum waren ihrem Gastgeber sehr unangenehm, zumal Phileasson hatte anklingen lassen, dass er ein Geschäftspartner des Handelsherrn sei, dem dieses Haus gehörte. Seine Verlegenheit war nur dadurch zu dämpfen gewesen, dass Tylstyr zugestimmt hatte, sich auf ein Mahl in der Gaststube einladen zu lassen, obwohl er bereits gespeist hatte.

Er bereute es nicht. Der Braten hatte vorzüglich gemundet, der Karottenkuchen war etwas für Leckermäuler. Ein wenig träge saß der Magier nun an einem Tisch in der hintersten Ecke, wohin der Wirt ihm aufmerksamerweise eine Wachskerze, eine Schreibfeder und ein Fässchen mit klumpfreier, blauer Tinte gebracht hatte. Mit diesen Utensilien machte sich Tylstyr daran, die Aufzeichnungen in dem Buch zu vervollständigen, das Spektabilität Cellyana ihm mitgegeben hatte, um dort alle Erkenntnisse festzuhalten, die er auf dieser Reise über die Elfen gewann.

»Orima, die Allsehende, der wir nach der Prophezeiung begegnen sollen«, notierte er, »ist sicher mehr als eine beinahe vergessene Legende. Niamh kannte sie, und zwar offenbar nicht nur von ferne. Auch unser Gefährte Salarin schien sich im Zauberwald ihrer zu entsinnen, wobei er wieder jenes seltsame Verhalten zeigte, welches ihn …«

Scharrend wurde der Stuhl ihm gegenüber zurückgezogen.

Tylstyr sah auf und blickte in Zidaine Barazklahs Gesicht. Es war schmal und wunderschön mit der dünnen, geraden Nase und den dunkelgrünen Augen. Sie hatte ihr Haar gewaschen, feucht lag es auf ihren Schultern. Wie immer trug sie vollständig schwarze Kleidung, sogar Handschuhe. Mit katzenhafter Eleganz ließ sie sich nieder, wobei sie den Griff des Rapiers gefasst hielt, damit die lange Klinge sie nicht behinderte. Der Dolch mit dem Korb aus gewundenen Bronzeschlangen schlug gegen das Holz.

Tylstyr strich die Tinte von der Feder und legte diese in die gebogene Schale. Er nahm eine Prise Löschsand aus der Dose, streute sie über die Seite, pustete sie fort und schloss das Buch.

Zidaine beobachtete ihn wortlos.

Er stand auf.

»Wie lange soll das so gehen?«, fragte sie.

Ihr Gesicht erschien ihm besonders hell. Vielleicht lag es an der kaum rußenden Kerze, deren Wachsgeruch ihm in die Nase stieg. Ihre Züge waren nicht weich, das waren sie nie. Aber sie wirkte auch nicht bösartig. Eher … abwartend. Oder lauernd? Diese Frau war ein Raubtier, das wusste Tylstyr. Aber er wusste auch, wer sie dazu gemacht hatte.

»Du brauchst nicht wegen mir zu gehen«, sagte Zidaine.

Obwohl er stand und sie saß, er also auf sie hinuntersah, fühlte er sich nicht größer. Er hatte sie bei den Waffenübungen der Ottajasko gesehen. Sie konnte sich so schnell bewegen, dass er nicht daran zweifelte, dass er eine Klinge in der Brust hätte, bevor er einen Schritt zurück hätte machen können. Aber so tötete sie nicht. Nicht ihn. »Hast du nachgeschaut, ob es in Skorpsky Krebse gibt?«

Sie schürzte die Lippen. »In Riva hast du mich schon einmal fortgeschickt. Willst du noch, dass ich gehe? Ich könnte verschwinden. Für immer.«

Sein Herz setzte einen Schlag aus. »Dein Eid … du hast dem Foggwulf geschworen, diese Reise mit ihm zu bestreiten.«

»Ist das dein einziges Bedenken?« Ihre grünen Augen schienen ihn festzuhalten. Oder versuchte sie, sich an ihm festzuklammern? Lag eine Bitte in ihrem Blick?

»Ich will nicht, dass du gehst«, flüsterte er.

»Reden willst du auch nicht mit mir«, stellte sie fest. »Gestern hast du so weit wie möglich von mir entfernt geschlafen, heute wolltest du ein anderes Zimmer. Die anderen tuscheln schon.«

»Was interessieren mich die anderen?«

»Nicht reden«, sie tippte mit dem Zeigefinger auf den Tisch, »nicht berühren«, der Mittelfinger folgte, »auch nicht mehr küssen, nehme ich an«, der Ringfinger. »Was willst du stattdessen, Tylstyr, Sohn des Hagrid, des stolzen Recken aus Stainakr, der Schiffe auf den Strand lockte und wehrlose Seeleute erschlug?«

»Ich weiß, was meine Leute getan haben.«

»Und ich weiß, was ich tue. Wie machen wir jetzt weiter?« In ihrem Blick lag keine Unsicherheit, aber doch so etwas wie Bedauern. Oder bildete Tylstyr sich das ein?

Sie hatte Tjorne Warulfson gefesselt, mit Sirup beschmiert und ihn von Krebsen halb auffressen lassen. Damit hatte sie den Schwur der Ottajasko gebrochen, aber vor allem hatte sie gewusst, dass es Tylstyrs Freund war, dem sie dies antat.

Umgebracht hatte sie ihn jedoch nicht. Und dieser Freund hatte sie geschändet. Vor einem Jahrzehnt, in einem Winter des Schreckens für Zidaine, die damals noch ein Mädchen gewesen war. Er hatte sie nicht nur einmal unter seinen Willen gezwungen, sondern vielfach. Die anderen Jungmannen Stainakrs hatten das auch getan. Oft hatte sich Tylstyr vorgestellt, wie sie sich gegenseitig angefeuert hatten. Er selbst hatte nicht mitgemacht, er hatte Zidaine befreien wollen. Und dabei hatte er versagt.

Eine solche Geschichte konnte zwei Menschen nicht verbinden. Sie konnte nur trennen. Für jeden, der ihm davon erzählt hätte, wäre Tylstyrs Rat gewesen, dieser Frau aus dem Weg zu gehen. Aber bei dem Gedanken, Zidaine nie wiederzusehen, bekam Tylstyr das Gefühl zu ersticken.

»Gib mir Zeit«, bat er.

»Wie lange willst du …«

Die Tür der Schankstube öffnete sich. »Ich habe das blöde Sumpfloch nicht gesehen!«, schimpfte Leomara della Rescati.

Sie stapfte tropfnass herein, gefolgt von ihrem milde lächelnden Onkel Vascal, der im Vergleich zu dem Mädchen auffallend trocken war. »Es ist doch nicht schlimm«, sagte er. »Wir rubbeln dich ab, und dann geht es ins warme Bett.«

»Ich bin noch gar nicht müde!« Das hatte die Neunjährige schon behauptet, als sie mit Vascal zum Stall gegangen war, um die Pferde zu versorgen. Inzwischen ging es jedoch auf Mitternacht zu, und die Augen des Mädchens schienen seine Einschätzung nicht mehr zu teilen, denn die Lider waren halb geschlossen.

»Ich bringe sie nach oben.« Zidaine stand mit klappernden Waffen auf.

Leomara verschränkte die Arme. »Ich will warten, bis Ohm Follker und der Foggwulf zurück sind.«

»Wirklich?«, fragte Zidaine. »Und ich dachte, wir fangen einen fetten Brummer und füttern Orkengriff.«

Begeistert riss das Mädchen die Augen auf. »Au ja!« Irullas Spinne faszinierte Leomara, weil auf dem kugeligen Körper so lange Haare wuchsen, dass man sie streicheln konnte.

»Komm schnell! Auf dem Boden, wo die Schinken hängen, habe ich ein paar Fliegen gesehen. Die werden ihm bestimmt schmecken.«

Die beiden stiegen die Treppe hinauf.

Vascal sah ihnen lächelnd nach, bevor sein Blick auf das zugeklappte Buch fiel. »Kommst du gut voran mit den Aufzeichnungen zu den Spitzohren?«

Nickend setzte sich Tylstyr. »In unserer vierten Aufgabe ist von Orima die Rede. Ich hatte damit gerechnet, dass wir auf der Reise einem oder zwei Elfen begegnen würden, vielleicht auch einer Sippe, und dass ich ein paar Gerüchte notieren könnte. Aber so, wie sich alles entwickelt, könnte es sogar sein, dass Cellyanas Buch zu wenige Seiten hat. Merkwürdig, wie sich alles fügt.«

Vascal setzte sich ihm gegenüber, beugte sich vor und stützte die Ellbogen auf den Tisch. »Die dritte Aufgabe finde ich noch viel seltsamer«, meinte er in verschwörerischem Ton.

»Seltsamer als die Erforschung des Himmelsturms?«, zweifelte Tylstyr. Das war immerhin ein Ort, der vor ihrer Reise als Mythos gegolten hatte. Wenn sie davon berichteten, hielten nicht Wenige sie für Aufschneider. In der dritten Aufgabe dagegen hatten sie eine dämonische Seuche bekämpft, die Crottets, Nirkas und Hern'Sens Volk befallen hatte. Dann waren sie dem Pfad des Wolfes gefolgt und hatten eine Karenherde in Festum verkauft. Auch von einer Erkenntnis war die Rede gewesen, und die Ottajasko vermutete, dass sich diese auf die Einblicke bezog, die man in Niamhs Zauberwald erlangt hatte.

»Überlege einmal.« Mit dem schalkhaften Lächeln, das so oft Vascals Lippen umspielte, wenn er ein Rätsel gelöst hatte, strich er den spitzen Oberlippenbart glatt. Die Geste wirkte seltsam, weil der kleine Finger an der linken Hand fehlte. »Eure Oberste Hetfrau hat den Reiseweg geplant und die Aufgaben ersonnen, wenn ich nichts vollkommen falsch verstanden habe.«

»Richtig.« Tylstyr erinnerte sich genau an den Tag, an dem die Hetleute in der Großen Halla den Aufbruch der beiden Ottajaskos zelebriert hatten. Der berühmteste Entdecker und der gefürchtetste Plünderfahrer ihrer Zeit mussten unter sich ausmachen, wer der König der Meere war. »Die ersten beiden Aufgaben bekamen wir sofort, die dritte sollten wir in Riva erhalten.«

Vascal nickte. »Mutter Cunia würde sie an ihre Geweihten, die Schwestern Shaya und Lenya, übermitteln.«

»So ist es ja auch geschehen«, bestätigte Tylstyr. »Im Traviatempel zu Riva bekam Shaya ihre Vision.«

»Und woher wusste Garhelt bei eurem Aufbruch zwei Monde zuvor, dass die Dämonen der Nachtalben eine Seuche in die Jurten der Nivesen tragen würden?«

Tylstyr fühlte sich, als hätte ihn ein Eisblock an der Stirn getroffen.

Er hatte mit irgendeiner Spitzfindigkeit gerechnet, mit einer verdrehten Interpretation von Regeln oder auch der Vision selbst. Vascal liebte solche Dinge.

Aber das hier war keine Formulierungsfrage und keine unwichtige Nebensächlichkeit. Es rührte am Kiel, an dem alle Spanten und Planken dieser Wettfahrt befestigt waren.

»Die Aufgabe … Garhelt und Cunia waren in der Kartothek«, erinnerte sich Tylstyr murmelnd. »Ich sollte ihnen helfen, sie hatten die Schule der Hellsicht um Unterstützung gebeten. Ich habe abgelehnt, weil ich beim Foggwulf angeheuert hatte. Cellyana hat die Aufgabe selbst übernommen.«

»Eine der besten Hellsichtmagierinnen Aventuriens.« Vascal zwirbelte eine Spitze seines Schnurrbarts. »Denkst du, sie konnte in die Zukunft sehen?«

»Sie müsste erkannt haben, dass wir den Himmelsturm finden und dort den Zorn der Nachtalben auf uns ziehen. Und dass die Nachtalben sich dafür an Crottets Volk rächen würden.«

»Dafür müsste sie auch gesehen haben, dass wir überhaupt auf Crottet treffen.«

»Das stimmt.« Sie waren dem Nivesen erst auf dem Packeis begegnet.

Ein Abgrund schien sich unter Tylstyr zu öffnen, als verlöre er den Halt an allem, was sein Leben bestimmte. Es war Crottets Entscheidung gewesen, mit den Versorgungskoggen Handel zu treiben. Es war die Entscheidung des Foggwulfs gewesen, ihn in die Ottajasko zu nehmen. Die Entscheidung der Nachtalben, sich mit der Seuche zu rächen. Und wenn er weiter überlegte, gäbe es sicher noch viele weitere Entscheidungen. Aber wenn das Ergebnis dieser Entscheidungen vorhersehbar war – dann konnte keine von ihnen aus freiem Willen getroffen worden sein. »Dann wären wir alle nur Figuren in einem Spiel«, flüsterte Tylstyr.

»Vielleicht«, meinte Vascal mit einem verschmitzten Lächeln. »Siehst du eine andere Möglichkeit?«

Er zuckte mit den Achseln. »Ich habe Durst. Gibt es hier auch etwas zu trinken?« Er machte Anstalten, sich zu erheben.

Tylstyr hielt ihn mit der Hand auf dem Ellbogen zurück. »Spann mich nicht auf die Folter.«

Vascal sah ihm in die Augen und überlegte wohl, wie weit er die Neckerei noch treiben sollte.

»Wenn die Aufgabe nicht vorher bekannt gewesen sein kann«, sagte er, »dann muss sie in dem Moment formuliert worden sein, als Shaya die Prophezeiung empfing.«

»Aber dann …« Tylstyr netzte seine Lippen und schüttelte bedächtig den Kopf. »Selbst dann müsste Garhelt darüber im Bilde gewesen sein, was wir erlebt haben. Mehr noch: auch darüber, was die Nachtalben gerade trieben.«

»Das stimmt. Aber die Gegenwart könnte Cellyana erkennen, oder?«

Tylstyr sah auf das Elfenbuch. Cellyana von Khunchom galt tatsächlich als außerordentliche Kapazität auf dem Gebiet der Hellsichtmagie. Natürlich brachte sie ihren Schülern nicht alles bei, was sie selbst beherrschte. Sie vertrat die Ansicht, dass man sich Wissen zu verdienen hatte. Wie weit ihre Macht reichte, konnte Tylstyr kaum abschätzen. Aber dass sie die Gegenwart klar sah, mit diesem Wissen Garhelt beriet und diese daraufhin ihre Aufgabe änderte, ließ wenigstens die Möglichkeit bestehen, dass sie gemäß ihres freien Willens entschieden. »Es könnte sein«, hörte Tylstyr sich sagen und wusste nicht, ob er es selbst glauben sollte.

Vallusa,
siebzehnter Tag im Faramond

»Lass es«, murmelte Beorn resigniert und rekelte sich im Bett.

Die Blondine blickte zu ihm auf. Ihre Brüste ruhten schwer auf seinen Schenkeln. Mit beiden Händen hielt sie sein Gemächt umschlossen. »Gib mir noch einen Augenblick …«

Der Drachenführer schüttelte den Kopf. »Das wird nichts mehr.« Es war, wie er befürchtet hatte. Nachdem er von den süßesten Früchten gekostet hatte, war jedes andere Mahl nur noch Asche. Immer wieder hatte er an Pardona gedacht, während sich die Blondine alle Mühe gegeben hatte, ihn zu umgarnen. Willig war er ihr auf das Zimmer gefolgt. Voller Hoffnung, die grausame Göttin in ihren Armen vergessen zu können. Doch das Gegenteil war der Fall gewesen. Er hatte sie in allem mit Pardona verglichen. Ihre Küsse. Ihre Zärtlichkeiten … Und sie hatte auf ganzer Linie versagt. Niemand würde sich jemals mit Pardona messen können.

»Hast du dich schon einmal mit zwei Mädchen vergnügt?«, versuchte seine Gespielin zu retten, was ohne Hoffnung war. »Wir haben hier eine Tulamidin. Ihre Augen sind loderndes Feuer. Und wenn sie sich zum Klang von silbernen Zimbeln windet, wird dir all dein Blut zwischen die Schenkel steigen, das verspreche ich dir.«

»Ich gehe hinunter, etwas trinken«, wiegelte Beorn ab.

»Ja«, entgegnete sie enttäuscht.

Wein hatte noch keinem Liebhaber neues Feuer eingeflößt, dessen war sich auch Beorn nur zu bewusst. Er würde sich betrinken! Wäre er doch niemals Pardona begegnet!

Der Drachenführer erhob sich von ihrem gemeinsamen Lager, wickelte sich ein Seidentuch um die Lenden und trat aus dem schmucken kleinen Zimmer hinaus auf die Galerie, die sich über der Eingangshalle des Freudenhauses erhob. Der Bereich unter ihm war nur mit wenigen Öllampen beleuchtet. Breite Bänke voller Kissen und in Halbdunkel getauchte Nischen luden die Gäste dazu ein, die Kurtisanen und Lustknaben besser kennenzulernen. Zugleich gab es einen schmalen Tresen, an dem ein kahlköpfiger Moha auf Wunsch eine breite Auswahl an Getränken kredenzte.

Beorn entdeckte eine dunkelhaarige Frau, die sich zum Klang von Flötenspiel lasziv rekelte. Ob das die Tulamidin war, von der seine Bettgefährtin gesprochen hatte? Vor einem halben Jahr noch hätte die Tänzerin sein Blut zum Kochen gebracht. Aber jetzt erschien ihm alles fad …

»Mögen die Niederhöllen Pardona verschlingen«, murmelte er und sehnte sich zugleich danach, dass die selbst ernannte Göttin hier wäre. »Kurs halten!«, zischte er und erntete dafür einen verwunderten Blick von einem schlaksigen Kerl mit Tintenflecken auf den Fingern. Wohl einer der Buchhalter der Handelshäuser der Stadt oder vielleicht ein Schreiberling aus einem Archiv, dachte er und warf dem Tintenkleckser einen bösen Blick zu.

»Kurs halten«, wiederholte er und steuerte nun den Tresen an. Er würde Pardona nicht den Gefallen tun und darum betteln, dass sie ihn noch einmal in ihr Bett holte. Ganz sicher wartete sie darauf. Ob sich alle Männer so verhielten, die ihren Weg kreuzten?

»Hier wird wohl was gebraucht, was finstere Gedanken ausbrennt«, sprach ihn der Moha in fast akzentfreiem Garethi an.

Beorn stützte sich schwer auf den Tresen. »Das wohl! Ein Branntwein würde guttun …«

»Wir könnten mit Premer Feuer anfangen …«

Der Blender blickte in das tätowierte Gesicht hinauf. Er hatte das Gefühl, dass eine unausgesprochene Frage in den Worten des Mohas mitschwang, aber dieser Gedanke war augenblicklich vergessen, als er erkannte, was das Hautbild des Schankwirtes darstellte. Es sah aus, als schöbe sich sein Kopf aus einem aufgerissenen Schlangenmaul. Die Schläfen waren mit nadelspitzen Zähnen geschmückt, von denen Gift troff. Wer wohl auf die Idee verfallen war, jemandem wie ihm den Ausschank anzuvertrauen?

»Was wäre denn die Empfehlung des Hauses?«

»Du wirkst wie ein Mann, der das Besondere dem Alltäglichen vorzieht. Das Besondere hat natürlich seinen Preis …«

Beorn stand nicht der Sinn nach vielen Worten. Er wollte einen Schnaps, der ihn schnell jenseits aller Worte brachte, und am besten auch noch jenseits aller Gedanken und Sorgen. »Also?«

»Die Offenbarung der Zwillinge, aber eine Hausmischung. Im Abgang zusätzlich veredelt. Etwas ganz Besonderes …«

»Nie gehört.«

Der Tätowierte hatte offensichtlich verstanden, dass ihm nicht nach leichter Plauderei zumute war. Schweigend stellte er ein wohl gefülltes Glas vor ihm ab und musterte ihn eingehend mit dunklen Augen.

Beorn kippte alles mit einem einzigen Schluck hinunter und bereute es sofort. Er war einiges gewöhnt, aber dieser Trunk hatte es wirklich in sich, wenn auch auf andere Art als erwartet. Er war süß wie Rübensirup. Erlaubte sich der Moha etwa einen Scherz?

Als Beorn Luft holte, um sein Gegenüber zurechtzuweisen, schien seine Kehle plötzlich in Flammen zu stehen. Das Feuer brannte hinunter bis in seinen Bauch. Tränen traten ihm in das verbliebene Auge, und er stieß gegen seinen Willen ein leises Röcheln aus.

»Das wohl!« Der Moha lächelte ihn an.

»Bei Swafnirs Fluke«, keuchte Beorn, als er langsam wieder zu Atem kam. »Was ist das für ein Gebräu?«

»Was ich dir versprochen habe. Ich wette, was immer dich bedrückt hat, ist gerade aus deinen Gedanken gebrannt worden. Die Offenbarung der Zwillinge ist ein Brannt aus Maraskan. Nicht ganz leicht zu bekommen … Die Krüge gehören zum besonderen Vorrat der Herrin des Hauses. Sie kommt von dort. Und was immer man von Maraskanern halten mag, sie wissen, wie man die Geister austreibt, die einen in Nächten wie dieser heimsuchen. Richtig?«

Beorn knallte das Glas auf den Tresen, dessen polierte Oberfläche etliche kleine Löcher entstellten. »Noch einen.«

»Thorwaler, nicht wahr?«

»Wie kommst du denn darauf?«, fragte er ironisch.

Das Lächeln des Mohas wurde noch breiter. »Vernünftige Männer lassen es mit einem Glas gut sein. Aber vernünftige Männer und Frauen sind so langweilig …«

Diesmal nahm der Drachenführer nur einen kleinen Schluck. Es änderte fast nichts an der mit leichter Verzögerung eintretenden, aber verheerenden Wirkung. Allerdings breitete sich in seinem Magen eine wohlige Wärme aus.

»Du schätzt also Thorwaler …« Beorn war verwundert, wie schwer seine Zunge war.

»Mein Lieblingsgast ist eine Thorwalerin!«, bekannte der Moha mit strahlenden Augen. »Sie ist den dritten Abend in Folge da. Hat irgendwas mit unserem alten Drachen ausgehandelt.« Er beugte sich vor und senkte die Stimme zu einem Flüstern. »Gerüchteweise geht es um eine Schatzkarte. Jedenfalls hat sie Narrenfreiheit …«

»Alter Drachen?«

»Die Dame, der dieses Haus gehört. Wie ich schon sagte, eine Maraskanerin … hat ein niederhöllisches Temperament.«

Beorn hatte das Gefühl, dass sich ein Schleier vor die Wirklichkeit legte. Schatzkarten, alte Drachen … es war die richtige Entscheidung gewesen, hierherzukommen. Er stürzte den Rest des süßen Feuertrunkes die Kehle hinab. »Noch einen!«

»Das könnte gefährlich werden …«

»Sehe ich aus wie ein Mann, den Gefahren abschrecken?«

Bevor der Moha antworten konnte, erklang ein schriller Schrei aus einem der Zimmer an der Galerie. Eine Tür flog auf und krachte gegen eine Wand. Im nächsten Augenblick stand ein nackter Kerl am Geländer. Das lange schwarze Haar hatte er zu kleinen Zöpfen geflochten, und er sah aus, als sei er gerade einem leibhaftigen Drachen begegnet.

»Sagte ich doch, mit euch Thorwalern wird es nie langweilig«, kommentierte der Moha.

»Komm sofort zurück!«, schmetterte oben eine Stimme, die einen Orkan niedergeschrien hätte. »Ich hab eine volle Stunde bezahlt, du Lusche, also schwingst du umgehend deinen Arsch wieder ins Bett, oder ich werde ihn unter dem Giebel dieses ehrenwerten Hauses annageln. Das wohl!«

Fasziniert beobachtete Beorn, wie der panische Kerl dort oben seinen Arsch lieber über das Geländer schwang und sich auf eine der Bänke mit einem Kissenstapel hinabstürzte.

Die Landung war hart.

Keuchend rappelte sich der Flüchtige auf und hinkte in Richtung Eingangstür. »Sie wollte mich erwürgen«, stammelte er mit Entsetzen im Blick. »Erwürgen!«

»Das hab ich gehört!«, erscholl es zu ihren Häuptern, und im nächsten Augenblick erschien eine Hünin am Geländer. Blauschwarze Tätowierungen bedeckten ihren Oberkörper. Das lange rotbraune Haar fiel bis zu ihren mehr als üppigen Brüsten hinab. Sie war gänzlich unbekleidet. »Ein bisschen in den Arm genommen hab ich den kleinen Stinker. Wenn ich ihn wirklich gewürgt hätte, würde der keinen Ton mehr herausbringen.«

»Was für ein Weib«, hauchte der Moha. »Ein Temperament wie ein brünstiger Wasserbüffel.«

»Bleib stehen!«, schmetterte die Thorwalerin.

Stattdessen nahm ihr eingeschüchterter Liebhaber die Beine in die Hand und flüchtete weiter zur rettenden Eingangstür.

»Vielleicht solltest du ihr mal den Hof machen …«

Der Moha seufzte schwer. »Würd ich ja, aber ich fürchte, mir fehlt das Stück, das sie an Männern am meisten schätzt.« Er blickte an sich hinab und tippte sich dann auf den Giftzahn an seiner linken Schläfe. »Diese Viper hat nach meinem Schwanz geschnappt, und ich hab ihr danach den Kopf abgebissen. War für uns beide ein schlechter Tag.«

Beorn sah den Schankwirt ungläubig an, doch nichts deutete darauf hin, dass sein Gegenüber scherzte.

Holz splitterte, und der Boden erbebte, als sei die Faust eines wütenden Riesen inmitten des Gastraumes niedergefahren. Die Thorwalerin erhob sich zwischen den Trümmern der Sitzbank, auf der die Kissen gelegen hatten. Sie zog sich einen Holzsplitter aus der Wade und winkte dem Moha zu. »Einen Rachenputzer!« Dabei bedachte sie Beorn mit einem abschätzenden Blick. »Was glotzt du so, Kleiner?«

Sie war wahrlich Ehrfurcht gebietend. Mehr als zwei Schritt groß und mit einem Kreuz so breit, dass Beorn an den Vergleich mit dem brünstigen Wasserbüffel denken musste.

Sie nahm das Glas, stürzte den Inhalt hinab und tat einen erleichterten Seufzer. Dann packte sie mit der Linken in sein Haar und zerzauste es. »Versuchst wohl wie der Blender auszusehen, mit der Augenklappe und fast rasiert …« Sie lachte. »Kannst froh sein, dass er nicht hier ist. Hat wenig Humor. Der würde dir glatt dein zweites Auge nehmen.«

Für einen Moment verschlug es Beorn die Sprache.

»Noch einen!« Sie hämmerte das Glas auf den Tresen.

»Du kennst Beorn den Blender?«

Sie blickte verächtlich auf Beorn hinab. »Kennen? Kerl, wir beide haben zusammen Porto Paligan geplündert. War meine Idee, das Schatzhaus der Al'Anfaner auszunehmen. Hab den Plan ausgetüftelt …« Sie grinste breit. »Und mir hat er den Bärenanteil des Goldes überlassen, damit ich ein sicheres Versteck dafür finde. Ich sag dir, drei Ottas, so voll beladen, dass sie fast unter ihrem eigenen Gewicht gesunken wären.«

Beorn schnaubte amüsiert. »Du solltest aufpassen, wem du dein Seemannsgarn auftischst.«

»Seemannsgarn?« Sie hob drohend die Rechte. »Nennst du Eilif Sigridsdottir etwa eine Lügnerin, du Wicht?«

»Ich bin Beorn der Blender, und ja, du bist eine Lügnerin, Eilif. Dein fetter Arsch hat Porto Paligan niemals gesehen.« Er duckte sich unter dem Fausthieb, der seinen Worten folgte.

»Beorn ist ein echter Kerl!«, grölte sie. »Der muss seinen Kopf nicht in den Nacken legen, wenn er mich anschauen will.«

»Komm raus mit mir auf die Straße, und ich werd dir deinen Kopf zwischen die Füße legen, Aufschneiderin.«

Ein weiterer Hieb verfehlte ihn. »Halt still«, fluchte sie.

Er versetzte ihr einen Schlag in die Niere und tänzelte sofort zurück.

»Also gut. Machen wir es mit Äxten klar, das wohl! Dann wirst du sehen, dass du auf eine gewisse Art die Wahrheit getroffen hast, als du mich Aufschneiderin genannt hast.«

»Das genügt!« Auf der Treppe zum ersten Stock stand eine schlanke schwarzhaarige Frau in einem eng anliegenden roten Kleid mit einem Stehkragen. Ihr Haar war zu einem Dutt aufgesteckt, den zwei lackglänzende Holznadeln hielten. »In meinem Haus werden keine Klingen gekreuzt.«

»Er nennt mich eine Lügnerin!«, grollte Eilif. »Lass mich ihn in der Misa ersäufen, diesen einäugigen Bastard.«

»Nein!«, entgegnete die Dame scharf, von der Beorn vermutete, dass sie wohl der Drache war, von dem der Moha eben noch gesprochen hatte. »Tapo Hahe! Hol unsere kleinen Wahrheitsfinder. Wir nehmen uns auf unsere Art dieser Sache an.« Sie wandte sich an die wenigen Gäste, die sich in den dunklen Winkeln der Eingangshalle herumdrückten. »Es dürfen Wetten abgeschlossen werden.«

Beorn hob beschwichtigend die Hände. »Was immer das hier werden soll, ich mache dabei nicht mit.«

»Mein Haus, meine Regeln!«, entgegnete die Dame auf der Treppe unterkühlt. »Du kommst hierher und stiftest Unfrieden, nun zahlst du den Preis dafür.«

»Ich stifte Unfrieden!« Der Drachenführer hatte das Gefühl, der verdammte Schnaps würde sich durch seine Gedärme brennen, um einen kürzeren Weg hinaus zu finden, als ihm Eilif ihre schwere Pranke auf die Schulter legte und ihn festhielt.

»Du wirst uns doch jetzt nicht davonlaufen!«

Aus den Schatten der Eingangshalle traten andere Gäste. Auch oben an der Galerie versammelten sich neugierige Zuschauer.

Tapo Hahe stellte zwei Glaskrüge auf den Tresen, in denen jeweils ein fast handgroßer, schwarzer Skorpion krabbelte. Beide hatten einen weißen Totenkopf auf ihrem Rückenschild.

Jetzt legte der Moha noch einen faustgroßen Kopf mit wuscheligem blondem Haar daneben. Auch wenn die Proportionen nicht stimmten und der vernähte Mund und die Augen viel zu groß wirkten, war es ohne Zweifel der Kopf eines Menschen. Beorn hatte davon schon gehört. Angeblich gab es Mohastämme tief im Dschungel, die ihren Gefangenen die Köpfe abschnitten, um sie dann als Trophäen am Gürtel zu tragen.

»Totenkopfskorpione«, erklärte die rot gewandete Hausherrin von der Treppe. »Ihr Gift lässt den Kopf schrumpfen, bis er kaum größer als ein Apfel ist.«

Beorns Mund war trocken wie die Wüste Khôm. »Das ist nicht euer Ernst. Was soll das werden? Ich …«

»Ein Wettstreit unter Freunden.« Tapo Hahe holte einen Hammer und einen Nagel hervor. Mit einem einzigen Schlag trieb er den Nagel bis zur Hälfte in eines der kleinen Löcher, die den Tresen verunzierten. Dann ließ er einen der Skorpione aus seinem gläsernen Gefängnis gleiten. Er drückte ihn mit dem Hammerstiel auf die Holzplatte nieder, sodass er nicht entfliehen konnte, und band ihn mit zwei Fäden an dem Nagel fest, bis er sich so gut wie nicht mehr bewegen konnte.

Eilif setzte ihren Ellenbogen ein Stück vom Skorpion entfernt auf den Tresen. »Bereit, mein Kleiner?«

Beorn sah von dem giftigen Biest zu ihrem Oberarm, der etwa denselben Umfang hatte wie sein Oberschenkel. »Das ist ja wohl ein Scherz …«

Die riesige Thorwalerin wandte sich an die übrigen Gäste. »Braucht ihr noch einen weiteren Beweis, dass das hier nicht Beorn ist? Eine Augenklappe allein macht noch keinen Helden. Beorn ist kein Schisser wie dieser Betrüger hier.«

Während Eilif sich an der Ecke des Tresens aufstellte, betrachtete der Drachenführer den Skorpion vor sich. Er verschwamm in seiner leicht getrübten Sicht. Aber mit dem Totenkopf auf dem gepanzerten Rücken des Tiers stimmte etwas nicht. War er aufgemalt?

Tapo Hahe hatte inzwischen den zweiten Skorpion auf dem Tresen angebunden.

»Ich mach bei diesem Unsinn nicht mit«, erklärte Beorn und verschränkte die Arme vor der Brust.

Überraschend griff Eilif nach dem Seidentuch um seine Hüften und riss es ihm vom Leib. »Dacht ich's mir doch ... Eier so groß wie Rattenaugen. Kein schöner Anblick!«

Ihre Tat wurde mit verhaltenem Gelächter quittiert.

»Weißt du, Schisser ... Wenn du nicht mitspielst, dann pack ich dich im Nacken wie ein Katzenjunges und schmeiß dich durch die Tür hinaus in den Regen. Deine Kleider und Waffen behalte ich als Entschädigung.«

»Als Entschädigung für was? Dass ich dich als Lügnerin überführt habe? Schickt einen Boten zum *Märkischen Hof*. Dort findet ihr eine Traviageweihte, die euch bestätigen wird, wer ich bin.«

Ein bellendes Lachen war Eilifs Antwort. »Eine Traviageweihte. Beorn soll mit so einer Strickmutter reisen? Der Schrecken Al'Anfas? Der Schiffeversenker und Sklavenbefreier? Der Blender, der Dutzenden von al'anfanischen Leuteschindern die Augen herausgeschnitten hat. Niemals reist der mit einer Traviageweihten. Los jetzt ...« Sie packte seinen rechten Arm und zwang ihn auf den Tresen, mitten zwischen den beiden Skorpionen.

»Hör mal Eilif«, meldete sich der Kerl mit den Tintenfingern zu Wort. »Das ist keine vernünftige Wette. Es ist doch jedem klar, dass du den Hänfling da zerschmettern wirst. Keiner wird gegen dich setzen.«

»Ich bin nicht nachtragend …«, verkündete Eilif vollmundig. »Setz auf ihn. Wenn du gewinnst, machst du einen guten Schnitt.«

Der Tintenkleckser machte ein Gesicht, als habe er in einen verrotteten Hering gebissen. »Da kann ich meine Silbergroschen auch gleich zum Fenster hinauswerfen. Das ist ja, als würde man ein Küken zu einem Kampfhahn in die Arena setzen, um …«

Beorn riss sich von Eilif los und strauchelte leicht, da sich seine Beine wie Hafergrütze anfühlten. Seine Faust fand aber dennoch mitten ins Gesicht des Tintenkleckser, der mit gebrochener Nase zu Boden ging. »Mich hat noch niemand mit einem Küken verglichen«, grollte er. »Noch jemand hier, der mich mit Federvieh oder sonst was vergleichen will?«

Eilif beugte sich vor. »Ich glaub, seine Eier sind gerade um eine Fingerbreite gewachsen.«

Beorn fuhr zu ihr herum. »Pass mal auf, du … du …« Ihm fiel nichts Besseres als der Vergleich des Mohas ein. »Du Wasserbüffel! Ich wette gegen dich. Hundert Silbergroschen, dass ich niemals den Stachel dieses Skorpions zu spüren bekomme.« Er deutete auf das zweite Biest, das Tapo Hahe auf den Tresen gebunden hatte. »Wer hält gegen mich?«

»Bei so einer Summe müssen wir die Münzen erst sehen«, dämpfte die Herrin des Hauses die allgemeine Begeisterung. »In welcher Kiste liegen deine Kleider und Habseligkeiten, Einauge?«

»Sieben.«

»Tapo Hahe, hol seine Münzen. Wenn er tatsächlich hundert Silbergroschen setzen kann, dann soll die Wette gelten.«

Der Moha verließ seinen Platz hinter dem Tresen. Jetzt erst sah Beorn, dass der Kerl nur einen Lendenschurz trug und sich die Schlangentätowierung über den Rücken bis zu seiner linken Ferse hinabzog.

»Schade, dass ihm die eigentliche Schlange fehlt, nicht wahr?« Eilif sah ihm nach und schnalzte mit der Zunge.

Beorn war sich sicher, dass Tapo Hahe sie gehört hatte. »Weißt du, ich mach mir nicht so viel aus Männern«, entgegnete er trocken.

Die Hünin tätschelte den Schrumpfkopf auf der Theke. »Bin gespannt, wie du dich noch kleiner machst. Vielleicht bring ich deinen Kopf dem echten Blender mit.«

»Das sollte mich überraschen«, grollte Beorn.

Selbst der Tintenkleckser meldete sich wieder zu Wort. Er setzte ein Goldstück gegen ihn und funkelte ihn dabei wütend an. Sie alle schienen sich sehr sicher zu sein, dass Eilif ihn besiegen würde. Wieder blickte er auf die Oberarme der Thorwalerin. Eindrucksvoll! Er hätte sie gern an den Riemen einer Otta sitzen sehen. Aber dazu würde es wohl nicht mehr kommen …

Tapo Hahe erschien in der Tür der Umkleidekammer und schwenkte den Lederbeutel, in dem Beorn einen Teil seiner Beute aufbewahrte.

»Der Herr ist bei Weitem wohlhabender, als er aussieht. Neben reichlich Münzen von Festumer Prägung hat er hier drinnen auch ein paar erlesene Perlen und Smaragde.«

Beorn sah zur Herrin des Hauses und verstand, dass der Moha gerade sein Todesurteil gesprochen hatte, auch wenn das vielleicht gar nicht seine Absicht gewesen war. Wenn er hier verreckte, würde sie sich seine Schätze aneignen. Morgen früh würde sie dann vermutlich die Überraschung ihres Lebens erleben, wenn Pardona vor ihr stünde, weil die zweifelhafte Göttin ihn suchte.

Die Vorstellung, was für ein Gesicht die Maraskanerin dann machen würde, ließ ihn lächeln.

»So gut gelaunt?«, fragte Eilif.

»Es gibt schlechtere Plätze als ein Bordell, um seinen Abgang zu machen.«

»Du bist ein Mann mit Humor, Einauge. Schade, dass du dich als Blender ausgeben musstest.«

Beorn seufzte. »Tja, Lügen haben kurze Beine.«

Tapo Hahe nahm seinen Platz hinter dem Tresen wieder ein. Den Beutel mit den Edelsteinen und Münzen legte er auf den Tisch.

»Hast du noch einen Zwilling für mich, Schlangenmann? So kurz vor dem Ende würde eine Offenbarung vielleicht nicht schaden.«

»Kommen wir zur Sache!«, mahnte die Herrin des Hauses.

Eilif setzte gehorsam wieder ihren Ellbogen auf die Tischplatte und sah Beorn erwartungsvoll an. »Ich mache es kurz und schmerzlos für dich.«

»Es darf auch ruhig lange und peinigend sein«, murmelte der Tintenkleckser.

»Ein letzter Schluck …?«, fragte der Blender demütig.

»Schenk ihm ein«, billigte der Drache mürrisch zu.

Tapo Hahe schenkte ihm ein bedauerndes Lächeln und füllte das Glas.

»Auf Swafnir!« Beorn hob das Glas, setzte es an die Lippen und leerte es in einem Zug. Dann schmetterte er es auf den Skorpion, der ihm zugedacht war, und spie Eilif den Schnaps ins Gesicht.

Die Thorwalerin schrie auf und taumelte vom scharfen Alkohol geblendet zurück.

Beorn riss den Skorpionschwanz aus dem Gemenge von Beinen,

gallertiger gelber Masse und zerquetschtem schwarzem Panzer. Kühn flankte er über den Tresen und hielt Tapo Hahe den Giftstachel an den Hals, als dieser gerade nach einer Armbrust greifen wollte, die unter der Theke verborgen lag.

»Ich glaube, ich habe meine Wette gewonnen«, verkündete er gut gelaunt. »Ich werde niemals diesen Stachel zu spüren bekommen, aber jeder andere hier liegt von nun an gut im Rennen.«

Eilif blinzelte ihn aus tränenden Augen an. »Du bist es wirklich …« Blankes Entsetzen lag in ihrer Stimme.

»Beorn Asgrimmson?« Die Herrin des Hauses klang erstaunlich gefasst. »Ich bitte um Verzeihung dafür, dass ich den Lügen dieser Schlampe vertraut habe.«

»Du bückst dich jetzt nach der Armbrust und spannst sie für mich«, raunte er dem Moha ins Ohr. »Eilif, würdest du bitte unter den Gästen meinen Gewinn einsammeln?« Er blickte in die Runde. »Oder gibt es hier jemanden, der der Meinung ist, dass mir der Wetterlös nicht zusteht?«

Es herrschte betretenes Schweigen. Beorn sah, wie einige Gäste und Kurtisanen versuchten, unauffällig in Richtung der Ausgangstür zur rücken.

»Eilif, würdest du bitte dafür sorgen, dass uns niemand vor der Zeit verlässt?«

Allein diesen Wunsch auszusprechen, ließ die Flüchtlinge verharren.

Beorn hörte die Sehne der Armbrust einrasten. Er sah, wie Tapo Hahe einen Bolzen auf die Führungsschiene der Waffe legte. Vorsichtig hob der Moha die Armbrust auf den Tresen. Beorn nahm sie mit der Linken. Mit der Rechten hielt er immer noch den Skorpionschwanz gegen Tapo Hahes Hals gedrückt.

»Ihr habt großes Glück, denn ich wünsche, noch einige Tage in Vallusa zu verweilen. Es ist mir also nicht daran gelegen, hier ein Massaker zu veranstalten. Ihr kennt meinen Ruf … Üblicherweise bin ich weniger duldsam. Doch ich will keinen Ärger mit der Stadtgarde und den Obrigkeiten. Feiert euer Glück. Spendet reichlich, wenn Eilif bei euch vorbeikommt und die Wettgewinne einsammelt.«

»Thorwalsche Raubfahrer«, murmelte jemand in der Sicherheit der kleinen Gruppe. Beorn hätte geschworen, dass es der Tintenkleckser war.

Der Drachenführer schob den Moha um den Tresen herum. Rückwärts gehend und die Herrin des Hauses, die immer noch wie versteinert auf der Treppe stand, im Blick behaltend, näherte er sich dem Ausgang.

Eilif hatte die Münzen in dem Seidentuch gesammelt, das sie ihm von den Hüften gerissen hatte. »Füll sie in meinen Geldbeutel auf dem Tisch und bring ihn mit.« Er war davon überzeugt, dass die Herrin des Hauses noch andere wehrhafte Diener hatte, die sich zurückhielten. Vielleicht hatte auch eines der Freudenmädchen eine Vergangenheit als Kriegerin, oder einer der Lustknaben vermochte Zauber zu wirken. Er sollte hier nicht mehr lange bleiben.

»Halt immer zwei Schritt Abstand zu mir!«, gebot er Eilif, als sie mit dem prall gefüllten Geldbeutel kam. Er wollte nicht, dass sie in Versuchung geriet, nach der Armbrust zu schlagen, die auf sie zielte. »Du holst jetzt meine Habseligkeiten aus der Kiste im Ankleidezimmer, und dann sind wir schon fast verschwunden.«

»Du willst doch nicht etwa, dass ich dich nackt auf die Straße begleite?«

»So schamhaft?« Es gefiel ihm, sie verlegen zu sehen. Das hatte sie sich verdient! Ihm ins Gesicht zu sagen, er sei zu klein, um Beorn der Blender zu sein! »Ich glaube, es wäre nicht gut, dich in

Gesellschaft des Drachen dort auf der Treppe zurückzulassen«, fügte er halblaut hinzu. »Ich schätze sie so ein, dass sie nicht sonderlich duldsam mit Lügnerinnen ist.«

Eilif schwieg. Es dauerte nur Augenblicke, bis sie aus dem kleinen Nebenzimmer zurückkehrte, beide Arme mit seinen Kleidern, dem Kettenhemd und seinen Waffen beladen.

»Öffne die Eingangstür!«, befahl er Tapo Hahe.

Im nächsten Moment waren sie auf der Straße an der Stadtmauer. Das nasse Pflaster fühlte sich eisig unter Beorns nackten Füßen an. Es regnete noch immer.

Der Drachenführer ließ Eilif ein paar Schritte vor sich gehen. Sie erreichten die schwere Eichentür des *Märkischen Hofs*, ohne jemandem zu begegnen.

Die Gaststube war fast verlassen. Nur eine einzige Kerze brannte. Schwere Tränen aus Wachs klebten auf dem bronzenen Kandelaber. Hinter dem Licht, das Gesicht halb im Schatten verborgen, saß Pardona in Gestalt der Traviageweihten.

»Ihr hattet keine Zeit mehr, euch anzukleiden, nachdem ihr das Bett verlassen habt?« Sie hob die linke Braue, was abfälliger wirkte als alles, was sie hätte sagen können.

»Es war ein amüsanter Abend«, erwiderte Beorn gut gelaunt. »Und es ist das erste Mal, dass ich ein Hurenhaus mit praller gefüllter Börse verlasse, als ich es betreten habe.«

Pardona musterte Eilif. »Prall scheint wohl in jeglicher Bedeutung das Thema des Abends gewesen zu sein …«

»Hör mal zu, du kleine Tempelschlampe«, knurrte die Thorwalerin. »Wenn du glaubst, deine knallbunte Geweihtentracht würde mich davon abhalten, dich derart zu verprügeln, dass du morgen in allen Farben des Regenbogens erstrahlst, dann hast du dich geirrt. Also überleg dir von nun an besser zweimal, was du sagst.«

Die Worte hingen in der Luft. Beorn hatte das Gefühl, dass es schlagartig kälter geworden war. Die Gerüche der Schankstube drängten sich ihm auf. Kohlsuppe, kalter Tabakrauch und der Gestank nasser, zu lange nicht gewaschener Wollkleidung.

Pardona saß reglos und sah die nackte Eilif an. Dabei wirkte sie etwa so begeistert, als habe sie beim Blick in einen Spiegel gerade eine fette Eiterbeule in ihrem Gesicht entdeckt. Ihre offensichtliche Abneigung gegenüber Eilif ließ die Thorwalerin für Beorn in einem neuen Licht erscheinen. Vielleicht sollte er Eilif fragen, ob sie sich seiner Ottajasko anschließen würde. Länger als unbedingt nötig hier in Vallusa zu bleiben, wäre gewiss keine kluge Entscheidung. Die Maraskanerin aus dem Hurenhaus hatte nicht den Eindruck gemacht, dass sie einen Abend wie diesen verzeihen würde.

»Wie kommt es, dass du noch wach bist, Lenya?«, fragte er in leichtem Plauderton und behielt seine eigentlichen Gedanken für sich.

»Es liegt ein Unheil in dieser Nacht.« Pardona wandte den Blick nicht von der Thorwalerin ab. »Und ich bin mir nicht sicher, ob es schon vor mir steht oder ob es noch schlimmer kommt.«

Vallusa,
siebzehnter Tag im Faramond

Im letzten Augenblick vermochte Tjorne Warulfson den Hieb, der auf seine Kehle zielte, abzuwehren. Der Fremde war schnell. Er hatte harte Augen, von unzähligen kleinen Falten gerahmt, und ein sonnenverbranntes Gesicht. Sofort setzte er zurück, und der große Wolfshund, der den Krieger begleitete, schnappte nach Tjornes Waden. Verdammtes Biest! Es zerfetzte ihm die Hose.

Sein Fleisch hatte es aber noch nicht zwischen die Fänge bekommen.

Ein harter Hieb mit dem Schwertknauf traf den Wolf zwischen den Ohren. Jaulend zog die Bestie davon, doch der Krieger nutzte die Gelegenheit zu einem neuen Angriff.

Tjorne duckte sich und riss sein Schwert hoch. Die Klinge traf den Angreifer am Hals. Sein ungestümes Vorpreschen hatte ihn ins Verderben geführt. Er hatte sich selbst auf der Waffe aufgespießt.

Mit einem Ruck befreite Tjorne die Klinge und fragte sich verwundert, warum er mit einem Schwert kämpfte und nicht mit seiner Axt.

Dann hatte er nur noch Augen für die schlanke Waffe des Toten. Es war die prächtigste Klinge, die er je gesehen hatte. Der Korb war wunderbar verziert und mit Edelsteinen geschmückt. Tjorne bückte sich danach und hob sie auf. Nie hatte er ein so perfekt ausgewogenes Schwert in der Hand gehalten. Ganz als sei es von einem Meisterschmied für ihn persönlich erschaffen worden. Er tat ein paar Hiebe in die Luft. Selbst ein Thorwaler mochte bei einer solchen Klinge schwach werden und seiner Axt abschwören. Es war das Schwert eines Helden, über den die Skalden Sagas dichteten.

Plötzlich war alles um Tjorne herum gleißendes Licht. Schwarz verschleierte Gestalten umringten ihn. Sie klopften ihm auf die Schultern und feierten ihn, so viel war klar, auch wenn er von ihren melodischen Lobpreisungen kein Wort verstand. Es klang wie die Sprache von Salarin, zweistimmig, fremd, nicht für Menschenzungen geschaffen.

Eine Gasse öffnete sich vor Tjorne in der Menge der Verschleierten. Sie führte auf ein Zelt unter Palmen zu. Dort standen Truhen, gefüllt mit kostbarem Geschmeide, Gold und Edelsteinen.

Ein zerbrechlich wirkender Mann mit langem weißen Haar deutete mit einladender Geste zu den Schätzen. Es schien, als könne sich Tjorne so viel nehmen, wie er nur begehrte.

Doch da war auch diese Frau an der Seite des Alten. Ihre Augen erschienen dem Thorwaler ungewöhnlich groß. Sie hatten die Farbe von frischem Moos. In ihnen lag eine Verheißung, die Tjorne alle Schätze vergessen ließ. In diese Augen zu blicken … damit könnte er den Rest seines Lebens verbringen.

Sie beugte sich zu ihm und küsste ihn. Die Berührung ihrer Lippen war kühl. Anders als erwartet. Unangenehm …

Tjorne blinzelte. Rotes Licht wogte durch das Dunkel. Vor ihm lag der Platz, über dem das Feuer des Leuchtturms mit dem Sturmwind tanzte. Der Kampf und sein Ruhm, alles nur ein Traum. Wasser tropfte vom Tempelportal auf seine linke Wange. Es gab keine Küsse.

Niedergeschlagen rekelte er sich. Da war noch etwas. Unruhe regte sich in ihm. Er war zu lange mit Phileasson in der Wildnis gewesen, um dieses Gefühl einfach zu ignorieren. Er gähnte lautstark, ließ dann die ausgestreckten Arme sinken, wobei seine Rechte wie beiläufig auf dem Kopf seiner Axt am Gürtel zu ruhen kam.

Wie ein Schleier aus Kupfer wirkte der Regen im Flammenlicht. Da war eine Gestalt. Nein, eher ein Schatten. Bei der linken Hundestatue. Unbeweglich stand die Gestalt und sah zu ihm herüber.

Ein Frösteln überlief Tjorne. Das war kein Mensch! Das Feuer zeigte kein Antlitz, keine Falten im Umhang. Es gab kein Spiel von rotem Licht und Schatten. Dies war Gestalt gewordene Dunkelheit.

»Sel-fla-na-til …«, raunte der Schatten. »Sel-fla-na-til!« Langsam glitt er auf Tjorne zu. Fast zwei Schritt groß, bewegte er sich mit der Anmut des erfahrenen Kriegers.

Mit einem Satz war der Thorwaler auf den Beinen und riss die Axt aus dem Eisenring am Gürtel. »Weiche von mir, Geist!«

Die Schattengestalt verharrte.

»Hole Selflanatil!«, dröhnte die Stimme in Tjornes Kopf. »Bringe das Schwert zurück zu den Shiannafeya und erlöse meine Geschwister, die auf der Suche gestorben sind. Unsterblicher Ruhm und großer Reichtum werden dein Lohn sein.«

»Warum sollte ich einer Gestalt der Finsternis glauben? Du wirst mich nur betrügen.« Tjorne nahm seinen Schild auf. Mit der Rechten strich er über die Eisennieten in seiner Rüstung. »Weiche von mir, Geist!«

Er dachte an den Himmelsturm. Da hatte es kein Gold gegeben, aber die mörderischen Elfenkrieger in den schwarzen Rüstungen. Beorns Ottajasko hatte ihm erzählt, was ihnen an jenem verfluchten Ort widerfahren war. Welche Schrecken das alte Elfenvolk in der Tiefe ausgebrütet hatte.

»Ich bin nicht mein eigener Herr. Ich gehöre zu einer Ottajasko und habe einem thorwalschen Drachenführer meine Treue geschworen. Er bestimmt, wohin mein Weg mich führt.«

»Ein Drachenführer ...« Der Schatten kam näher, und ein Luftzug, kalt wie ein Wintermorgen, eilte ihm voraus.

»So nennen wir Thorwaler unsere Kapitäne.« Tjorne schloss die Linke um den Haltegriff unter dem Schildbuckel. Breitbeinig stand er bereit, jeden Angriff abzuwehren.

»Dann hole diesen Drachenführer, und ich werde ihm schildern, wie er immerwährenden Ruhm erringen wird.«

Tjorne gefiel diese Wendung nicht, auch wenn er sich eingestehen musste, sie selbst herbeigeführt zu haben. Er dachte an die Elfe mit den Smaragdaugen aus seinem Traum. Er wollte nicht, dass Beorn sie bekam. Er wollte nicht mit denen teilen, die ihn nur so lange an ihrer Seite duldeten, wie der Blender in Sichtweite war.

»Sag mir, was du dem Drachenführer ausrichten willst, und ich werde ihm deine Botschaft überbringen.«

»Hol ihn her. Ihr seid eine ganze Raubbande, nicht wahr? Thorwaler …« Eisige Kälte strahlte von dem Schatten aus.

Tjorne wollte zurückweichen, aus dem Torbogen fliehen, aber seine Beine gehorchten ihm nicht.

Nur einen Schritt vor ihm verharrte die dunkle Gestalt. »Mörder und Halsabschneider. Viele … Wir waren immer allein …«

»Wovon redest du?«

»Wir starben allein …« Der Schatten vollführte eine Bewegung, als wollte er ein Schwert ziehen. Doch da war kein gleißender Stahl. Der Schatten einer Klinge verlängerte seinen Arm.

Ein Zucken durchlief Tjornes Muskeln. Keuchend wich er bis zur Wand zurück.

»Du willst ihn also nicht holen, deinen Kapitän. Aber ich schätze, er wird kommen, wenn dir etwas zustößt.«

Tjorne hob seine Axt. »Das wird er nicht. Ich bin neu in seiner Ottajasko. Ich bedeute ihnen nichts.«

»Er ist ein Anführer. Er muss kommen, wenn einem seiner Männer etwas geschieht. Und du willst nicht teilen …« Ein verächtliches Lachen folgte den Worten der Schattengestalt. »Das war immer der Fehler, den Ruhm allein ernten zu wollen. Ich kenne das. Es hat mich zu dem gemacht, was ich nun bin.« Nebel stieg zwischen den Statuen auf.

Tjorne stürmte mit einem wilden Schrei vor. Er rammte den Schild nach der Schattengestalt. Hundertfach hatte er das in Übungskämpfen geprobt. Den Gegner zu überraschen und mit einem kräftigen Schildstoß niederzuwerfen, lernten schon Kinder, sobald sie die Kraft hatten, ein Holzschwert zu führen.

Doch dieses Mal war es anders. Er glitt einfach durch seinen

Gegner hindurch. Da war nichts niederzuwerfen! Es gab keinen Körper. Nur den Schatten.

Durch ihn hindurchzugleiten war, wie über Bord in eisiges Wasser zu stürzen. Tjorne keuchte auf. In schrecklicher Ahnung fuhr er herum. Seine Glieder waren taub vor Kälte. Er versuchte, den Schild hochzureißen ... einen Herzschlag zu langsam. Das Schattenschwert glitt dicht über den Schildrand hinweg und berührte seine Brust. Keine Rüstung schützte vor dieser Klinge. Sie schnitt in sein warmes Fleisch, und Winterkälte stahl von der Wärme seines Lebens.

Der Schild fiel ihm aus der Hand und schlug laut klappernd auf das Pflaster.

Der Schattenmann hob sein Schwert, wie Fechter es taten, wenn sie einander grüßten.

Tjorne trat einen Schritt zurück. Nebel umfing ihn. Die wogenden, feuchten Schleier mochten seine Rettung sein. Er drehte sich auf dem Absatz um und lief auf den Platz hinaus. Dieser Schattenmann war ihm überlegen. Gegen ihn zu kämpfen, war von Anfang an eine Torheit gewesen.

Das Herz schlug Tjorne laut wie eine Trommel in der Brust. Die Kälte wollte nicht von ihm weichen. Dort, wo die dunkle Klinge ihn getroffen hatte, nistete sich Kälte ein, als säße ihm ein Eiszapfen zwischen den Rippen.

Er blickte über die Schulter. Da war nur Nebel, durchwoben von einem Hauch von unstetem Rot, dem Licht des Leuchtfeuers.

Vorsichtig tastete Tjorne über seine Brust. Die Krötenhaut, seine lederne Rüstung, durchsetzt mit eisernen Nieten, war unbeschädigt. Und doch fühlte er sich verletzt wie nie zuvor ... Es fühlte sich an, als sei etwas in ihn gepflanzt, dass ihn aufzehren würde. Seinen Lebensmut ... alles, was davon noch geblieben war, nachdem Zidaine ihn den schwarzen Krebsen überlassen hatte.

Was für törichtes Gewäsch! Solche Gedanken passten zum weinerlichen Tylstyr, aber nicht zu ihm. Er würde das hinter sich lassen. Und er würde Beorn ganz gewiss nicht an diesen verfluchten Ort führen, so wie sich der Schattenmann das gedacht hatte. Ganz gleich, wie die anderen ihn behandelten, er hatte dem Blender die Treue geschworen, das wohl, und er würde ihn nicht hintergehen!

Etwas Dunkles war vor ihm im Nebel. Konnte der Schattenmann ihn überholt haben? Tjorne verharrte. Er getraute sich kaum zu atmen. Eine Ewigkeit schien zu vergehen. Alles war ungewiss im wogenden Dunst.

Schließlich wagte er es, seinen rechten Fuß ein wenig vorzuschieben. Dann den Linken. Er war darauf bedacht, keinen Laut zu verursachen. Die Nebelschwaden zogen sich zurück. Deutlich sah er die Steinbilder zweier liegender Hunde vor sich. Wie war das möglich? Er war doch fortgelaufen, auf den Platz hinaus. Immer nur geradeaus …

»Du wirst mir nicht entkommen.« Mit der Stimme kam auch die Eiseskälte, die den Schattenmann begleitete. Tjorne schrie auf. Er machte kehrt, lief so schnell ihn seine Beine trugen, als ihn etwas von hinten im linken Oberschenkel traf. Ein kalter, tiefer Stich. Der Recke stürzte vornüber. Verzweifelt versuchte er wieder hochzukommen, doch seine Beine wollten ihn nicht mehr tragen. Er zitterte am ganzen Leib. Erneut wollte er sich aufrichten. Vergebens. Er kam bis auf die Knie, nicht weiter. Aber er musste fort! Weg, bevor die Klinge ihn ein weiteres Mal fand. Also kroch er von seinem Peiniger fort. Wie ein Kind, das gerade krabbeln gelernt hatte. Nur fort …

Immer wieder blickte er zurück. – Da war bloß Nebel. Und

nasses Pflaster unter seinen Händen. Ihm wurde bewusst, dass er seine Axt verloren hatte. Nun war er gänzlich wehrlos. Der Recke verdoppelte seine Anstrengungen. Nicht aufgeben! Als er wieder nach hinten schaute und gleichzeitig vorankroch, stieß sein Kopf hart gegen Stein. Ein Haus? Befand er sich am anderen Ende des Platzes? Seine Hände tasteten sich vor, erkundeten die Form. Das war keine Häuserecke, kein Mauerwerk, er kauerte vor einem großen, frei stehenden Steinquader. Das war … er keuchte vor Entsetzen. Das musste der Sockel einer der Hundestatuen sein. Wie war er wieder hierhergelangt?

Das rote Licht gewann an Kraft und vertrieb den Nebel. Die Steinbilder wirkten wie in Blut getaucht.

Tjorne sah Eisrosen auf dem Sockel erblühen. »Dein Kapitän wird ganz sicher den Ort sehen wollen, an dem ich dich niedergestochen habe.«

Tjornes Finger krallten sich an den Stein. Er versuchte, sich hochzuziehen. Er wollte im Stehen sterben. Wenigstens das …

»Warte …« Er drehte den Kopf.

Die Klinge schnellte ihm entgegen. Das Schattenschwert traf ihn ins rechte Auge. Eis überzog seinen Augapfel und trübte seinen Blick, als sein Denken erfror.

Vallusa,
achtzehnter Tag im Faramond

Eilif Sigridsdottir blickte aus dem winzigen vergitterten Fenster. Beorn hatte sie in eine Abstellkammer des Gasthofes gesperrt. Was für eine Demütigung! Es war nicht das erste Mal, dass sie in Gefangenschaft geriet. Aber in eine Abstellkammer eingesperrt zu werden! Wer war sie denn? Einer diebischen Dienstmagd hätte das angestanden!

Natürlich hätte sie die Tür eintreten können, aber damit hätte sie das ganze Haus aufgescheucht. Bis zur nächsten Tür, die auf die Straße führte, war es ein weiter Weg, den ihr die Ottajasko auf jeden Fall abgeschnitten hätte. Gegen die waffenstarrenden Halsabschneider des Blenders hätte sie nackt und unbewaffnet unmöglich bestehen können.

Dass sie Beorn nicht erkannt hatte … Seit Wochen lief es schlecht für sie. Ihre Ottajasko hatte sie hier in Vallusa zurückgelassen, weil es zu oft Streit mit ihr gegeben hatte. Kleinliche Hosenschisser! Dann hatte sie geglaubt, in der *Kaiserin* ihr Glück wiedergefunden zu haben. Die gierige Bordellmutter hatte ihr die Geschichte abgenommen, sie sei die Hüterin von Beorns Schätzen. Dass der Blender jemals hierherkommen würde … Eilif seufzte. Verfluchtes Pech! Warum war der größte Plünderfahrer, den Thorwal je hervorgebracht hatte, auch so ein unscheinbares kleines Männlein? Einen Kopf kleiner als sie und mit Ärmchen so dünn wie der Stängel einer maraskanischen Lilie.

Die Tür zur Abstellkammer wurde aufgeschlossen. Ein Jüngelchen, dem kaum der erste Flaum wuchs, stand vor ihr und glotzte sie mit weit offenem Maul an, ganz als habe er noch nie ein nacktes Weib gesehen. Ein breiter grüner Vorhang, mit gelben Blümchen bestickt, lag über seinem Arm.

»Ich nehme an, das soll dazu dienen, mich zu bedecken«, grummelte Eilif und griff nach dem Stoff, von dem Staub aufwogte, als sie ihn an sich nahm.

»Äh, ja. Genau …« Der Milchbart wandte schamhaft den Blick ab. Selbst schuld, so viel kraftvolle Weiblichkeit würde er so schnell nicht mehr zu sehen bekommen, dachte Eilif belustigt.

»Ich … ähm … soll dich holen kommen.«

»Ah. Beorn lädt mich zum Frühstück ein, um mit mir zu besprechen, wie wir zusammen weitermachen.«

»Nicht ganz.« Das Jüngelchen senkte den Blick. »Unsere Traviageweihte fordert, dass wir über dich zu Gericht sitzen, weil du den Namen Beorns mit Schande bedeckt hast.«

»Ich hab was?«

»Deinetwegen musste unser Drachenführer nackt durch eine fremde Stadt flüchten. Im Übrigen scheinst du dich auch als seine Schatzmeisterin ausgegeben zu haben und dir dadurch Silber und …« Er hüstelte verlegen und lief rot an. »… und, ähm, Liebesdienste erschlichen zu haben.«

»Seh ich etwa aus, als müsste ich mir irgendetwas erschleichen?«

Ihr jämmerlicher Wächter starrte auf seine Füße. Kurz erwog sie, ihn mit einem Fausthieb niederzustrecken. Aber dann unterdrückte sie den Drang. Sie musste sich mit Beorn gut stellen. Diese lächerlichen Vorwürfe würde sie mit ein paar Worten hinwegfegen, und dann würde sie glorreiche Plünderfahrten mit ihm planen. Sie hatte in den letzten Monden mehr als ein Dutzend kleinere und größere Häfen des Perlenmeers besucht. Sie kannte die Handelsrouten der Kauffahrer. Sie könnte ihn bestens bei seinen nächsten Überfällen beraten. Und wahrscheinlich hatte er niemanden in seiner Ottajasko, der dreinschlagen konnte wie sie. Merkwürdig, dass er solche Jüngelchen an Bord seiner Otta nahm. Vermutlich irgendeine Familiensache. Der Sohn eines Schwagers, der seine erste große Fahrt machen sollte oder etwas Ähnliches. Na ja, Muskeln hatte der Bube wenigstens.

»Ähm … wenn du mir folgen würdest?« Der Kleine wies den engen Flur entlang auf die Tür, die zur Schankstube führte.

Was für ein Trottel, dass er sie bat, hinter ihm zu gehen. Das war ja wie eine Einladung, ihn niederzuschlagen und zu flüchten.

Einen netten Hintern hatte er. Vielleicht würde sie ihn sich heute Abend ein wenig zur Brust nehmen, sobald geklärt war, welchen Posten sie in Beorns Ottajasko einnehmen würde.

Als sie in die Schankstube trat, war sie überrascht, wie wenige Gefährten der Blender dort um sich versammelt hatte. Es gab keinen Wirt und auch sonst niemanden, der zum *Märkischen Hof* gehörte, was Eilif zu denken gab. Was hatten die mit ihr vor? Außer der unfreundlichen Traviageweihten, die sie schon aus der Nacht kannte, und Beorn Asgrimmson waren nur sechs weitere Mannschaftsmitglieder anwesend. Ihr kam der Verdacht, dass der Blender möglicherweise nicht mit einer Otta in den Hafen eingelaufen war.

Ein Elf, ganz in Weiß, musterte sie wie ein absonderliches Tier, das zu studieren unterhaltsam sein könnte. Ein feingliedriges, verhuschtes Mädchen sah sie nur aus dem Augenwinkel heraus an. Die gebräunte Haut und das schwarze Haar ließen vermuten, dass es sich um eine Südländerin handelte. Vielleicht um eine Tulamidin. Was die wohl in die Ottajasko eines Thorwaler-Helden verschlagen hatte? Wie eine Kriegerin sah sie nicht aus. Dafür war die Rothaarige, die sich rechts neben Beorn aufgebaut hatte, unübersehbar eine Kämpfernatur. Sie schien ihr nicht wohlgesinnt zu sein, dachte Eilif. Der Alte hingegen, der mit verschränkten Armen links vom Drachenführer stand, grinste sie breit an. Ihn hatte sie schon jetzt gewonnen. Sein von Falten zerfurchtes, wettergegerbtes Gesicht und die hagere, doch kräftige Gestalt verrieten, dass er schon manchen Sturm auf einer Otta abgeritten haben musste, obwohl sein schwarzer Bart kaum weiße Haare zeigte. Eilif erinnerte sich, Geschichten über einen Steuermann gehört zu haben, der Beorn schon viele Jahre lang begleitete. Allerdings konnte sie sich nicht an den Namen des Recken erinnern.

Ein wenig abseits saß ein weiterer Krieger. Er wirkte, als ob ihn diese Versammlung nicht interessieren würde. Stattdessen knetete er das Wachs der brennenden Kerze, die vor ihm auf dem Tisch stand. Wirklich seltsam, die Mannschaft, die Beorn um sich geschart hatte.

»Was lächelst du?«, fragte die Geweihte eisig. »Ich glaube, dir ist der Ernst deiner Lage nicht bewusst. Du hast unseren Drachenführer durch falsche Anschuldigungen in tödliche Gefahr gebracht und seinen Namen beschmutzt.«

»In tödliche Gefahr?« Eilif schnaubte verächtlich. Sie war mehr als einen Kopf größer als diese Betschwester und hatte vermutlich das doppelte Kampfgewicht. »Du meinst die Skorpione. Humbug. Beorn selbst hat gesehen, dass die Totenköpfe aufgemalt waren.«

»Ich habe auch gesehen, was mit denen geschieht, die gestochen werden«, erinnerte sie der Blender.

»Der Schrumpfkopf? Der war nicht echt. Nur Wachs, Schweinehaut und ein bisschen Menschenhaar. Tapo Hahe macht die. Manchmal verkauft er welche an Seefahrer. Und die maraskanische Hexe, die das Haus leitet, findet es gut, ihren Kunden über die Knaben und Mädchen hinaus noch ein wenig Unterhaltung zu bieten. Gestorben ist dabei noch keiner. Es trifft immer Durchreisende. Gut, der Stich der Skorpione bereitet niederhöllische Schmerzen, und man hat zwei üble Tage mit Fieber und einer hässlich geschwollenen Hand vor sich, aber das war es dann auch. Sie bringt die Opfer im Keller unter, päppelt sie wieder auf und hilft ihnen, unauffällig aus Vallusa rauszukommen. Oft gibt es noch einen kleinen Obolus dazu. Eine aufopfernde Pflegerin, ausgesuchtes Essen, ein wenig Handgeld zum Verlassen der Stadt …«

»Es bleibt immer noch, dass du dich als die Schatzmeisterin

unseres Drachenführers ausgegeben und dir damit Vorteile verschafft hast«, beharrte die Geweihte. »Das hätte seinen Namen beschmutzt, wenn du dich irgendwann davongemacht hättest, was zweifellos dein Plan war.«

Eilif zuckte mit den Schultern. »Stimmt. Ich wäre in drei oder vier Tagen abgehauen und dann …«

»Du gestehst also!«

Da war etwas in den Augen der blonden Geweihten, das Eilif unruhig machte. Eine Härte, die ganz und gar nicht zu einer Priesterin der Göttin von Heim und Herd passte.

»Wie kann man einen Namen beschmutzen …«, setzte sie lahm an, sich wohl bewusst, dass gerade unter Thorwalern dieses Argument nicht zählte. Einen Namen zu haben, der weithin bekannt war, und Held einer Saga zu sein, davon träumten sie fast alle. Das wog schwerer als Taschen voller Gold. Ein Name blieb. Alles andere war vergänglich.

»Wenn sie das für eine Kleinigkeit hält, dann wird sie es wieder tun«, erklärte die Geweihte an Beorn gewandt. »Ich wüsste allerdings, wie man das für immer unterbinden könnte.«

Eilif malte sich aus, wie sie dieser kleinen Betschwester ihre Faust in den Rachen rammte und sie Zähne spucken ließ.

»Ihr die Zunge herauszureißen, wäre eine der Schwere des Vergehens angemessene Strafe.«

»Was?« Eilif traute ihren Ohren nicht. »Hältst du dich für eine Praiosgeweihte, die eine Dämonenruferin gestellt hat? Die Zunge herausreißen. Ich rupf dir gleich Arme und Beine aus, du …«

Beorn trat ihr in den Weg. »Hat dich nie jemand gelehrt, wann es klug ist, einfach das Maul zu halten?«

»Ich bin Thorwalerin. Von Gewäsch halte ich nichts. Das hier sind meine Argumente.« Sie hob ihre Fäuste. »Gehen wir raus auf die Straße zum *Reden*, oder zerschlagen wir Stühle und Tische?«

Beorn grinste sie an. »Ich hab schon von dir gehört, Eilif Sigridsdottir. Bist eine Schildwallbrecherin.«

»Das wohl! Es beeindruckt mich nicht sonderlich, wenn sich ängstliche Kerle hinter Schilde ducken.«

»Wir sind hier noch nicht fertig«, bemerkte die Geweihte scharf.

»Hat die kleine Frau wirklich was zu sagen?« Eilif konnte sich immer noch nicht vorstellen, warum ein Mann wie Beorn ausgerechnet eine Traviageweihte in seiner Ottajasko aufgenommen hatte.

»Sie sagt uns sogar, wo es langgeht.« Beorns Stimme klang seltsam. Sie lag irgendwo zwischen Scherz und Ernst. Seine Recken lächelten über diesen Einwurf. Er nicht. Eilif fragte sich, wie sie das deuten sollte.

»Du wirst dem Drachenführer zum Zeichen deiner Reue die rechte Hand küssen«, befahl ihr die Priesterin. »Die Hand, mit der er sein Schwert führt, vor dem du in deinem unverdienten Glück verschont bleibst.«

»Was? Sind wir hier am Hof eines tulamidischen Kameltreibers? Noch nie hat ein Thorwaler einem anderen Thorwaler die Hand geküsst. Da könnt ihr mir eher die Zunge nehmen. Das ist …«

Die Tür zur Gaststube öffnete sich. Zwei Gardisten mit dem roten Turm Vallusas auf dem blauen Waffenrock schleppten einen Krieger herein, der sich kaum aus eigener Kraft auf den Beinen halten konnte. »Der gehört doch zu euch, oder?«, fragte der Korpulentere der beiden. »Den haben wir auf dem Zwergenplatz aufgesammelt. Dem geht's bald wieder gut …« Sie ließen den leichenblassen Ruderer auf einen Stuhl sinken.

»Was ist da geschehen?« Beorn war sofort an der Seite seines Recken. Die übrige Ottajasko wirkte weniger berührt.

Eilif kannte die Geschichten über den Zwergenplatz. Sie hatte ihn bei Nacht stets gemieden, wie es auch die Bewohner der Stadt taten.

»Nichts Besonderes …«, versuchte der Wortführer der beiden Gardisten abzuwiegeln.

»Er ist dem Schattenmann begegnet«, mischte sich Eilif ein. »Einem Geist, der vor dem ehemaligen Rondratempel sein Unwesen treibt. Das ist ein ziemlich übler Geselle.«

»Das stimmt so nicht«, protestierte der Gardist. »Es ist noch nie jemand zu Tode gekommen …«

Beorn kniete inzwischen vor seinem Recken. »Was ist geschehen, Tjorne?«

»Nicht hingehen …«, stammelte der Krieger. »Der Platz ist verflucht. Der Bettler mit dem zerfetzten Gesicht … Er hatte recht! Er hat alles gewusst! Ihr dürft dort nicht hingehen … Nicht …«

»Der erholt sich schon wieder.« Die beiden Stadtgardisten zogen sich zum Eingang zurück. »Aber er hat schon recht. Ihr müsst da nicht hin. Den Geist wird man einfach nicht los. Die Stadtoberen haben es schon oft genug versucht …«

»Ursa, Iskir, ihr beide bringt Tjorne auf ein Zimmer und kümmert euch um ihn. Ich will, dass ständig jemand bei ihm ist und jeder seiner Wünsche erfüllt wird. Lenya und Galayne, ihr begleitet mich.« Er wandte sich an Eilif. »Du zeigst mir diesen Zwergenplatz.«

»Da werdet ihr nichts sehen«, erklärte der korpulente Stadtgardist in der Tür. »Ehrlich. Da gibt es nichts.«

»Dieses Nichts will ich mir mit meinem eigenen Auge ansehen!«, entschied Beorn harsch.

Er führte also doch den Befehl, dachte Eilif erfreut, und nicht diese seltsame Geweihte. Sie war auch erleichtert, dass ihr dieser demütigende Handkuss erspart blieb. »Folgt mir. Es ist nicht weit.« Sie zog den lächerlichen Vorhang ein wenig enger um ihren weiten Brustkorb. Dem Ersten, der es wagte, einen Spruch über ihren Aufzug zu machen, würde sie den Kiefer brechen.

Knüppeldamm zwischen Skorpsky und Vallusa,
achtzehnter Tag im Faramond

»Beweg dich, oder ich bringe dich zum Fleischhauer!«, drohte die pummelige Frau dem braunen Kaltblüter. Das Pferd wog sicher knapp zehnmal so viel wie sie. Davon unbeeindruckt, riss sie an den Zügeln. Sie lehnte sich zurück und drückte die Fersen gegen eine der Rundbohlen, die den Weg durch den Sumpf bildeten.

Plötzlich machte das Pferd einen weiten Schritt vorwärts, weg von der Deichsel.

Die Frau verlor das Gleichgewicht und plumpste auf den Hintern. Erschrocken schrie sie auf.

Drei Blitze zuckten in rascher Folge aus dem grauen Himmel. Der Donner rollte zwischen den wild wuchernden Sumpfbäumen.

Wiehernd schüttelte das braune Pferd den Kopf. Sogar durch den strömenden Regen erkannte Salarin Trauerweide die Schaumflocken, die sich aus dem Maul lösten. Es musste sich sehr mit dem Wagen gemüht haben.

Das Gefährt mit den hohen Rädern erinnerte Salarin an die Norbarden, von denen sie auf dem Weg von Riva so vielen begegnet waren. Seit Festum war es das Erste seiner Art, aber es war nicht bunt bemalt und zeigte keine Zeichnungen von Bienen oder Schlangen. Auch die Frau war schlichter gekleidet, als er es bei den meisten Norbarden gesehen hatte, und die Flüche, mit denen sie das Zugtier eindeckte, sprach sie in mit bornischen Ausdrücken angereichertem Garethi. Jetzt benutzte sie die Zügel, um sich wieder auf die Füße zu ziehen. Das Pferd ertrug es geduldig. Salarin vermutete, dass es seine Besitzerin mochte.

Aber es hatte Angst im Gewitter ebenso wie die hellen Ponys, mit denen die Ottajasko unterwegs war. Der Regen machte die Bohlen rutschig, sie führten die Reittiere zu Fuß am Wagen vorbei, der beinahe die halbe Breite des Weges einnahm. Nach und nach schlossen die Gefährten zur Spitze der Kolonne auf.

Salarin stand ganz vorn, neben Falnokul. Ihr Führer betrachtete den Weg voraus. Er führte in eine Senke, und diese Niederung konnte sich nicht entschließen, ob sie ein vom peitschenden Regen aufgewühlter Teich oder doch schon ein sacht strömender Bach sein wollte. Erst fünfzehn Schritt weiter kamen die Bohlen wieder zum Vorschein, allerdings nur auf halber Breite. Rechter Hand versanken sie im nassen Schlamm.

Falnokul drückte sein Missfallen aus, indem er ausspie.

Ein gezackter Blitz teilte einen Herzschlag lang den Himmel, als versuche er, die Zeit festzuhalten. Mit einem Krachen, das von berstendem Holz kündete, erlosch er.

Leomara della Rescatis Pony trippelte aufgeregt zur Seite. Das Mädchen barg den Kopf am Hals und streichelte über die weichen Nüstern, während es in das große Ohr des Tiers flüsterte.

Auch hinter ihr waren die Ponys unruhig. Keines ging für sich allein, sie waren in Gruppen zusammengebunden. Ein Lasttier versuchte, in den trügerischen Schutz der von Schlingpflanzen umwundenen Bäume zu flüchten, konnte seine Kameraden aber nicht mitziehen. Dennoch sorgte der Versuch für weitere Unruhe.

Mirandola Ernathesa drückte es zurück in die Gruppe. Die

Almadanerin, deren eigentlich bauschige Hutfeder inzwischen traurig eingefallen herabhing, ging anders mit den Tieren um als Salarin. Sie sprach gern von den Gestüten in ihrer Heimat. Man dürfe den Rossen nicht zu sehr zeigen, wie sehr man sie bewundere, und müsse auch einmal hart zupacken, sagte sie. Auch dieses Mal hatte sie damit Erfolg.

Praioslob besaß ebenfalls ein Talent für Pferde. Der gut vierzigjährige Geweihte kümmerte sich darum, dass sie zügig am Norbardenwagen vorbeizogen.

»Seltsam, dass sie solche Angst haben«, meinte Salarin. »Dies alles ist doch das große Lied der Natur. Und dennoch fürchten sich so viele Kreaturen vor dem Ende ihrer Melodie.«

»Verschone mich mit deinen Liedern«, grollte Falnokul. Nie hatte Salarin jemanden das Isdira so rau aussprechen hören wie diesen Elfen. Die Silben, die Wörter, ihre Stellung, die Sätze ... nichts daran war falsch. Und alles. Statt dass die Melodien seiner beiden Stimmen einander umspielt hätten, belauerten sie sich wie alte Freunde, die alles voneinander wussten und zu Feinden geworden waren. Wie Beorn und Phileasson.

Salarin spürte die Tropfen, die sein Gesicht trafen, und die Wärme des weißen Ponys neben sich. Er roch Humus, Moder und nasses Holz. Er hörte das Wiehern des Kaltblutpferdes, das die Händlerin neben dem Weg an einem Baum festband, und das Gurgeln des Wassers in der Senke. Er sah die Pflanzen, die hier nicht gerade emporwuchsen, sondern miteinander rangen, Äste gegeneinander aussandten, Schlingarme über die Bohlen schickten.

»Es ist nicht mein Lied«, sagte er. »Ich singe es nicht, ich höre es nur. Es ist erklungen, bevor ich war, und wird weitergehen, wenn ich nicht mehr bin.«

»Und klingt es schön in deinen spitzen Ohren?«, erkundigte sich Falnokul spöttisch.

Der Führer hatte spitzere Ohren als Salarin, auch wenn ein breitkrempiger Hut aus schwarzem Filz sie gerade verbarg.

Ob »schön« das richtige Wort für das Lied der Welt war? »Die Natur ist harmonisch«, überlegte Salarin. »Ein Ton folgt aus den vorherigen und bereitet die nächsten vor. Nichts wird erzwungen. Anders als in den Städten.«

Er verstummte, weil er an den Himmelsturm dachte. Auch Ometheon war eine Stadt. Jetzt, unter der Herrschaft der Nachtalben, war es ein geschändeter Ort, getränkt mit dämonischer Präsenz, die niemals den Weg nach Aventurien hätte finden dürfen. Aber wie war es früher gewesen? Die von den Hochelfen geschaffene Schönheit stand Salarin deutlicher vor Augen als seine umnebelte Erinnerung an die Tage seines Besuchs rechtfertigte. »Vollkommenheit« war der Begriff, der ihm dazu in den Sinn kam. Aber konnte denn aus Vollkommenem solche Verderbnis erwachsen? Auf welche Weise hatten die Hochelfen den Keim der Fäulnis gepflanzt?

Hilfesuchend sah sich Salarin nach Galandel um, aber seine Sippenschwester beschäftigte sich mit den Packtieren. Gemeinsam mit Hern'Sen, dem jungen Nivesen, den die Seuche mit Pockennarben gezeichnet hatte, ordnete sie das Kochgeschirr neu, das sich von einem Sattel zu lösen drohte.

Asleif Phileasson drückte ein Pony zur Seite und trat zu ihnen an den Rand der Senke. »Wie weiter?«, fragte er.

»Schwierig.« Falnokul spuckte ins Wasser. »Ab hier wird der Weg schlechter. Das«, er zeigte auf den überspülten Bereich, »ist noch gar nichts. Eine knappe Meile weiter kommt ein Stück, auf dem die Bohlen so morsch sind, dass die Hufe durchtreten. Mag sein, dass sich ein paar Viecher die Knochen brechen.«

Mit gerunzelter Stirn sah sich Phileasson um. »Ich nehme an, es wäre unklug, den Weg zu umgehen.«

»Der Grund ist sumpfig«, bestätigte Falnokul. »Zwei Meilen in der Stunde, höchstens. Und wir müssten den Weg voraus genau erkunden, damit wir nicht irregehen.«

»Das wäre kein Problem.« Phileasson winkte Irulla heran. »Wir haben die beste Kundschafterin, die je in einem Wald gelaufen ist, das wohl.«

Die dunkelhäutige Frau trug dünne Kleidung, ihr Leinenhemd ließ den Bauch frei, und die lederne Hose reichte nur bis zur Hälfte der Waden. Die Füße steckten in geschnürten Sandalen.

Damit bildete sie einen Gegensatz zu Falnokul. Das Wasser floss von der Krempe seines vollgesogenen Huts über den dunklen, beinahe bodenlangen Umhang, der sich über dem schweren Degen ausbeulte. Über der Lederrüstung trug der Elf einen Rock aus grobem Stoff. Damit keine Zweige an den überlappenden Segmenten hängen blieben, hatte er erklärt. Seine Stiefel reichten bis zu den Knien, und Lederhandschuhe klemmten unter seinem Gürtel. Da er sie gegenwärtig nicht trug, sah man seine hellen Hände.

»Dieser Weg ist nicht an der Schwäche des Alters eingegangen«, urteilte die Fährtensucherin mit einem Blick.

Fragend sah Phileasson sie an.

Sie zeigte auf die andere Seite der Senke. »Jemand hat genug Bohlen entfernt, damit die restlichen den Halt verlieren.«

»Warum sollte man so etwas tun?«, fragte Phileasson Falnokul. Die Beobachtung der Gefährtin infrage zu stellen, kam ihm gar nicht in den Sinn.

Falnokuls Augen dagegen wurden zu Schlitzen. Ob er zu erkennen versuchte, was die Frau sah? Salarin hatte das aufgegeben. Sie hörte Töne, die selbst für ihn zu leise waren.

»Vielleicht jemand, der seinem Konkurrenten zuvorkommen will«, brummte ihr Führer. »Der seinen Vorsprung halten will.«

»Beorn!«, grollte Phileasson.

Falnokul zuckte mit den Achseln. »Wenn er es war und man in Vallusa davon erfährt, hast du die Wettfahrt gewonnen. Dafür werfen sie ihn in den Schuldturm, bis der Weg wieder ausgebessert ist und er das Silber dafür abbezahlt hat.«

Phileasson schnaubte. »Er ist den Nachtalben entkommen. Ihn hält kein Kerker.«

Irulla stieg in das Wasser, wobei sie sich auf ihren Speer stützte. An der tiefsten Stelle reichte es ihr bis zur Hüfte. »Die Ponys werden es schaffen«, meinte sie.

Salarin merkte Phileasson an, dass seine Gedanken noch immer bei seinem Rivalen waren.

»Das ist erst der Anfang«, erinnerte Falnokul. »Der Weg wird schlechter. Vor Einbruch der Nacht werden wir Vallusa auf keinen Fall erreichen.«

»Und wenn wir ankommen, werden wir völlig erschöpft sein.« Grimmig sah sich Phileasson um. »Aber dies ist auch ein schlechtes Gelände für ein Lager. Wir werden noch nicht einmal ein Feuer machen können.«

»Wenn ihr rasten wollt, bietet sich eine Möglichkeit.« Falnokul deutete in die Richtung, aus der sie gekommen waren. »Ein paar Hundert Schritt zurück. Dort gibt es eine Abzweigung nach Ratheln. Ein Weiler, in dem wir ein Wirtshaus finden werden. Es ist sogar aus Stein gebaut. Etwas klein für uns alle, aber warmes Essen wird man uns auftischen.«

Abwartend sah Irulla zu ihnen herüber. Dass sie im schlammigen Wasser stand, schien der Frau mit der Spinnenzeichnung auf dem Schädel nichts auszumachen. Blitze donnerten in den Wald.

»Komm zurück!«, rief Phileasson. »Das hat keinen Zweck. Wir warten das Ende des Unwetters in diesem Dorf ab.«

»Es wird nicht lange anhalten«, versprach Falnokul. »Der Wind ist hier sehr wechselhaft. In ein paar Stunden wird er die Wolken auf das Meer hinaustreiben.«

»Hörst du das an der Melodie dieser Sümpfe?«, fragte Salarin.

»Die Sümpfe können singen, was sie mögen«, versetzte Falnokul. »Ich bediene mich meiner Erfahrung, meines Verstandes. Mein Volk nennt das ›badoc‹.«

Salarin half mit, die Ponys zurückzuführen. Sie fanden den Sumpfpfad. Der Regen weichte auch diesen auf, der Morast schmatzte unter Füßen und Hufen. Die Händlerin mit ihrem Wagen wäre nicht durchgekommen.

Salarin begab sich wieder nach vorn, zu Falnokul.

»Vermisst du die Gemeinschaft?«, fragte er. »Den Gesang des Salasandra, in dem die Träume der Sippe ineinanderfließen?«

»Und du?«, gab Falnokul zurück. »Du bist doch auch allein unterwegs. Und erzähle mir nichts von deiner Sippenschwester. Ich weiß, dass ihr erst seit Kurzem gemeinsam reist.«

»Bei mir ist es anders«, behauptete Salarin. »Ich lausche dem Lied der Welt, vor dem du dich verschließt.«

»Und du redest dir ein, nie dagegen aufzubegehren?«

Wieder stieg die Erinnerung an den Himmelsturm in Salarin auf. Allmählich begriff er, dass er im Gespräch mit diesem Elfen, der die Welt so ganz anders betrachtete, mehr über sich selbst lernte als über den anderen. Da waren auch diese merkwürdigen … waren es Erinnerungen? Dinge, die er über den Himmelsturm zu wissen glaubte, obwohl die Ottajasko sie dort nicht vorgefunden hatte. Diese seltsamen Stunden, in denen er Phileasson für einen König gehalten hatte, aber nicht für den König der Meere, sondern für einen anderen … die Begegnung mit

Niamh, der unendlich Weisen, die er jedoch eher als Schwester denn als Lehrerin empfunden hatte ... er hatte sie sogar trösten wollen!

»Da gibt es einen Missklang in mir«, gestand Salarin. »Momente, in denen ich mich von der Welt löse.«

»Gut, dann besteht noch Hoffnung.« Falnokul benutzte ein Haumesser, um einen Ast zu kappen, der auf Kopfhöhe über den Pfad ragte. »Wenn du immer nur der Harmonie eines anderen folgst, und sei dieser andere die Natur, dann bist du ein willenloses Püppchen.«

»Ich habe nach dem Lied der Götter gesucht. Darum habe ich die Goldregenglanzsippe verlassen.«

»Götter!« Falnokul spie aus.

»Was stört dich daran? Wir haben drei Geweihte dabei.« Er drehte sich um. Shayas orangerote Robe war auch im Regen gut zu erkennen, Praioslob und Vascal sah er dagegen nicht.

An Falnokuls Seite stieg er über einen auf den Pfad gestürzten Baum. Eine Schlingpflanze hatte ihn erwürgt, seine Rinde war an vielen Stellen aufgebrochen.

»Schaffen die Viecher das?«, fragte Falnokul mürrisch.

»Wir sollten ihn zur Seite ziehen«, schlug Salarin vor.

Ihr Führer zuckte mit den Achseln. »Was tue ich nicht alles für fünfunddreißig Silberstücke?«

Firutin und Hern'Sen gingen ihnen zur Hand. Eigentlich leisteten sie sogar die Hauptarbeit. Firutin erschien dabei zufrieden. Er half gern, und er war der Stärkste in der Ottajasko.

Hier war der Pfad leicht zu finden. Falnokul stellte einen Fuß auf den Stamm und lehnte sich auf den Oberschenkel, während die Ponys vorbeizogen. »Das einzig Kluge im Denken der Elfen ist die Zweiheit der Dinge«, murmelte er. Das Wasser fiel in einem Rinnsal vor seinem Gesicht von der Hutkrempe. »Zerza und

Nurdra, Vergehen und Werden. Das erklärt alles, mehr braucht man nicht zu wissen. Alles wird geboren, um zu sterben, und alles stirbt, um anderes zu nähren. Einer verliert, ein anderer gewinnt.« Er spie aus. »Wer braucht Götter?«

»Du also nicht«, vermutete Salarin. »Dann hat dich allein dein eigener Wille aus deiner Heimat geführt?«

»Mein Wille«, murmelte Falnokul, »wollte den großen Wald erhalten. So, wie er ist und wie ihn diejenigen, die in ihn eindringen, niemals verstehen werden. Holzfäller. Orks, die den Boden wegen des Eisenerzes aufreißen.«

Er richtete sich auf und stieg zurück auf den Pfad.

Salarin bemühte sich, mit ihm Schritt zu halten. Er schlängelte sich an Abdul el Mazar vorbei, der gerade ein Pony ermahnte, dass manche Dämonen zwar sehr hübsch seien, es aber dennoch keine Zuckerrüben von einem Gehörnten annehmen solle.

»Für meine Sippengenossen bin ich zu entschlossen«, fuhr Falnokul fort, als Salarin ihn einholte. »Mein Handeln war ihnen zu rabiat.« Er lachte. »Für die Welt hier draußen ist es gerade richtig.«

Vallusa,
achtzehnter Tag im Faramond

»Und? Was steht da?«

Pardona betrachtete nun schon eine ganze Weile die verschlungene Inschrift auf der Schulter des steinernen Wolfes. Dass es Wölfe sein sollten, hatten ihnen die beiden Stadtgardisten verraten, die sie aus einigem Abstand, vor dem Perainetempel stehend, noch immer beobachteten.

Beorn Asgrimmson schüttelte den Kopf. Der Steinmetz, der die beiden älteren Wolfsbilder gefertigt hatte, war wahrscheinlich in seinem ganzen Leben keinem leibhaftigen Wolf begegnet. Für Beorn sahen die Viecher, die unter seinem Meißel entstanden waren, eher aus wie Windhunde.

»Kannst du es lesen?«, drängte Beorn noch einmal, aber die falsche Lenya ignorierte ihn einfach. Und das unter den wachsamen Augen von Eilif. Das war nicht gut.

Auch Galayne der-im-Schildwall-steht betrachtete die Inschrift, doch er war nur zum Schein bei der Sache. Aus dem Augenwinkel verfolgte er, wer auf den Platz kam und ihnen verdächtige Blicke zuwarf. Beorn wunderte sich, dass so wenige Leute einen so großen Platz querten. Ob das am Regen lag?

»Weißt du noch was über diesen Ort?«, wandte sich der Blender nun direkt an Eilif Sigridsdottir.

»Nicht viel ... Der Rondratempel war vor langer Zeit eine Fechterschule, dann wurde dort die Leuin angebetet, und nun dient er als Waffenarsenal der Stadt. Die Statuen stehen hier schon sehr lange. Angeblich wurden sie von einem Ritter zum Dank für die Göttin gestiftet, der in den Drachensteinen eine mörderische Wolfsjagd überlebt hat.«

»Du bist aber gut unterrichtet«, bemerkte Galayne.

Eilif zuckte mit den Achseln. »Angeblich verrät der Schattenmann, der hier nachts umgeht, wo man einen Schatz findet. Da hab ich mich schon ein wenig umgehört ... Aber mit Kreaturen, die nicht aus Fleisch und Blut sind, die weder ein ehrlicher Fausthieb noch guter thorwalscher Stahl zu fällen vermag, hab ich es dann doch nicht so. Mich werden hier keine zehn Pferde bei Nacht hinbekommen.«

»Das erste Vernünftige, was ich aus deinem Munde höre«, merkte Pardona an. »Diese Inschrift hier ist ungewöhnlich.« Sie klopfte auf die Wolfsschulter. »Die Schriftzeichen sind aus dem Isdira, dem Dialekt, zu dem sich die einst so schöne Sprache der Elfen entwickelt hat. Du hättest einmal eines der Liebesgedichte hören sollen, die Ometheon im ursprünglichen Asdharia abgefasst hat.« Sie lächelte versonnen.

»Wer ist Ometheon?«, fragte Eilif.

Beorn wünschte sich, Pardona würde nicht so unpassend mit ihrer Vergangenheit kokettieren.

»Der Elf, der einst den Himmelsturm begründet hat«, entgegnete die selbst ernannte Göttin, um noch eines draufzusetzen.

»*Den* Himmelsturm? Das ist doch nur eine Sage, die von …«

»Wir waren dort!«, unterbrach Beorn sie. »Ich habe im Himmelsturm und im ewigen Eis viele gute Recken verloren. Erzähl mir nie wieder, dass es ihn nicht gibt. Das ist, als würdest du die Toten verhöhnen.« Er sah den Glanz in ihren Augen, den er nur zu gut von anderen Plünderfahrern kannte, die von Schätzen träumten. Wahrscheinlich war sie überzeugt, dass ihn der Himmelsturm märchenhaft reich gemacht hatte. Wenn sie wüsste …

»Diese Inschrift hier wirft nur Fragen auf, statt Antworten zu geben«, erklärte Pardona missmutig.

»Was für Fragen?« Beorn wurde das Gefühl nicht los, dass sie ihm wieder einmal wesentliche Erkenntnisse vorenthielt. Dieses Mal würde er das nicht dulden! Sie hörte ihm wohl seinen Ärger an, denn sie bedachte ihn mit einem Lächeln, wie es die wirkliche Lenya niemals auf ihren Lippen getragen hätte. Halb versöhnlich, halb sinnlich, verführerische Verheißung.

»Es ist dort von einer versunkenen alten Elfenstadt die Rede und von der Toteninsel Gontarin.«

»Toteninsel …?« Eilif klang ungewohnt kleinlaut. »Ihr sucht

doch wohl nur nach der versunkenen Stadt und nicht nach dieser Insel? Eine Toteninsel werde ich nicht suchen … Das ist nicht der Weg, der mir bestimmt ist.«

»Ist es nicht der Weg, den wir alle irgendwann gehen?«, fragte Galayne. »Der Weg, auf dem es keine Umkehr gibt. Dieser Ort hier ist durchdrungen von der Sehnsucht nach Gontarin.«

»Ja«, bestätigte auch Pardona. »Dem Schattenmann ist es verwehrt, dorthin zu gehen. Er ist verdammt, hier zu bleiben, bis er seine Schuld abgetragen hat.«

Beorn war das Geschwafel leid. »Hängt das in irgendeiner Form mit der Prophezeiung zusammen, oder verschwenden wir hier nur unsere Zeit?«

»Es gibt deutliche Bezüge zur untergegangenen Kultur der Hochelfen. Das wäre eine Verbindung zu den vorherigen Rätseln. Beweise …« Sie hob resignierend die Schultern. »Die muss ich dir leider schuldig bleiben, Drachenführer.«

»Wovon redet ihr? Hochelfen? Rätsel? Was für eine Plünderfahrt ist das?«, wollte Eilif wissen.

»Leistest du mir den Treueeid?« Beorn sah sie durchdringend an. Wenn er Tjornes Aussagen vertraute, hatte Phileassons Ottajasko fast die doppelte Kopfstärke – wenngleich ihre Kampfkraft nicht der Zahl der Köpfe entsprach. Dennoch wäre es klug, auch seine Mannschaft aufzustocken. Eilif konnte dreinschlagen und war eine furchtlose Kriegerin, daran hegte er keinen Zweifel. Aber war sie auch loyal?

Die hünenhafte Thorwalerin legte feierlich die Hand auf ihre linke Brust. »Ich gelobe deiner Otta die Treue, Beorn Asgrimmson. Ihr seid fortan meine Familie. Ich feiere und kämpfe mit euch. Ich dürste und saufe mit euch. Ich werde deinen Befehlen ohne zu zögern folgen, ganz gleich, ob sie mich in das Herz eines Sturmes oder das nächste Hurenhaus führen. Das gelobe ich bei

Swafnir. Möge mein Schwertarm verdorren und ich auf ewig friedlos sein, wenn ich diesen Eid breche, das wohl!«

Beorn packte ihre Rechte im Kriegergruß dicht über dem Handgelenk. »Willkommen an Bord, das wohl! Wir werden uns mit demselben Wasser waschen.«

»Und vorher küsst du seine rechte Hand!«, mischte sich Pardona in den feierlichen Augenblick.

Eilif sah verwundert von ihr zu Beorn.

»Das ist kein Bestandteil des Eidrituals«, bemerkte der Blender verärgert.

»Natürlich nicht! Es ist die Strafe dafür, dass sie dich verleumdet und beleidigt hat. Nun hat sie Gelegenheit, hier in aller Öffentlichkeit ihre Reue zu zeigen und vor dir niederzuknien.« Pardona redete sich regelrecht in Rage.

»Das ist nicht Art der Thorwaler«, entschied Beorn knapp. Er war es leid, bevormundet zu werden. »Eilif, du gehst mit Galayne zurück zum *Märkischen Hof*. Sofort. Ohne Fragen und ohne Aufenthalt, in Kneipen oder anderswo.«

Die Thorwalerin nickte ernst. Dann folgte sie dem Elfen, nicht ohne sich noch mehrfach umzudrehen und Pardona mit triumphierenden Blicken zu verhöhnen.

»Sie wird Ärger machen«, grollte die angebliche Geweihte, kaum dass die beiden außer Hörweite waren.

»Nicht weniger erwarte ich von ihr.« Beorn sah Pardona an, dass sie verstanden hatte, wie er das meinte. Ihm war daran gelegen, dass der selbst ernannten Göttin mit Eilif eine Widersacherin erwuchs. Keine wirkliche Gefahr, aber doch zumindest ein winziger Dorn im Fleisch. »Wir werden jetzt zur *Kaiserin* gehen.«

»Was? Kaiserin?«

Es bereitete ihm Vergnügen, Pardona kurz auf dem falschen

Fuß erwischt zu haben. »Das Bordell. Es liegt kaum hundert Schritt von hier.«

»Was willst du da schon wieder?«

»Lass dich überraschen. Ich bestehe übrigens darauf, dass du mich begleitest.«

Vallusa,
achtzehnter Tag im Faramond

Als Beorn Asgrimmson an der schweren Tür klopfte, öffnete ihm Tapo Hahe. Der Moha versuchte noch, die schwere Eichenpforte wieder zu schließen, als Beorn ihr einen Tritt verpasste und die Tür weit aufschwang.

»Was willst du hier?« Tapo Hahe wich in die Mitte der Eingangshalle zurück. Zu dieser frühen Stunde weilten hier noch keine Gäste, und auch die Freudenmädchen und Lustknaben ließen sich noch nicht blicken.

»Ich will mit dem *alten Drachen* reden. Ich habe ihr ein Geschäft vorzuschlagen, das sie ganz gewiss nicht ablehnen wird.«

Als er hoffen durfte, dass es nicht um seinen Kopf ging, gewann der Moha seinen Schneid zurück. »Willst du verhandeln, wie du meine Armbrust zurückbringst?« Er zwinkerte Pardona in ihrem orangefarbenen Priestergewand zu. »Travia zum Gruß! Heim und Herd wissen wir hier auch sehr zu schätzen, auch wenn wir gemeinhin eher der Göttin Rahja huldigen. Darf ich dich auf einen Rachenputzer einladen? Frag Einauge, ob das Zeug einem ganz buchstäblich Offenbarungen zuteilwerden lässt. Über seinen ungewöhnlichen Abgang hier letzte Nacht wird man sich noch lange Geschichten erzählen.«

Wohl vom Lärm der auffliegenden Tür aufgeschreckt, erschien

die Maraskanerin am Geländer der Galerie. Sie trug nun ein schlichtes weißes Seidenkleid ohne jegliche Stickereien oder Schmuck. Ihre Frisur aber war genauso vollkommen hochgesteckt wie am Abend zuvor. Nicht eine einzige Strähne war in Unordnung. Ein Glanz wie von Lack lag auf ihrem nachtschwarzen Haar. »Und, Plünderfahrer …? Ich nehme an, in Anwesenheit einer Geweihten bist du nicht auf Beutezug, um dich für das Missverständnis gestern Nacht zu rächen.« Mit anmutigen kleinen Schritten ging sie zur Treppe und stieg diese herab.

Ihr Schneid gefiel Beorn. »Kommen wir gleich zur Sache. Ich will Eilifs Sachen. Die Waffen und die Kleidung sowie alle anderen Habseligkeiten, die sie hier zurückgelassen hat. Du wirst mit Kleidern ihrer Größe ohnehin nichts anfangen können. Da ich großzügig bin, biete ich dir drei Silbergroschen.«

Sie bedachte ihn mit einem schmallippigen Lächeln. »Natürlich wird es dir umgekehrt auch schwerfallen, Kleider in ihrer Größe zu bekommen. Ganz zu schweigen von der Lederrüstung, die sie hier zurückgelassen hat … Aber da auch ich großzügig bin, biete ich dir an, dir das alles für dreißig Silbergroschen zu überlassen. Beorn der Blender ist ja bekannterweise kein armer Mann.«

»Ich weiß nicht, welchen Beorn du kennst«, mischte sich Pardona ein, »aber der Mann, der hier in deinem Haus steht, könnte sich auch einfach nehmen, was er haben will.«

Die Maraskanerin nickte zustimmend. »Gewiss. Aber wie weit würde er kommen? Es liegt keine Otta im Hafen. Ihr seid ein alter Steuermann, ein bartloser Jüngling und noch ein Krieger, dazu eine Reckin, ein Elf und ein zierliches Tulamidenmädchen. Vallusa ist wahrlich nicht berühmt für kriegerische Taten, aber solch eine Räuberbande könnte sogar unsere Stadtwache stellen.« Ihr enges Kleid erlaubte ihr nur kleine, trippelnde Schritte. Gemessen durchquerte sie den Saal und stellte sich an den Tresen.

Beorn griff nach der Geldkatze an seinem Gürtel, löste sie und legte sie auf die Theke. »Für jemanden, der mich gestern noch gar nicht kannte, bist du heute erstaunlich gut unterrichtet.«

»Ich lerne aus meinen Fehlern.«

»Das Herz eines Löwen im Leib einer Schlange«, bemerkte Pardona. »Du bist wahrlich eine ungewöhnliche Frau. Wie schade, dass nicht die Zeit bleibt, tieferen Einblick in dein Wesen zu erhalten.«

Die Worte ließen Beorn an die blutbeschmierten Tische im Himmelsturm denken, auf denen die Göttin tiefere Einblicke in Menschen und andere Kreaturen gesucht hatte. Ein Schauder überlief ihn beim Gedanken an die Geschöpfe in den großen Glaszylindern. »Ich biete dir zehn Silbergroschen, und als kluge Frau wirst du einsehen, dass du die Grenze des Möglichen erreicht hast. Ich bitte dich im Guten, überschreite sie nicht.«

Die Maraskanerin legte auf anmutige Art den Kopf schief und sah ihn etliche Herzschläge lang forschend mit ihren Mandelaugen an, ohne dabei auch nur ein einziges Mal zu blinzeln. »Na gut«, stimmte sie schließlich zu. »Heute ist noch viel zu tun, ein großes Fest steht bevor. Der Tag der Waffenschmiede bringt immer das beste Geschäft im Jahr. Da kann ich mich nicht mit Kleinkram aufhalten. Wir sind uns also handelseinig.«

»Nein, sind wir nicht.« Pardona legte die Hand auf die Geldkatze. »Da du so außerordentlich gut über alles, was in dieser Stadt vorgeht, unterrichtet bist, wirst du mir freundlicherweise noch ein paar Fragen beantworten. Was hat es mit den Wölfen auf dem Zwergenplatz und dem Geist auf sich?«

»Elf Silbergroschen«, forderte die Herrin des Hauses lächelnd.

»Und Tapo Hahe wird uns großzügig mit Getränken versorgen, solange wir reden.«

»Das wohl!« Beorn griff nach seinem Geldbeutel, bevor Pardona etwas einwenden konnte. »Ich nehme dasselbe wie gestern Abend.«

»Nein«, wandte die Hausherrin entschieden ein. »Der gestrige Abend stand unter keinem guten Stern. Heute soll alles anders sein. Schenk ihm Premer Feuer ein, und das nicht zu knapp. Aber nicht den Fusel für die normalen Gäste. Für ihn gibt es den richtigen Brannt.«

Beorn hatte das Gefühl, dass die Hausherrin dem Moha mit ihren Worten noch eine verborgene Botschaft hatte zukommen lassen. Tapo Hahe stutzte kurz, dann nickte er und bückte sich nach einer Flasche unter dem Tresen.

»Komm, schenk mir auch vom Premer Feuer ein«, forderte die Hausherrin.

Beorn war erleichtert. Wenn sie mit ihm aus der gleichen Flasche trank, hatte sie wohl keine finsteren Absichten.

Die Maraskanerin wandte sich an Pardona und lächelte gönnerhaft. »Dir würde ich einen Pflaumenlikör empfehlen. Ein scharfer Branntwein ist sicher nichts für deine zarte Kehle.«

»Eine Dienerin der Göttin des Herdfeuers schreckt auch flüssiges Feuer nicht.«

Eine Spur Bosheit schlich sich in das Lächeln der Maraskanerin. »Dann schenk uns ein, Tapo Hahe.«

Während der Moha schweigend drei Gläser, groß wie Weinkelche, mit dem Schnaps füllte, zählte Beorn die Silbergroschen auf den Tresen. Das also war es, dachte er. Diese Gläser fassten mehr als doppelt so viel wie gestern Nacht. Die Maraskanerin war wohl überzeugt, dass sie mehr vertrug als er und wollte sich an seinem Elend weiden, wenn er hinaustorkelte. Sie würde eine Überraschung erleben. Zumindest was die vermeintliche Traviageweihte anging.

Ihre Gastgeberin griff nach ihrem Schnaps und grüßte Pardona mit dem Glas. »Den ersten nimmt man stets in einem Zug.«

Pardona nahm ohne zu zögern ihr Glas und stürzte den klaren Brannt die Kehle hinab, als sei er nur Wasser. Dann wischte sie sich lächelnd über die Lippen. »Ich finde, auf einem Bein kann man nicht stehen.«

Sollte sie die Maraskanerin beeindruckt haben, so ließ diese sich zumindest nichts anmerken.

»Was für Frauen!«, flüsterte Tapo Hahe Beorn zu und füllte sich nun auch ein Glas. »Wir sollten nicht hinter ihnen zurückstehen.«

Beorn trank, um nicht sein Gesicht zu verlieren. Es war ein Gefühl, als fließe flüssiges Feuer seine Kehle hinab.

Auch Tapo Hahe keuchte auf, als er sein Glas geleert hatte. Die Augen des Mohas schienen ein wenig hervorzutreten. »Fast so stark wie Schlangengift«, nuschelte er und streichelte über den tätowierten Giftzahn an seiner rechten Schläfe.

»Weichlinge«, murmelte die Maraskanerin, und Pardona nickte zustimmend.

»Männer eben.«

Auch wenn Beorn verstand, dass die falsche Göttin die Zunge ihrer Gastgeberin lösen wollte, missfiel ihm der Weg, den sie einschlug. Er war sich ganz sicher, dass er nicht mit ihr würde mithalten können.

»Noch eine Runde!«, forderte Pardona und schob Tapo Hahe ihr Glas herüber.

Die Maraskanerin stand nicht hinter ihr zurück.

»Kommen wir zu den Wölfen auf dem Zwergenplatz.« Beorn

hatte Pardona noch nie so zuckersüß lächeln sehen wie jetzt. »Was hat es damit auf sich?«

»Eine alte Geschichte …« Die Maraskanerin starrte in das Glas, das Tapo Hahe, bis fast an den Rand gefüllt, zu ihr zurückgeschoben hatte. »Sie beginnt wohl vor mehr als zweihundert Jahren. Damals gab es eine Fechterschule in dem großen Gebäude, das heute die Waffenkammer der Stadt ist. Ein berühmter Ritter des Kaisers war dort der Meisterfechter. Ein Held aus den Kriegen in der Khôm. Auf seinen Feldzügen soll er einen großen Schatz erbeutet haben. Angeblich hat ihn stets ein riesiger Wolf begleitet, weshalb ihn viele auch den Wolfsritter nannten. Irgendwann hat ihn seine Vergangenheit eingeholt. Ein verschleierter Krieger kam in die Stadt und forderte ihn zum Duell. Der Wolfsritter siegte und hat zugleich auch verloren. Er tötete den Fremden, und der Stadtrat sprach einen Bann über ihn aus, denn Duelle waren in Vallusa immer schon verboten. So musste er alles aufgeben und verließ die Stadt mit seinem Wolf.« Sie griff nach dem Glas und hob es. »Auf die siegreichen Verlierer.«

Tapo Hahe hatte ihnen inzwischen allen nachgefüllt. Beorn folgte der Maraskanerin. Sie alle stürzten das Feuer die Kehlen hinab.

»Und die Statuen?« Bei Pardona zeigte der Branntwein nicht die geringste Wirkung, während Beorn sich sicher war, dass er im Augenblick nur ein leises Röcheln hervorbringen könnte. Dafür spürte er, wie sich angenehme Wärme in ihm ausbreitete.

Auch die Maraskanerin brauchte einen Moment. Sie räusperte sich. Ihre Stimme klang rauer, als sie dann sprach. »Manche sagen, die anderen Lehrer haben sie zur Erinnerung an den Wolfsritter gestiftet.«

»Wie hieß dieser Ritter denn?«, brachte Beorn mit Mühe hervor.

Ihre Gastgeberin zuckte mit den Achseln. »Ich hab seinen Namen mal gehört, aber wieder vergessen. Er war irgendwie seltsam. Kein Name aus dem Mittelreich, wie man es von einem Ritter des Kaisers erwartet hätte. Ihr könnt ihn sicher im Archiv finden. Ich weiß ihn nicht. Es gibt übrigens noch eine zweite Geschichte zu den Wölfen. Manche sagen auch, sie seien gestiftet worden, nachdem ein Streiter aus Vallusa eine große Wolfsplage irgendwo in den Drachensteinen beendete. Was wahr ist, weiß ich nicht. Vielleicht stimmt ja auch beides. Die Statuen sehen so unterschiedlich aus, als seien sie zu verschiedenen Zeiten aufgestellt worden.«

»Und die Inschrift?«, fragte Pardona.

Wieder zuckte die Maraskanerin mit den Achseln. »Ich bin noch niemandem begegnet, der sie lesen konnte.«

»Dann sprechen wir jetzt über den Geist«, entschied Pardona.

»Du hast viele Fragen, Priesterin.« Ihre Gastgeberin schob ihr Glas erneut zu Tapo Hahe. »Man sollte die Kehle feucht halten, wenn man so viel redet.«

Mit Schrecken sah Beorn zu, wie der Moha wiederum nachschenkte. Dabei hatte er leichte Schwierigkeiten. Zwei Gläser liefen über. Tapo Hahe beugte sich über den Tresen und schlürfte den verschütteten Branntwein auf.

Pardona stürzte das Premer Feuer hinunter, als sei es Wasser. »Der Geist vom Zwergenplatz!«

Ihre Gastgeberin versuchte es ihr gleichzutun, doch dieses Mal rang sie sichtlich um Atem, als sie ihr Glas geleert hatte.

Beorn nahm nur einen Schluck. Der Moha nicht. Er kippte sich alles in den Schlund, doch wirkte es für den Blender nun so, als müsse sich Tapo Hahe an seinem Tresen festhalten.

»Dieser Geist ...« Die Maraskanerin lallte nicht, doch ihr war anzumerken, dass sie nun mit den Worten rang. »Das ist wohl der verschleierte Krieger, den der Wolfsritter erschlagen hat. Er behelligt jeden, der sich bei Nacht die Statuen ansieht. Oftmals hat der Stadtrat Bannzauberer bezahlt, um dieses Gespenst für immer davonzujagen. Doch es kehrte stets zurück. Es erzählt von einem großen Schatz, den derjenige bekommt, der ihm hilft. Immer wieder findet es Zuhörer. Meist Fremde, denn wir in Vallusa kennen seine Geschichte. Ich kann euch nur warnen. Hört nicht auf die Einflüsterungen dieser Kreatur. Keiner hat diesen Schatz je gefunden. Diese Suche bringt nur den Tod oder grausame Verstümmlung. Du bist eine Priesterin!« Die Herrin des Hauses stieß Pardona ihren langen Zeigefinger gegen die Brust. »Sag ihnen, dass Gier nur ins Verderben führt. Du musst es wissen.«

»Du weißt gar nichts über das Verderben.«

Da war etwas in Pardonas Blick und in ihrem Ton, das Beorn eisige Schauer über den Rücken jagte. Und er sah der Maraskanerin an, dass es ihr nicht anders ging. Die wohlige Wärme, die das Premer Feuer in seine Glieder getragen hatte, war plötzlich verflogen.

»Es gibt da einen ...« Die Hausherrin winkte Tapo Hahe, ihr nachzuschenken. Dieses Mal ging fast so viel daneben wie ins Glas. »Einen Bettler. Er ist der Einzige, der hierher zurückkam. Er hat seine Kameraden auf der Suche verloren. Und er ... er wäre vielleicht besser auch nicht zurückgekommen. Er ist nicht mehr ganz richtig im Kopf. Nachts schleicht er oft um den Zwergenplatz. Er warnt die Dummen, die auf die Einflüsterungen des Geistes hören. Sie nennen ihn Assel, hier in der Stadt.«

»Assel?«, fragte Beorn. »Wie kommt man zu so einem Namen?«

»Asseln sind im Vergleich zu ihm hübsche Tierchen«, lallte Tapo Hahe. »Wirklich hübsch ... Er mag sie nicht. Für ein Glas voll Schnaps frisst er eine Assel, dick wie mein Daumen. Widerlich!«

»Seht ihn euch an. Das hilft mehr als viele Worte.« Die Maraskanerin deutete zur Tür. »Geht nach Süden, über die Tobrische Brücke. Dort, wo die Flüchtlinge des Ogerzugs ihre Zelte haben. Ihr findet ihn tagsüber meist im *Stumpf*. Dort gibt es den billigsten Fusel der Stadt. Wenn ihr euer Augenlicht behalten wollt, trinkt nicht davon. Spendiert ihm eine Flasche, und er wird gar nicht mehr aufhören, über den Schatz zu reden.«

Beorn hatte das Gefühl, dass der Boden unter seinen Füßen leicht schwankte. Also war doch noch nicht alle Wirkung des Branntweins verflogen. »War das alles, was du über die Wolfsstatuen und den Geist weißt?«

»Genügt das nicht, um dich ins Unglück zu stürzen?«

Pardona lachte auf. »Ganz sicher nicht! Er hat den Himmelsturm überlebt. Er ist eine lebende Legende.«

Die Maraskanerin schien unbeeindruckt. Wahrscheinlich hatte sie noch nie vom Himmelsturm gehört. Tapo Hahe glotzte ihn zumindest mit vorquellenden Augen an. Aber das mochte auch am überreichlichen Genuss des Premer Feuers liegen. Drei dieser für Branntwein viel zu großen Gläser voll … das genügte, um einen Bullen schlafen zu schicken.

»Auch Legenden sterben …« Ihre Gastgeberin wirkte melancholisch und war sichtlich angeschlagen. »Ich schicke euch Tapo Hahe mit Eilifs Sachen, sobald er wieder geradeaus gehen kann. Und euch rate ich noch einmal dringlich, lasst ab von dieser Schatzsuche. Sie hat noch niemandem Reichtümer gebracht. Nur Tod und Verzweiflung.«

Beorn nickte ihr zu. Schon diese leichte Kopfbewegung löste Schwindel aus. »Ich werde das bedenken«, sagte er mit schwerer Zunge.

Pardona stützte ihn, als sie zur Tür gingen und die *Kaiserin* verließen.

Beorn war es peinlich, von der vermeintlichen Traviageweihten an Trinkfestigkeit übertroffen zu werden, obwohl er sich ganz sicher war, dass es dabei nicht mit rechten Dingen zugegangen sein konnte.

Als er hinaus an die frische Luft trat, verschlechterte sich sein Zustand schlagartig. Die Sonne schien glühende Pfeile durch sein Auge mitten in seinen Kopf zu bohren. Ihm wurde schwindelig und speiübel. Mit zusammengebissenen Zähnen kämpfte er dagegen an, in die Gosse zu kotzen. Was für eine Schmach.

»Das wird schon wieder.« Pardona lächelte ihn gönnerhaft an. »Was für ein erfolgreicher Morgen.«

Ihm brummte der Schädel zu sehr, um klar denken zu können. Er gab einen knurrenden Laut von sich, der alles bedeuten mochte.

»Ich denke«, fuhr sie gut gelaunt fort, »wir haben recht eindeutig die Spur des Steppenwolfes aus der Prophezeiung gefunden. Wir suchen nach dem Wolfsritter. Finden wir heraus, wohin er gegangen ist, dann finden wir auch die Silberflamme, von der die Rede ist. Suchen wir die Assel. Er weiß, wohin wir gehen müssen.«

»Und der Geist?« Beorn hatte das Gefühl, seine Zunge sei aus Blei, so schwer bewegte sie sich.

»Den besuche ich in dieser Nacht«, erklärte Pardona enthusiastisch. »Ich bin gespannt, was er mir zu erzählen hat. Ich bin voller Hoffnung, auf einen überaus faszinierenden Gesprächspartner zu treffen.«

Beorn nickte die Straße hinauf in Richtung des Tobrischen Tors. »Ich brauche … Bett. Ein paar Stunden … verfluchter Branntwein. Wenn deine Vermutungen stimmen, waren wir ziemlich schnell. Bei der Lösung der ersten Hälfte des Rätsels, meine ich.« Seine Gedanken waren träge, und seine Zunge bewegte sich nur widerwillig. »Wir sollten dafür sorgen, dass es Phileasson … Er sollte es nicht ebenso leicht haben. Dieser Geist vom Zwergenplatz ist der Schlüssel zu allem.« Ob dieser fulminanten Erkenntnis stach Beorns Zeigefinger schwungvoll in die Höhe. »Wenn wir ihn erlösen könnten, dann würde es dem verfluchten Kartentuscher schwerfallen, die Spur des Wolfsritters zu finden, das wohl!«

»Geister erlöst man, indem man die Bürde von ihnen nimmt, die sie dazu verdammt, dass ihre Seele keinen Frieden findet. Vielleicht kann ich ihn ja davon überzeugen, dass wir die Schatzsucher sind, auf die er so lange gewartet hat, und wir die Mission erfüllen werden, an der er gescheitert ist. Wenn das gelingt, sollte der Geist seinen Frieden finden und nie wieder bei den Wolfsstatuen am Zwergenplatz erscheinen.«

»Und diesen Assel nehmen wir mit«, entschied Beorn. »Wer einmal Schatzsucher war und nun ein versoffener, kleiner Lump ist, der wird der Versuchung eines prall mit Silberstücken gefüllten Geldbeutels ganz sicher nicht widerstehen. So machen wir es. Das wohl! Damit löschen wir die Spur aus, die Phileasson aufnehmen könnte.«

2 FLÜCHE

Vallusa,
achtzehnter Tag im Faramond

Was für ein Gewimmel und was für ein Dreck! Pardona betrachtete die kleine Siedlung aus Zelten und mit Planen abgedeckten Erdlöchern mit einer Mischung aus Faszination und Abscheu. Die Wege waren Pfade aus knöcheltiefem Schlamm. Sie sah niemanden, der nicht verdreckt war. Hohlwangige Kinder mit eingesunkenen Augen folgten ihr mit hungrigen Blicken. Krüppel längst vergangener Schlachten bettelten um Almosen. Hier war das Strandgut des Krieges angespült worden. Jene, die durch den großen Ogerzug alles verloren hatten und einfach nicht mehr zurück in ihr altes Leben fanden.

Manchmal wurden hier Tagelöhner für den Hafen angeheuert. Die meisten warteten vergebens auf eine glückliche Wendung ihres Schicksals. Abgetakelte Huren und Lustknaben boten sich für ein paar Kupfermünzen an. Andere bettelten um Brot oder Stockfisch. Wie hatten die Menschenkinder das Volk werden können, das dieses Zeitalter prägte wie kein anderes? Wenn sie diese Elendsgestalten so ansah, dann war sich Pardona sicher, dass es nicht mehr lange dauern konnte, bis sie hinweggespült würden. Eine Zeit der Veränderung hatte begonnen. Ihr Meister würde die Zwölfgötter hinwegfegen. Die Zeit der großen Schlachten war noch nicht angebrochen. Noch tobte der Kampf im Verborgenen, und diese Wettreise der Thorwaler mochte ein Teil davon sein.

Selflanatil war einst geschmiedet worden, um gegen die Diener des Namenlosen geführt zu werden. Pardona kannte das Schwert aus der Zeit, bevor sie in den Himmelsturm gegangen war. Jetzt würde sie es wahrscheinlich nicht einmal berühren können. Aber dafür hatte sie ja Beorn und seine Recken. Er war so besessen von seinem Ehrgeiz, König der Meere zu werden, dass er ihrer Manipulation erlag, obwohl er sich ihrer bewusst war. Hauptsache, dieser Phileasson kam ihnen nicht in die Quere, bevor sie das Schwert fanden. Solange die Waffe in ihrer Reichweite blieb, konnte sie verhindern, dass sie letztlich in die falschen Hände geriet.

Ein Holzschild mit einem lächerlich schlechten Bild darauf erweckte ihre Aufmerksamkeit. Es zeigte einen Bettler, der beide Beine verloren hatte und, auf seine Arme aufgestützt, die verstümmelten Gliedmaßen vorstreckte. Darunter stand in ungelenken Lettern: *Der Stumpf*. Diese Schenke war nur ein Loch in der Uferböschung der Misa, über das eine Zeltplane gespannt war. Es stank nach Pisse und vergammeltem Fisch. Auf einem Boden aus modrigen Brettern standen Kisten, die als Stühle herhielten. Männer und Frauen mit glasigen Augen kauerten dort im Schatten. Die meisten umklammerten Tonkrüge, aus denen sie gelegentlich kleine Schlucke tranken. Becher oder gar Gläser waren ein Luxus, auf den man im *Stumpf* gern verzichtete.

Pardona stieg in das Loch hinab und war sich wohl bewusst, wie alle jene zu ihr aufstarrten, deren Sinne noch klar genug waren, um wahrzunehmen, was um sie herum geschah. Gewiss hatte noch nie zuvor eine Traviageweihte diesen Ort betreten.

»Ich suche Assel«, sagte sie mit fester Stimme.

»Asseln hat's hier jede Menge. Musst nur eines der Bodenbretter anheben, Liebchen.« Ein Glatzkopf ohne Beine, der die mit Flicken übersäten Überreste eines Waffenrocks trug, griente sie an und erntete für seine Worte müdes Gelächter. Einige Dutzend der Tonkrüge, derentwegen man hierherkam, standen rings um ihn herum auf dem Boden.

Er war wohl Wirt und Namensgeber dieses exquisiten Lokals, dachte Pardona. »Ich suche nach einer Assel auf zwei Beinen. Ein thorwalscher Drachenführer hat mich geschickt. Er wollte der *Assel* dafür danken, dass sie einen seiner Recken vor dem Geist am Zwergenplatz gewarnt hat. Ist ein silberner Dank, den ich in der Tasche trage ...«

Sie sah dem Wirt an, dass er begriff, dass dieses Silber wahrscheinlich bald in seiner Tasche landen würde. Was sonst sollte dieser Assel schon damit anfangen, als sich in einen tagelangen Rausch aus billigem Fusel zu stürzen?

Auch unter den nicht stocktrunkenen Gästen begann es zu rumoren. Eine zahnlose Frau, die ihr zwanzigstes Jahr noch nicht weit überschritten haben mochte und doch schon abgehärmt wie eine Greisin wirkte, winkte ihr zu. »Ich kenn ihn!« Sie hielt den Kopf leicht zur Seite gedreht, wagte es nicht, Pardona direkt ins Antlitz zu blicken. »Der liegt am Ufer. Da schläft er immer bis weit in den Tag, wenn er nachts gewandert ist.«

»Was kosten zwei Krüge von deinem Fusel?«, fragte sie den Wirt.

Der wippte unruhig mit seinen verstümmelten Beinen. Seine Lippen bewegten sich, ohne dass ein Laut über sie kam. Pardona war sich sicher, dass er grade mit sich um den Preis rang, den er verlangen konnte, ohne sie zu vergraulen. »Gib mir einen Silbergroschen, und du bekommst drei.«

»So günstig?« Sie genoss es, die Verzweiflung zu sehen, die ihre

Worte in das zerfurchte Antlitz schnitten. Die Göttin zog aus einer der kleinen Taschen des Geweihtengewandes eine dünne, leicht verbogene Silbermünze hervor und schnippte sie dem Wirt zu. Dann bückte sie sich nach den graublauen Krügen, die mit dicken Holzpfropfen verschlossen waren. »Einer ist für dich, wenn du mich zu Assel bringst.«

Das Mädchen kam schwer auf die Beine. Es stützte sich auf einen Stock, der neben ihm an der Lehmwand lehnte. Schwer hinkend schlurfte es die Erdrampe hoch, die in das Loch hinabführte. Scheu blickte es alle paar Schritt zu Pardona zurück, als quäle es die absurde Angst, es könne zu schnell gewesen sein und die Hüterin ihres nächsten Rauschs hinter sich verloren haben.

Sie ließen das Flüchtlingslager hinter sich und gingen ein Stück durch das hohe Gras der Uferböschung. Schließlich deutete das Mädchen auf eine Stelle, an der blaue Kornblumen blühten. »Dort. Das ist er. Assel.«

Pardona entdeckte zwischen den Blumen einen schmutzigbraunen Umhang, unter dem nackte Beine hervorragten. Einem fehlte die halbe Wade. Nur ein unförmiger Klumpen rot vernarbten Fleisches war geblieben.

»Solltest du mich betrogen haben, verspreche ich dir, ziemlich unfreundlich zu werden.« Mit diesen Worten warf sie dem Mädchen einen der Krüge zu, den dieses ungelenk auffing.

»Ich lüge nie«, sagte es mit abgewandtem Gesicht und machte sich hektisch an dem Kork zu schaffen.

Pardona interessierte sich nicht weiter für diese erbärmliche Kreatur. Neugierig ging sie zu der Gestalt zwischen den Kornblumen. Assel hatte den Umhang über den Kopf gezogen. Lautstarkes Schnarchen drang durch den dicken Wollstoff. Ein mit Lederstreifen und Federn geschmückter Krückstock lag neben ihm im Gras.

Mit Kennerblick begutachtete sie das zerschundene Fleisch an der Wade. Vermutlich das Werk von Krallen und einem starken Gebiss. Ob ein Bär ihn angefallen hatte?

Sie zog den Umhang zurück. Das Antlitz darunter empfand selbst sie als abstoßend. Teile des Gesichts waren abgerissen, die linke Wange verschwunden. Seine Kiefer lagen offen, sodass deutlich Zähne und Zahnfleisch zu sehen waren. Sie hatte einmal ein anatomisches Präparat aus einem Nivesenkopf gefertigt, das ganz ähnlich ausgesehen hatte. Die rechte Hälfte von Ober- und Unterlippe war noch da, aber in lose Streifen zerteilt. Bei rechtzeitiger Behandlung hätte man sie vielleicht vernähen können. Nun waren es nur noch Fleischfransen.

Das Schnarchen verstummte. Der Mann schlug die Augen auf. Sie waren himmelblau und standen mit ihrer Schönheit in groteskem Kontrast zu dem Antlitz, in das sie eingebettet waren. »Scher dich zum Namenlosen!«, zischte er sie an. »Ich brauch keine milden Worte!«

Pardona hob die beiden Krüge. »Genau das dachte ich mir auch, deshalb habe ich die hier mitgebracht.«

Er blinzelte misstrauisch. »Was willst du?«

»Du bist einst mit zwei Freunden auf Schatzsuche gegangen, nicht wahr?«

»Und?«

»Sie hatten mehr Glück als du. Sie haben nicht überlebt. Aber ich schätze, es hat niemals ein Geweihter einen Segen über ihre Gebeine gesprochen. Sie liegen irgendwo in der Wildnis ... Dort, wo du sie im Stich gelassen hast.«

»Ich hab nicht ...«

Sie schnitt ihm mit einer harschen Geste das Wort ab. Allein sein Ton verriet schon seine jämmerliche Lüge. Dazu die Augen, die nach links wanderten. Leicht an ihr vorbeiblickten. Hunderte

Male hatte sie das gesehen. »Ich bin nicht hier, um dich zu verurteilen, sondern um dir die Gelegenheit zu bieten, es wiedergutzumachen. Ich gehe mit dir. Wir finden deine Freunde. Ich spreche den Segen, und wir betten ihre Gebeine in ein Grab.«

Tränen traten in die himmelblauen Augen. »Unsere Gebeine werden neben ihren liegen. Das ist alles, was wir erreichen werden. Du weißt nicht, wie sie sind. Die Wächter … sie werden uns zerfetzen. Niemand kann ihnen widerstehen.«

»Wir werden nicht allein sein. Ein Trupp blutrünstiger Thorwaler und ein elfischer Schwertmeister werden uns zur Seite stehen. Glaub mir, die Monster werden Reißaus nehmen, wenn sie meine Gefährten sehen. Mit dir werden wir zehn sein. Und außer dir sind wir alle sehr erfahren im Kampf.« Sie sah, wie Hoffnung in seinem Blick keimte, doch dann schüttelte Assel den Kopf.

»Ich kann dort nicht wieder hin. Ich …« Er schloss die Augen.

Pardona spürte, wie die Erinnerungen ihn quälten, seine Angst neu entfachten.

»Du warst ein Schatzsucher, nicht wahr? Würdest du sagen, dass fünfzig Goldstücke ein Schatz sind?«

Jetzt blickte er sie wieder an. »Fünfzig? So viel hast du nicht!«

»Ich reise mit Beorn dem Blender, dem Mann, der Porto Paligan geplündert hat, wo Al'Anfas größter Schatz lag. Glaub mir, fünfzig Goldstücke sind im Rahmen seiner Möglichkeiten.« Sie sah den Glanz in seinen Augen. Es war schon erstaunlich, wie zuverlässig Gier das Handeln der Menschenkinder prägte.

»Was willst du für das Gold?«

»Du sagst mir, wohin deine Schatzsuche dich und deine Gefährten geführt hat. Beschreibe mir ganz genau den Weg, den ihr gegangen seid, und den Platz, an dem das Unglück über euch kam.«

Assel schnaubte verächtlich. »Die Bestien haben mein Fleisch zerfetzt, nicht mein Hirn. Wenn ich dir das sage, dann bin ich wertlos. Warum solltest du mir das Gold dann noch geben?«

»Ich bin eine Geweihte!« Es machte ihr Spaß, die Empörte zu spielen. »Wenn du magst, leiste ich gerne einen Eid auf meine Göttin.«

Er schüttelte entschieden den Kopf. »Worte sind billig. Ich komme mit zu deinen Thorwalern. Und dort will ich die fünfzig Goldstücke sehen. Jedes einzelne in schimmernden Reihen auf einem Tisch liegend. Wenn ihr wirklich so reich seid, dann bringe ich euch zu dem Tal.«

»Ah, der Schatz ist also in einem Tal verborgen.«

»Dort, wo wir hingehen, gibt es viele Täler. Ihr werdet mich brauchen, um das richtige zu finden. Ich bringe euch bis ganz in die Nähe, aber das letzte Stück müsst ihr ohne mich gehen. Ich kann nicht … Die Bestien. Ich kann ihnen nicht noch einmal gegenübertreten. Wenn ihr klug seid, lasst ihr von dieser Suche ab. Soll dein Thorwaler doch noch ein Schatzhaus der Al'Anfaner plündern. Das wird leichter sein, als gegen die Wächter zu bestehen.«

»Was sind das denn für Kreaturen, die du so sehr fürchtest?«

Er deutete auf einen der Krüge. »Gib mir was zu trinken.«

Geduldig sah Pardona Assel zu, wie er den Kork zog und den Krug an die zerschlitzten Lippen setzte. Dabei hielt der Elende den Kopf schief, damit das, was er trank, nicht durch das klaffende Loch in seiner linken Wange wieder hinausfloss.

Er hatte wohl den halben Krug geleert, als er ihn endlich absetzte. »Ich kann sie nicht beschreiben. Es war Nacht, als sie über uns kamen. Sie haben Klauen und schreckliche Fangzähne. Sie …« Er begann am ganzen Leib zu zittern. »Sie haben mich als Ersten gepackt. Ich war hilflos wie ein Kind. Sie haben mich niedergeworfen. Und dann wollten sie mich fressen. Bei lebendigem Leib.« Seine Stimme war schrill vor Entsetzen geworden. »Meine Freunde kamen mit Schwertern. Sie wollten mich retten. Die Wächter ließen von mir ab. Sie haben sie zerfleischt. Und ich bin in die Büsche gekrochen. Ich hab sie schreien hören …« Tränen traten in seine himmelblauen Augen. »Ich hab mich nicht einmal umgesehen. Ich bin einfach immer weitergekrochen.«

»Du schuldest den beiden ein Grab!«, sagte sie hart und beobachtete, wie er sich bei ihren Worten in Gewissensqualen wand. Dann streckte sie ihm die Rechte hin. »Komm, ich werde dir helfen, deine alte Schuld zu tilgen, und dich zu einem reichen Mann machen.«

Ratheln,
achtzehnter Tag im Faramond

»Wir nehmen das Bootshaus!« Hern'Sens Blick heischte um Zustimmung.

Die Pockennarben in seinem Gesicht wirkten sich nicht zu seinem Nachteil aus, fand Nirka. Sie waren eher Kerben als Krater, ihn hatte es weniger schlimm getroffen als andere aus der Sippe der Sairan-Hokke. Gezeichnet von der Seuche erschien er erwachsener, und das passte zum verantwortungsvollen Auftreten des einundzwanzigjährigen Hirten, der davon träumte, ein Krieger zu werden, um für eine gerechte Sache zu kämpfen. In Norburg hatte er über die Stränge geschlagen, und das war ihm bewusst. Nun versuchte er umso mehr, kluge Ratschläge anzunehmen und eigene Überlegungen anzustellen, bevor er handelte.

Im Moment drehte sich die Auseinandersetzung allerdings

nicht um eine zu vollbringende Heldentat, sondern um den Schlafplatz für die Nacht. Die *Händlerklause* war das einzige Steingebäude in Ratheln. Zugleich war sie das einzige Gasthaus, und sie bot nur fünf Fremdenzimmer im ersten Stock. Die Gefährten waren beengte Zustände von der Reise gewohnt, sodass eine Doppelbelegung kein Problem darstellte. Aber auch das reichte noch nicht. Wenn sie den mürrischen Elfen, der sie führte, mitrechneten, waren sie siebzehn. Wegen des sumpfigen Bodens besaß das Haus keinen Keller, und das Erdgeschoss beherbergte neben der Kammer der Wirtin die Küche, die Schankstube und einen Lagerraum. Wer nichts gegen Fischgestank hatte, bei dem man glaubte, die Luft in Blöcke schneiden zu können, fand dort heimelige Unterkunft. So jemanden gab es jedoch in der Ottajasko nicht. Damit hatte die *Händlerklause* nur noch den Holzboden der Schankstube zu bieten – und er wäre verschlammt, bis am Morgen sauber gemacht würde. Immerhin waren Phileassons Leute die einzigen Gäste, die drei Dutzend Dörfler blieben beim Regen wohl lieber in ihren Pfahlhütten, oder die Fremden mit ihren Schwertern und Speeren machten ihnen Angst.

Wenigstens waren sie bereit, den Unterstand für die Boote zu vermieten, mit denen sie auf Otterjagd gingen. Das hatte Vascal della Rescati mit seinem merkantilen Geschick ausgehandelt und nun mit ein wenig Stolz auf den von einem spitzen Bart gekrönten Lippen verkündet.

»Soll ich dein Gepäck auch dorthin bringen?«, fragte Hern'Sen an Nirka gewandt.

Sie nickte. »Gern.« Das Bootshaus war mit Sicherheit dem Schankraum vorzuziehen, und außerdem gestand sich Nirka die Erschöpfung ein. In dem Verschlag am Bach würde sie eher Ruhe finden als in diesem Haus, wo es sicher noch lange dauern würde, bis sich die letzten Gefährten schlafen legten.

Aber sie war auch hungrig und freute sich auf das Essen, das Wirtin Lykite anpries. »Also, Handzeichen, ihr Leute!«, rief die obenherum ausgesprochen füllige Frau. »Es gibt zwei Sorten Eintopf: Otter und Fisch. Wer will Otter?«

Hern'Sen hob im Hinausgehen die Hand, und Nirka tat es ihm gleich. Ihr stand der Sinn nach Fleisch.

»Und Fisch?« Die Wirtin zählte.

»Mach noch jeweils drei Portionen dazu«, orderte Asleif Phileasson. »Ein paar von uns sind draußen bei den Ponys, und wir alle haben Hunger, das wohl!«

Er tauschte gerade sein nasses Übergewand gegen eine beinahe weiße Wolltunika, die eine Ledertasche trocken gehalten hatte. Die Muskeln spielten unter seiner Haut, Nirka konnte sich gut vorstellen, dass er Tausende Meilen gerudert war. Und gekämpft hatte er auch, wie seine Narben bewiesen. Was für eine Waffe war wohl für den Wulst verantwortlich, der sich von seinem linken Schulterblatt über die Seite des Brustkorbs bis zur kurzen Rippe zog?

Der Schankraum war eng, vor allem weil das hereingeräumte Gepäck einen Gutteil davon einnahm. Eine Pfütze breitete sich um den Haufen aus Taschen, Rucksäcken und Bündeln aus. Die meisten Gefährten saßen um die zusammengeschobenen Tische. Praioslob nähte einen Riss in dem roten Reisegewand, das er in Festum erstanden hatte, Firutin tauschte einen Riemen an seinen Stiefeln aus.

Shaya Lifgundsdottir gestikulierte am Durchgang zur Küche zwischen Lykite und Falnokul. An der Rötung ihres Gesichts erkannte Nirka die Aufregung der Geweihten.

»... ist keine Frage der Bezahlung!«, verstand sie im Näherkommen. »Travias Gebot der Gastfreundschaft gilt in beide Richtungen.«

»Und wieso wechselt das Silber dann von uns zu ihr und nicht in die andere Richtung?«, wollte Falnokul wissen.

Shaya stemmte die Fäuste in die Hüften. »Es ist überhaupt nicht dein Silber, sondern das des Foggwulfs!«

»Und deswegen darfst du es verschleudern?«

»Davon kann gar keine Rede sein! Ich will lediglich der guten Frau Lykite in der Küche zur Hand gehen. Schließlich hat sie viel mehr Aufwand mit uns als mit anderen Gästen. Schau dir nur den Dreck an, den wir bei diesem Wetter in ihr Haus tragen!«

In der Tat war nicht nur der Boden vom Schlamm verschandelt, sondern auch die Stühle und Tische, denn die Kleidung der meisten Recken sah aus, als hätten sie sich im Sumpf gewälzt. Wegen des rutschigen Untergrundes kam das der Wahrheit sogar nahe. Nirka befürchtete, dass es mit den Betten im Obergeschoss ebenso wäre.

»Lasst gut sein, Schwester«, bat Lykite. »Ich selbst nehme es mit Travias Geboten nicht immer ganz so streng.« Sie blinzelte Falnokul zu. »Da kann es nicht schaden, wenn ich mich ihr heute in besonderer Weise gefällig erweise.«

Shayas Gesicht wurde noch ein bisschen dunkler. »Nun, dann will ich nicht …«

»Nirka! Spiel mit!« Mirandola Ernathesa winkte ihr.

Die Nässe klebte das schulterlange Haar der Frau zu schwarzen Strähnen zusammen. In der Zeit, die Nirka sie kannte, war sie im Gesicht und am Bauch fülliger geworden. Im Himmelsturm hatte Mirandola sich vorgenommen, nie wieder eine Mahlzeit auszulassen, wenn sie es in die Freiheit schaffen sollte.

Nirka bewunderte die Intensität, mit der sie lebte. Sie konnte vor Wut schäumen, einen Moment später herzlich lachen, einem kecken Knaben einen schallenden Wangenstreich verpassen, sich umdrehen und einem anderen schöne Augen machen. Oft war sie die Letzte, die mit Vascal oder Tylstyr am Lagerfeuer über Dinge diskutierte, die niemand sonst verstand, etwa jene Sterne, die sie den Zwölfgötterkreis nannten und die so viel langsamer wanderten als alle anderen. Für Nirka waren die kleinen Himmelslichter einfach nur die Augen der Himmelswölfe, zu unbegreiflich, um etwas Kluges darüber zu sagen.

Jetzt saß Mirandola im Kreis mit Irulla, Abdul el Mazar, Galandel die-von-Ometheon-singt und Ohm Follker. Zwischen ihnen stand ein Eimer auf einem Schemel. Jeder hielt einen Becher, aber keiner trank.

»Ein Spiel aus meiner Heimat!«, rief Mirandola. »Es ist ganz einfach!«

Nirka war müde, aber die Zeit bis zum Essen musste sie ohnehin überbrücken. Also setzte sie sich zu ihnen.

»He!«, rief Leomara della Rescati, weil der Stuhl gegen sie stieß, als Nirka ihn zurechtrückte.

Sie bemerkte das Mädchen erst jetzt. Es saß auf dem Boden, mit dem Rücken an der Steinwand, und hantierte mit der Kette, aus der es viele verschiedene Figuren formen konnte. Das wirkte jedoch lustloser als sonst.

Mirandola zeigte auf den Eimer. Ein beinahe leerer Becher trieb darin. »Also, jeder schüttet ein bisschen Wasser hinein«, erklärte sie. Sie machte es vor und goss ein wenig aus dem Becher, den sie in der Hand hielt, in den schwimmenden. »Immer der Reihe nach. Derjenige, bei dem der Becher untergeht, hat verloren.«

Abdul machte es ihr nach. Der Becher tanzte.

Irulla sah sie an.

»Na los!«, ermunterte Mirandola. »Das macht Spaß.«

»Den Becher ertränken«, murmelte Irulla. »Das gefällt mir.« Sie goss einen ordentlichen Schwall hinein. Das geschnitzte

Gefäß sank so weit ein, dass der Rand nur noch knapp über der Wasseroberfläche schwankte.

»Ganz vorsichtig jetzt«, flüsterte Mirandola und sah Nirka erwartungsvoll an.

Das war wirklich nicht leicht! Schon ein Rinnsal würde den Becher versinken lassen. Nirka durfte nur ein paar Tropfen hineingießen. Sie schürzte die Lippen und beugte sich vor.

Es gelang. Der Becher schlug Wellen im Eimer, aber er schwamm weiter. Begeistert riefen die Recken, Ohm langte herüber, um ihr auf den Rücken zu klopfen.

»Galandel!«, forderte Mirandola mit breitem Lächeln.

»Moment.« Nirka legte der Elfe eine Hand auf den Arm und wandte sich Leomara zu. »Magst du nicht mitspielen?«

»Lasst mich alle in Ruhe!«, pampte die Neunjährige und drehte sich ein Stück weg, was jedoch wegen der Wand in ihrem Rücken nicht recht gelang. Grimmig starrte sie auf ihre Gliederkette.

Galandels Guss erwies sich als zu viel für den Becher. Das Wasser floss über den Rand. Erst war es nur wenig, aber binnen eines Wimpernschlages neigte sich das Gefäß, sodass es volllief. Es sank auf den Boden des Eimers, wobei es seine Ausrichtung zurückgewann und mit der Standfläche aufsetzte.

»Das war nur eine Runde zum Lernen«, verkündete Mirandola. »Gleich noch mal!«

Sie schob den Ärmel hoch, fischte den Becher wieder heraus, leerte ihn beinahe vollständig und setzte ihn zurück ins Wasser. »Los, Galandel. Die Verliererin fängt an!«

Die Elfe agierte vorsichtig, sodass der Becher noch fast leer war, als Ohm an die Reihe kam.

Nirka beugte sich zu Irulla hinüber. »Was hat Leomara denn? Ist es, weil die Ponys über Nacht im Regen stehen müssen?« Die

Tropfen prasselten stetig gegen die Fensterläden, auch wenn die Donnerschläge seltener wurden.

»Zidaine wollte sie nicht mitnehmen zum Mörderstein.«

Manchmal war Nirka noch unsicher im Thorwalsch. »Was ist ein Mörderstein?«

»Das ist ein besonderer Ort hier in der Nähe. Die Wirtin hat davon erzählt. Ein Räuberhauptmann namens Kreschjako hat dort seine Opfer in Stücke gehauen. Manche hat er in Streifen geschnitten, hinterher war kein Teil mehr größer als ein Finger.«

Nirka kannte Irullas Vorliebe für solche Geschichten und wusste, dass sie zu Übertreibungen neigte. »Hat man ihn gefasst?«

»An eben jenem Stein«, bestätigte Irulla.

»Keine Zauberei, Abdul!«, rief Mirandola, als sich ein Dampfwölkchen aus dem Becher erhob und diesen leichter zurückließ.

Der kleine Novadi kicherte. Tylstyr hatte ihn gemäß den Vorschriften des Codex Albyricus eingekleidet, weswegen er nun ein graues Reisegewand trug. Den spitzen Hut hatte er allerdings im Sumpf verloren.

Mirandola füllte etwas Wasser nach. »So. Jetzt versuch es noch mal, Abdul.«

Orkengriff krabbelte Irullas Hals hoch und kitzelte mit einem seiner langen Beine an ihrem Ohrläppchen. Die haarige Spinne begleitete sie seit Rodebrannt.

»Die Gebeine des Mörders liegen noch in eben jenem Stein«, spann die Waldmenschenfrau den Faden weiter. »Sie haben ihn in einen Spalt geworfen, der sich im Fels auftat, als er den Körper einer Maid zerschlug und seine Kraft unterschätzte.«

»War er ein Oger?«, zweifelte Nirka. Sie wusste aus Firutins Erzählungen, dass diese Menschenfresser sehr stark waren.

»Nein, nur ein Mann, wie du jeden Tag welchen begegnest.« Sie goss etwas Wasser in den Becher.

Mirandola tat es ihr gleich.

»Jeder könnte so ein Mörder sein«, unkte Irulla.

»Aber dieser ist tot.« Nirka dachte gar nicht daran, sich einschüchtern zu lassen.

»Mit gebrochenen Gliedern ist er im Spalt verhungert. Einen Mond lang hat er sich die Lunge aus dem Leib geschrien, dunkle Mächte herbeigerufen und Flüche geschleudert. Inzwischen pilgern Hexen und Dämonenpaktierer zu seinem Stein. Sein Fleisch ist längst verrottet, aber die Knochen kann man noch im Spalt schimmern sehen. Die Wesen, deren Wohlwollen er mit seinen Taten gewann, halten sich gern dort auf.«

»Damit meinst du keine Menschen, oder?«

Irulla sah sie mit ihren dunklen Augen an. Der Regen hatte das Rot, mit dem sie die Spinnenzeichnung auf ihrem Kopf in Festum ausgemalt hatte, längst abgewaschen. Nur der in die Haut gestochene Umriss war geblieben, und er hatte die Farbe von Knochen.

Nirka fröstelte jetzt doch. Crottet, ihr Ziehbruder, empfand große Angst vor den Geistern der Toten. Nirka hatte sich manchmal darüber lustig gemacht. Aber ein Mörder, der sein blutiges Werk in dieser Gegend verrichtet hatte … den man nie verbrannt hatte … dessen Rauch niemals den Weg zur Ewiggrünen Ebene gefunden hatte … von dem man noch immer sprach, sodass er sich gerufen fühlen mochte …

»Du bist dran!«, rief Mirandola ihr zu. »Ihr müsst auch aufpassen, nicht die ganze Zeit nur tratschen.«

Nirka warf noch einen schnellen Blick auf Leomara, die ein Stück zur Seite rückte, weil Falnokul seinen Lederpanzer neben ihr ablegte. Jeder wusste, dass Zidaine eine sinistere Neigung hatte, die beinahe Irullas Vorliebe für den Tod erreichte, und die konnte sie zu einem solch fürchterlichen Ort locken. Stumm dankte Nirka ihr dafür, dass sie ihn wenigstens dem Mädchen ersparte, auch wenn Leomara deswegen noch einen Tag schmollen mochte.

Sie spielten noch vier Runden. Das Versenken des Bechers gewann an Witz, als Ohm anfing, seine jeweilige Neigung mit der Schlagseite verschiedener schlingernder Schiffe zu vergleichen, denen er auf seinen Fahrten begegnet war.

Praioslob hockte sich neben Nirka. Er hielt eine Nadel aus Horn hoch. »Die habe ich mir von Hern'Sen geliehen. Kannst du sie ihm von mir geben?«

»Sicher, aber er müsste doch schon längst …«, sie sah sich um, »… zurück sein?«

Phileasson unterhielt sich mit Shaya und Vascal della Rescati. Salarin Trauerweide lehnte mit verschränkten Armen neben der Tür und grübelte vor sich hin. Firutin und Tylstyr Hagridson besserten ein Seil aus.

Nirka nahm die Nadel.

»Danke«, sagte Praioslob.

So lange konnte Hern'Sen doch unmöglich für das Gepäck brauchen! Gab es Schwierigkeiten im Bootshaus?

Obwohl er versuchte, es in den Griff zu bekommen, kam das ungestüme Temperament des jungen Mannes noch manchmal durch und führte dann zu unbedachten Streitereien, vor allem, wenn er sich ungerecht behandelt fühlte. War er etwa mit den Dorfbewohnern aneinandergeraten?

Besser, Nirka sah nach dem Rechten. Sie gab ihren Becher an Praioslob weiter. »Nimm meinen Platz im Spiel.«

Draußen regnete es noch, aber das Gewitter war vorüber. Obwohl sie scharfe Augen hatte, vermochte Nirka die Schatten der Pfahlhütten kaum gegen den Hintergrund des Sumpfwaldes auszumachen. Sie wusste jedoch, in welche Richtung sie ihre Schritte lenken musste, um zum Bootshaus zu gelangen. Der Schlamm schien ihr die Stiefel zu neiden und versuchte, sie ihr von den Füßen zu ziehen.

Bald hörte sie das Rauschen des Baches. Das Trockengestänge für die Otterfelle war leer, es wirkte wie ein Baum im Winter. Die Recken hatten die Ponys mit Leinen daran festgebunden. Heu war hier nicht zu bekommen, das musste bis Vallusa warten.

Das Bootshaus war ein lang gestreckter, zum Ufer hin offener Verschlag. Die schlanken Gefährte standen aufgebockt im Trockenen.

»Hern'Sen?«, rief Nirka. »Bist du hier?«

Niemand antwortete, aber sie machte die Gepäckstücke aus, die er sorgsam aufgestapelt hatte. Stirnrunzelnd trat sie unter das Dach.

»Suchst du deinen Freund?«

Nirka war erstaunt, dass in diesem Ort jemand Nujuka sprach, die Zunge der Nivesen. Die Frau schien nicht aus dem Dorf zu stammen, ihr kantiger Umriss verriet, dass sie eine Rüstung trug. Eine weitere Reisende, die den Weg hierher gefunden hatte? Eine Nivesin? Aus welcher Sippe sie wohl stammte?

Nirka breitete die Arme aus. »Ja, er ist ein junger Mann, der …«

Die Schritte hinter sich hörte sie zu spät. Schmerz zuckte in der Beuge zwischen Schulter und Hals, dann verlor sie das Bewusstsein.

Misasümpfe nahe Ratheln,
achtzehnter Tag im Faramond

Die nutzlose Laterne quietschte. Sie war undicht, nicht am Ölbehälter, aber am Schutzglas, wie Zidaine Barazklah jetzt wusste. Der Regen war hineingedrungen, der Docht nass geworden, die Flamme hatte gezischt, und Zidaine hatte versucht, sie mit ihrem Umhang vor der Witterung zu schützen. Zugleich hatte sie den Sumpfpfad ausleuchten wollen, um den toten, rindenlosen Baum zu finden, an dem sie zum Mörderstein abbiegen musste. Ein dummer Einfall. Sie war auf einem glitschigen Stein ausgerutscht, die Laterne war in eine Pfütze gefallen und ließ sich durch keine noch so große Mühe mehr entzünden.

»Drecksding!«, fluchte Zidaine.

Zum vierten Mal lief sie jetzt den Pfad ab. Sie war beinahe zurück in Ratheln gewesen, das Licht hinter den Fensterläden der *Händlerklause* hatte sie schon wieder gesehen. Sie hatte erneut umgedreht und war den Weg so weit zurückgegangen, dass sie vermutete, die halbe Entfernung zum Knüppeldamm gelaufen zu sein. Das war mit Sicherheit zu weit. Jetzt war sie auf dem Rückweg, und alles, was dieses Ding tat, war zu quietschen. Wütend schleuderte sie es in den Sumpf.

Es regnete immer noch, die Tropfen prasselten auf das Laub, und das Wasser gurgelte in kleinen Bächen über den Boden. Aber die Blitze blieben aus. Natürlich, die hätten Zidaine ja auch die Helligkeit verschaffen können, die sie brauchte, um diesen jämmerlichen Baum zu finden! Wieder einmal hatte sich alles gegen sie verschworen. Aber sie gab nicht auf. Das tat sie niemals: aufgeben. Geduld war ihre große Stärke, damit bezwang sie alle Widrigkeiten, seit sie zur Frau geworden war. Anders als andere Mädchen. Sie lächelte grimmig. Sie hatten alle gelacht, damals in Stainakr, diese Jungmannen. Jetzt lachte keiner mehr. Die Angst suhlte sich in ihren Herzen, weil sie inzwischen begriffen, dass sie etwas geweckt hatten, das zu stark für sie war. Und dieses Etwas forderte seinen Preis.

Wo war dieser verdammte Baum? Wenn er sich nicht bald zeigte, würde sie ihn umhauen und verbrennen, das wohl, und wenn Phileasson nicht auf sie warten wollte, dann würde er eben vorausreisen müssen, und sie würde ihn in Vallusa wieder einholen. Sie fürchtete sich nicht davor, allein zu reisen. Diejenigen, die ihr begegneten, taten gut daran, Angst vor ihr haben. Das schwarze Leder ihres Handschuhs knirschte, als sie die Hand zur Faust ballte.

Abseits des Weges, auf der linken Seite, schien ein Licht. Es hatte nicht den orangefarbenen Ton einer Laterne und auch nicht das Rot eines Herdfeuers, sondern war knochenweiß, mit einem leichten Blaustich. Außerdem war Zidaine noch nicht wieder nah genug an Ratheln, um das Dorf zu sehen. Also ein Wanderer? Oder etwas anderes?

Kalt lächelnd schloss sie die Hand um den Dolch, den sie an der rechten Seite trug. Mit dem Korb aus einander umwindenden Bronzeschlangen eignete er sich als Zierstück, aber er hatte sich auch schon im Kampf bewährt. Die Klinge war wie sie, dachte Zidaine. Schlank, stählern, tödlich. »Ihr macht mir keine Angst«, flüsterte sie. »Mir nicht.«

Lykite, die Wirtin, die offensichtlich probierte, mit ihrem prall gefüllten Ausschnitt ein paar zusätzliche Silberstücke zu verdienen, hatte davon berichtet, dass sich Hexen und schlimmeres Gezücht am Mörderstein trafen. Deswegen war Zidaine ja auch hier. Vielleicht stieße sie auf ein paar Halbstarke, die sich für ganz böse Buben hielten, und könnte sie erschrecken. Aber dieses blau-weiße Licht, das sich so seltsam bewegte, mochte bedeuten, dass auch die ausschweifenderen Erzählungen der Wirtin eine

Grundlage hatten. Von Irrlichtern hatte sie geschwafelt und von Mächten der Finsternis.

Zidaine folgte dem Pfad bis zu der Stelle, die dem Leuchten am nächsten war. Es bewegte sich hinter Gesträuch und schief stehenden Bäumen, überwuchert von Moos und Schlinggewächsen. Wenn sie ihm noch näher kommen wollte, musste sie den Pfad verlassen.

In der Wildnis gab es nichts zu fürchten. Kein Wildtier war so bestialisch, wie Menschen es sein konnten.

Vorsichtig darauf bedacht, nicht zu tief einzusinken, tastete sie sich vor. Wasser drang durch die Nähte ihrer Stiefel, weil Zidaine sie in der Schenke zwar gebürstet, sich aber nicht die Zeit genommen hatte, sie frisch einzufetten.

Hier stand er, der vermaledeite rindenlose Baum. Zwei Schritt vom Pfad entfernt, als versuchte er, sich hinter den Büschen zu verstecken. Beiläufig versetzte sie ihm einen Tritt, aber das kalte Licht interessierte sie jetzt mehr.

Es war wirklich keine Laterne, eher schon eine Kugel, die von innen strahlte. Das Glas musste sauber geblasen sein, keine Schliere verwischte das gleichmäßige Leuchten. Oder es war gar kein Glas, sondern tatsächlich ein Irrlicht.

Und wenn schon …

Sie lockerte Rapier und Dolch, um die Waffen schnell ziehen zu können, und benutzte die Hände dann, um sich an den Bäumen festzuhalten. Zwar konnte sie kaum noch nasser werden, aber sie fand es mehr als überflüssig, noch ein zweites Mal lang hinzuschlagen.

Nach Lykites Beschreibung musste sich der Mörderstein ganz in der Nähe befinden. Fünfundzwanzig Schritt, hatte sie gesagt. Aber die Vettel hatte auch behauptet, dass nur ein Blinder den rindenlosen Baum übersehen könnte.

Mal verdeckten die Schattenrisse der Bäume fast das Licht, mal hatte Zidaine freie Sichtlinie und erkannte einen dornigen Strauch im kühlen Schein. Er wirkte so kalt, dass die Blätter beinahe weiß aussahen, als läge Raureif darauf. Dabei war es so warm, dass Zidaine in ihrer Lederkleidung trotz des Regens schwitzte. Irulla behauptete, dass giftige Dämpfe aus dem Boden des Sumpfes aufstiegen, aber so etwas erzählte sie ständig. Nach derartigen Kindereien stand Zidaine in dieser Nacht nicht der Sinn. Sie hatte etwas Ernstes zu besprechen, und obwohl sie sich ermahnte, nicht zu viel zu erwarten, war die momentane Entwicklung vielversprechend. Ihre Mundwinkel zuckten. Die meisten Menschen mit klarem Verstand wären wohl nicht weitergegangen. Aber was war langweiliger als ein klarer Verstand?

Sie schob ein paar Zweige aus dem Weg, dann sah sie den Mörderstein. Drei Schritt hoch ragte er aus dem Boden, und der Riss, der ihn teilte, mochte breit genug sein, um einen Mann aufzunehmen. Die blau-weiße Lichtkugel schwebte darüber, zwischen den schwarzen Zweigen einer Weide. Das Moos, das auf dem Felsen wucherte, war grau wie schimmeliges Brot.

»Wer immer ihr seid – ich habe keine Angst vor euch«, sagte sie halblaut. »Ich will mit einem sprechen, den ihr kennt.«

Das Licht schwoll an und ab, langsamer als ihre Atemzüge.

»Er kennt mich auch. Sagt ihm, das Mädchen ist da, das seinen Namen trägt. Barazklah.« Sie lachte leise. »Das wird er schon verstehen.«

Nichts geschah. Das Licht verharrte, der Regen knisterte auf den Blättern.

Ein wenig von Zidaines Anspannung wich.

Gut, hier gab es Irrlichter und auch den Stein. Vielleicht auch die eine oder andere Wesenheit, die ihren Spaß mit Schwächlingen trieb. Was bedeutete das schon? Hatte sie wirklich erwartet, *ihn* wiederzutreffen? Nach all den Jahren? Hier, auf der anderen Seite des Kontinents?

Irgendwo tief in ihrem Innern war sie noch immer ein albernes Mädchen, gestand sie sich ein.

Aber wenn sie schon einmal hier war, konnte sie sich auch umsehen. Sie trat an den Mörderstein heran und suchte nach einem Halt. Seit damals wusste sie, wie man an Klippen kletterte. Eine Weile hatte sie das noch in der Umgebung von Stainakr geübt, bis sie das Kaninchen mit dem gebrochenen Rückgrat gefunden hatte. Das kleine Tier hatte sich nur noch über den Boden schleppen können. Sein Instinkt hatte ihm gesagt, dass es dem Tod geweiht war, und was es an Angst hatte aufbringen können, war in seinen Augen zu lesen gewesen. Damals hatte Zidaine begriffen, dass Strafe erst vollkommen war, wenn sie mit Angst einherging. Schmerz, der Tod … ja, sicher. Aber vorher Jahre der Furcht … das war es, was die Verbrecher verdient hatten, und das war es, was sie ihnen gab. Das Kaninchen dagegen hatte sie mit einem beherzten Griff erlöst.

»Sie durchleben ihre Strafe«, murmelte sie, während sie sich den Mörderstein hinaufzog. »Jeden Tag. Seit Jahren. Ich habe es bei Tjorne gesehen. Hält sich für tapfer, der Kerl. Aber wenn er einen Krebs sieht, wird er bleich wie ein Leinenhemd.« Sie lachte.

Das Licht schien in den Spalt. Der Fels reichte in den Boden hinein, was die Geschichte noch glaubwürdiger machte. Ein Mann, der Regenwasser vom Stein leckte und wusste, dass man ihn verhungern ließ, tat sicher alles, um seinem Gefängnis zu entkommen. Ein paar gebrochene Knochen hätten ihn nicht davon abhalten können, sich einen oder eineinhalb Schritt in die Freiheit zu ziehen. Aber es ging tiefer hinab …

Zidaine versuchte sich zu erinnern, wie tief ihr Gefängnis

gewesen war. Aber damals war sie eine Halbwüchsige gewesen, jetzt war sie eine Frau. Die Perspektive war eine andere. Manchmal träumte sie, in einer Art Brunnenschacht gelegen zu haben, doch es war nur ein kaltes, nasses, abgelegenes Loch im Boden gewesen.

Sie versuchte, die Knochen des Mörders zu erkennen, entdeckte aber nichts. Das Schimmern kam wohl eher von der eingedrungenen Nässe. Kurz überlegte sie, ob sie in den Spalt steigen sollte, schüttelte aber den Kopf. Man konnte die Dämlichkeit auch übertreiben, und wenn *er* hier war, würde er auch Kontakt mit ihr aufnehmen können. Damit, dass sie Angst vor diesem Loch gehabt hätte, hatte das nichts zu tun. Überhaupt nichts. Zidaine kannte keine Angst mehr, sie war jenseits der Furcht.

Sie glitt den Felsen wieder hinab, stellte sich davor, umschloss die Griffe ihrer Waffen und sah zum Licht auf. »Bist du hier?« Sie sprach Garethi wie damals, benutzte aber die vertrauliche Anrede. Auch wie damals.

Das still stehende Licht schwoll an und ab.

Wieder lachte Zidaine leise. »Du wärst auch nicht im Licht, oder? Ich muss dich in den Schatten suchen.«

Ihr Blick huschte über den Riss, die Mulden, die das Wetter in den Stein gekerbt hatte, zu den finsteren Bereichen unter den Ästen. Sie bewegten sich in leichtem Wind, und der Regen, der von einem Blatt auf das nächsttiefere lief, drückte sie nieder. Dadurch schwankten die Zweige. Und vielleicht stiegen hier auch die verdammten Dämpfe, von denen Irulla gesprochen hatte, aus dem Boden auf.

Aber gab es noch weitere Bewegungen?

Schwer zu sagen.

Zidaine hatte den Eindruck, dass das Licht jetzt bei jedem Zyklus ein wenig dunkler wurde und sich anschließend nicht mehr ganz so sehr erhellte. Was sollte das? War ihre Audienz beendet?

Sie hatte doch noch gar nicht gesagt, was sie wollte. Aber man sollte immer ausführen, was man sich vorgenommen hatte. Fast immer jedenfalls.

Dennoch zögerte sie. War man verrückt, wenn man allein in den Sumpf ging, um dort mit ein paar Schatten zu reden?

Aber hier hörte sie ja niemand.

»Also gut, wenn du da bist, hör zu. Ich weiß, was ich damals versprochen habe. Du hast mir geholfen, die anderen nicht. Nicht mein Vater, der war ja tot. Keiner von der *Goldener Anker*, die waren wohl auch alle verreckt. Die Strandräuber wollten alle Zeugen beseitigen. Haben sie ja auch … beinahe.«

Sie tastete am Schrecken der Nacht, in der die Kogge auf das Riff gelaufen war. Aber das war wie die Erinnerung einer anderen. Diesen Umstand bedauerte sie, als hätte man ihr einen Teil ihres Lebens genommen. Einen schrecklichen Teil, sicher, aber wenn ihn jemand hätte beiseitelegen dürfen, wäre sie das gewesen. Niemand sonst sollte über sie bestimmen.

»Es war ein langer Winter damals«, fuhr Zidaine fort. »Ich habe zu jedem Gott gefleht, der mir eingefallen ist. Zu jedem Heiligen, zu jedem … ach, das weißt du ja. Ich will dich nicht langweilen.«

Sie war sich jetzt sicher, dass das Licht an Helligkeit verlor. Aber die Dunkelheit gehörte zu ihrem zweiten Leben.

»Du hast mir geholfen, das habe ich nicht vergessen. Du, nicht Tylstyr, egal, was er sagt.« Sie presste die Zähne aufeinander. »Ich war endlose Monde in diesem verfluchten Loch. Sie haben mich fast verhungern lassen. Mich mit Abfällen gefüttert. Ich wette, sie haben ihre Schweine besser gefüttert als mich, diese … Allein wäre ich dort niemals rausgekommen, das ist mir klar. Die Enttäuschung, dass Tylstyr mir erst Hoffnung gemacht und mich dann hängen gelassen hat – die hätte mir den Rest gegeben, da bin ich sicher. Aber du warst bei mir, da unten, in der Dunkelheit.«

Sie überlegte, ob sie die Frage stellen sollte, die sie schon so lange beschäftigte. Jetzt, da sie schon einmal begonnen hatte …

»Hat dir gefallen, was sie mit mir getrieben haben? Deiner Art sagt man solche Gelüste nach. Aber du bist der Herr der Rache, nicht wahr? Und wieso hätten sich die Jungmannen an mir rächen sollen? Mein einziges Verbrechen bestand darin, dass ich lebend an den Strand gekommen bin.«

Das Leder ihrer Handschuhe knirschte.

»Aber weißt du, das Leben kann auch Rache sein. Sie zittern wie Espenlaub, wenn sie an mich denken, da halte ich jede Wette.« Ihre Stimme sank zu einem rauen Flüstern hinab. »Auch Tjorne. Ja, ich habe ihn entkommen lassen, aber ist das nicht viel besser? Der hat den Schrecken erlebt, das wird ihn in seinen Träumen plagen, für den Rest seines Lebens. Je länger er lebt, desto öfter wird er schreiend aus dem Schlaf auffahren.«

Sie seufzte.

»Ja, du weißt, dass es nicht darum geht. Also, frei heraus: Tylstyr Hagridson. Auch seinen Namen habe ich in den Schwur geflochten, das bestreite ich nicht. Aber er hat nur versagt, er war nicht von innen heraus böse. Das ist ein Unterschied.«

Sie beobachtete die Schatten.

»Für dich ist das gleichgültig, oder? Die Gerechtigkeit, von der Praioslob ständig spricht, ist nicht deine Sache. Auch gut. Aber ich schlage dir etwas vor: mehr Rache. Zwei für einen. Wir nehmen Tylstyr Hagridson raus, jetzt und hier, heute Nacht. Dafür gebe ich dir zwei andere. Zwei, die es verdient haben. Und ich mache es so, dass es dir gefällt. Auf eine Art, dass man davon spricht. Du gewinnst bei diesem neuen Pakt. Ich vollstrecke dein

Werk nicht nur in Thorwal. Ich trage es in die Welt. Überall wird man deinen Namen …«

Da war jemand!

Das Licht war beinahe erloschen, aber in den Schatten nahm etwas Formen an. Die Gestalt eines Menschen.

Er war da! Der Herr der Rache war wirklich da!

Zidaines Herz setzte für einen Schlag aus.

Eine so deutliche Form hatte er damals in Stainakr nicht angenommen. Wieso tat er es jetzt? Erwog er ihren Vorschlag, oder hatte sie ihn erzürnt?

Widerstrebend ließ sie sich auf ein Knie nieder. Dämonen musste man Respekt erweisen, um sie zu besänftigen. Jedenfalls vermutete sie das, weil die Sagas es so beschrieben. Dort war auch die Rede von Opfern … Sollte sie von ihrem eigenen Blut geben?

Sie nestelte den Handschuh von ihrer Linken.

Was musste sie jetzt tun? Was erwartete er?

Sie hörte ein Murmeln.

Vorsichtig hob sie den Blick.

Sie wäre nicht überrascht gewesen, wenn sie in abgründige Finsternis geschaut hätte. Stattdessen traf sie gleißende Helligkeit, wie ein lautloser Blitz unmittelbar vor ihren Augen. Sie schrie und stand taumelnd auf.

Ein Schlag traf ihre rechte Schulter. Sofort wurde der Arm taub. Jemand brüllte unartikuliert.

Sie riss den Dolch aus der Scheide und benutzte ihn wie einen Knüppel, indem sie den Körper herumwirbelte und die Waffe in einem weiten Bogen schwang. Zidaine traf, aber mit dem Unterarm, nicht mit der Klinge. Dennoch reichte die Wucht aus, um ihren Gegner ächzen zu lassen.

Noch immer war sie geblendet, aber wenigstens wusste sie, dass jemand aus Fleisch und Blut sie angriff. Sie stieß den Dolch vorwärts. Auch der Stich traf auf Widerstand, aber er glitt an etwas Hartem ab.

Ihr Gegner rief auf Nujuka. Sie erkannte die Muttersprache von Nirka und Hern'Sen, auch wenn Zidaine sie nicht gut genug verstand, um Sinn in die Worte zu bringen.

Ein Knüppel schlug in die Kehle ihres linken Knies. Sie knickte ein. Sofort folgte ein weiterer Schlag. Da sie instinktiv ihren Kopf schützte, traf er nur den rechten Unterarm. Die blendende Helligkeit vor ihren Augen zerfiel in tanzende Flecken, zwischen denen sich die Dunkelheit der Nacht zeigte. Zu wenig, um sich zu orientieren.

Zidaine wollte wieder auf die Füße kommen, aber jemand packte ihr linkes Handgelenk und drehte ihren Ellbogen auf den Rücken. Sie konnte nichts dagegen tun, dass sich ihre Finger öffneten und den Dolch freigaben.

Jemand drückte sie in den Schlamm.

Jemand, der schwer war. So wie Schlitzmaul damals, beim ersten Mal und dann unzählige Male danach. Im Loch hatte sie sich nicht wehren können, und jetzt konnte sie es auch nicht.

Aber diesmal würde sie das nicht mit sich machen lassen! Sie stemmte sich hoch und drehte ihren Rumpf herum, ganz gleich, wie sehr es in der Schulter schmerzte. Mit einem Geräusch, als würde eine Weinflasche entkorkt, sprang der Arm aus der Gelenkpfanne.

Wieder rief der Mann, damit hatte er wohl nicht gerechnet.

Zidaines Sicht wurde jedoch durch eine Funkenwolke getrübt, die vom Schmerz kam, ihr linker Arm war ausgekugelt und der rechte gefühllos, er fing gerade erst an zu prickeln.

Aber sie hatte noch ihre Beine. Wild trat sie um sich.

Sie würden ihr das nicht antun. Nicht noch einmal! Niemand mehr!

Sie wusste nicht, ob sie ihren Gegner, einen Baum oder den Mörderstein traf. Das war ihr auch gleichgültig. Sie trat und trat und trat. Wenn sie sie besiegen wollten, mussten sie sie umbringen, das wohl!

Doch da täuschte sie sich. Ein Fußgelenk fand sich in einer Schlinge wieder, kurz darauf das zweite, und wenig später war sie besser verschnürt als die Last, die heute auf den Packsätteln der Ponys gelegen hatte.

Ratheln,
achtzehnter Tag im Faramond

»Sagt, gute Frau Lykite, was ist das für eine helle Soße, die Ihr unter das Gemüse hebt?«, fragte Shaya Lifgundsdottir.

»Aber, aber, werte Schwester!« Der nur locker eingeschnürte Busen der Wirtin wogte, als sie lachte. Es klang gekünstelt, was Asleif Phileasson ihr nicht verdenken konnte. Die Nachfragen der Traviageweihten strapazierten wohl ihre Geduld. Er selbst wünschte sich jedenfalls, er hätte sich an einen der anderen Tische gesetzt. »Ich kann doch unmöglich die Geheimnisse meiner Küche verraten«, behauptete Lykite. »Sonst könntet Ihr meine Speisen ja überall nachkochen und hättet gar keinen Grund mehr, die *Händlerklause* zu besuchen!« Wieder lachte sie ihr falsches Lachen.

Was die Güte ihrer Speisen anging, war Phileasson nicht der Einzige, der Zweifel hegte. Wenn er den Blick über die Recken schweifen ließ, die sich auf die runden Tische in der Schankstube verteilt hatten, sah er keinen, der sich mit Begeisterung den Magen gefüllt hätte. Noch nicht einmal Mirandola Ernathesa, die sich nach dem halb geleerten Teller vorerst dem Brotkorb zuwandte.

Dabei waren sie alle ausgehungert, schließlich waren sie früh aufgebrochen, zu Mittag hatte es keine Wegstation gegeben, und der Regen hatte ein Lagerfeuer unmöglich gemacht. Eigentlich hätten sie schlingen müssen wie ein Rudel Wölfe.

»Ich bin mir sicher, der besondere Geschmack Eurer Speise rührt von dieser Soße her«, sagte Shaya. Auch sie wurde allmählich träge, sie plapperte nicht mehr gleich einem Wasserfall, wie noch zu Beginn des Mahls. »Bereitet Ihr sie mit Sumpfgras zu? Diese säuerliche Note …«

»Sumpfgras, ganz recht.« Wieder lachte Lykite. »Aber jetzt habt Ihr mir genug entlockt, Schwester.«

Lustlos löste Phileasson das Fleisch von einem Otterschenkel. War das überhaupt Otter? Oder doch Sumpfratte? Wie er befürchtet hatte, war es ebenso verwürzt wie der Fisch. Pfeffer war im Bornland viel zu billig, dachte er. Wenn die Handelsposten auf den Gewürzinseln nicht gewesen wären, hätte Lykite viel sparsamer damit umgehen müssen.

Er spülte mit dem dünnen Wein nach. Da er sich nicht betrinken wollte, mischte er zwei Drittel Wasser hinein, aber jetzt, bei näherem Nachdenken, vermutete er, dass es wohl aus dem Sumpf stammte. Das würde den brackigen Geschmack erklären. Er hatte gehofft, die Bewohner von Ratheln würden das Regenwasser auffangen.

Missmutig betrachtete er die Schalen mit Otter und Fisch, die Töpfe mit dem Gemüse und die Teller der Recken, die sich nicht leeren wollten. Er hatte zu viel bestellt, zumal Zidaines Instinkt sie davor bewahrt hatte, an diesem Mahl teilzunehmen. Vor seinem geistigen Auge sah er die Frau mit einem schnellen Stich ihres Rapiers einen Fisch fangen und roh verzehren. Er beneidete sie, während er lustlos einen Bissen im Mund hin und her schob.

Hern'Sen und Nirka waren auch nicht da. Ebenso wenig wie Falnokul. Letzteres wunderte ihn nicht, der Sumpfläufer kannte sich schließlich hier aus und wusste, welche Unbill den hungrigen Reisenden in Ratheln erwartete. Aber er hätte die Gefährten warnen können, das wohl.

Leomara della Rescati hatte das Abendmahl schon hinter sich. Sie lehnte an ihrem Onkel und schlief. Vascal bewegte das Besteck, das er sich in Festum zugelegt hatte, vorsichtig, um das Mädchen nicht zu wecken.

Phileasson überlegte, ob es gegen Travias Gebote verstieße, noch gehörig Platz im Bauch zu lassen, um dann morgen in Vallusa zu schlemmen. Er lächelte säuerlich. Die Speisen türmten sich auf den Tischen, ein Anblick, der keine Gastgeberin erfreuen konnte. Shayas sanfte, aber beharrliche Art hatte ihn während dieser Reise den Segen der Göttin von Heim, Herd und Familie schätzen gelehrt. Er wusste, dass auf einer Fahrt solcher Dauer viel davon abhing, dass die Harmonie in der Ottajasko gewahrt blieb. Praioslob trug Salarin noch immer Shulinais Tod nach, und zwischen Tylstyr und Zidaine schien sich ein Gletscher geschoben zu haben, aber ansonsten stand seine Mannschaft fest zusammen. Sogar Ohm Follker und Vascal hatten ihr Misstrauen überwunden. Eigentlich war diese Harmonie verwunderlich, wenn man bedachte, wie unterschiedlich die Recken waren. Fünf Zungen nannten sie ihre Muttersprachen! Nein, er konnte nicht auf Travias Segen verzichten. Schicksalsergeben schaufelte er noch etwas Gemüse auf seinen Teller.

»In Thorwal kochen wir oft mit Siebenwurz«, erklärte Shaya. »Hier in der Gegend gibt es das wohl nicht?«

»In Skorpsky habe ich es, glaube ich, schon einmal gesehen«, meinte Lykite.

»Ihr müsst es unbedingt probieren! Es eignet sich für eine

ganze Reihe von Köstlichkeiten. Man kann einen Sud daraus machen und eine Hirschkeule damit bestreichen, die man dann …«

Das reichte jetzt! Selbst Travia konnte nicht verlangen, dass er sich in Gedanken an Shayas Kochkunst verzehrte, während er sich gleichzeitig wünschte, jemand brenne seinen Gaumen mit einem glühenden Eisen aus. Und überhaupt – Göttin von Heim und Herd! Er war ein Thorwaler, ein Drachenführer gar, er eiferte dem ungestümen Swafnir nach, das wohl!

Phileasson stand auf. »Ich brauche ein paar Züge frische Luft«, entschuldigte er sich. Tatsächlich fühlte sich sein Kopf schwer an, als hätte er drei Hörner Met geleert.

Auf dem Weg zur Tür schwankte er sogar ein wenig, wie auf einem Boot in der Dünung. Ob er sich gleich übergeben müsste?

Der Regen war zu einem Nieseln geworden, das auf den Schilfdächern der Pfahlhütten und den Blättern des Sumpfwaldes knisterte. Phileasson atmete tief und bereitete sich darauf vor, sich das Essen noch einmal durch den Kopf gehen zu lassen. Natürlich sollte er das nach Möglichkeit nicht unmittelbar vor der *Händlerklause* tun. Also stapfte er über den Boden, der seine Füße nach jedem Schritt nur widerwillig wieder freigab.

Sein Magen beruhigte sich, und nachdem er ein Dutzend Mal ausgespien hatte, wurde der laugige Geschmack zu einer unangenehmen Erinnerung.

Er sah nach den Ponys. Stoisch harrten sie am Trockengestänge aus. »Ich weiß, ihr habt heute nichts zu fressen bekommen, außer vielleicht ein bisschen Sumpfgras.« Er tätschelte einem der Tiere den Rücken. »Aber glaubt mir, ich hätte gern mit euch getauscht, das wohl.«

Da er nichts anderes zu tun hatte, überprüfte er die Leinen, mit denen sie festgebunden waren. Er löste einen Knoten und band ihn neu, obwohl es eigentlich unnötig war und sich das nasse aufgequollene Leder gegen seine Bemühungen sträubte. Auch die beiden Pferde waren gut versorgt. Bei ihnen hatte Hern'Sen zusätzlich die Vorderläufe zusammengebunden.

Wo steckte der Nivese überhaupt?

Suchend sah sich Phileasson um. Dort drüben stand das Bootshaus. Gehörte er zu denen, die dort nächtigen wollten?

Ein Mann näherte sich von der *Händlerklause*. Nach ein paar Schritten erkannte Phileasson den Gang von Ohm Follker. Der Skalde trug die Gurte mit seinem Arsenal von Dolchen, und er hatte sogar Fejris dabei, Phileassons Breitschwert. Stumm reichte er es ihm.

»Denkst du, wir sind hier im Dorf in Gefahr?« Er gürtete die Waffe.

»Auf jeden Fall war es ein guter Vorwand, um dem Festmahl zu entkommen, das wohl.«

Phileasson lachte leise. »Hauptsache, du hältst dich von der Kochstelle fern.«

»Stimmt. Wenn so eine Wirtin, die etwas davon versteht, uns eine heimische Spezialität brutzelt, wird es richtig lecker.«

Die alten Freunde sahen sich an.

Dann prusteten sie los.

»Was stehen wir hier eigentlich im Regen?«, fragte Ohm.

Phileasson zuckte mit den Achseln. »Wir können ja mal schauen, ob im Bootshaus alles in Ordnung ist.«

Der Unterstand hatte keine Tür, stattdessen war die gesamte Front zum Wasser hin offen. Ganz hinten, an der geschlossenen Seite, stapelte sich Gepäck zwischen den aufgebockten Booten.

»Keine Spur von Hern'Sen und Nirka«, stellte Phileasson fest.

»Die sind bestimmt auf dem Weg nach Skorpsky, da gibt es was Ordentliches zu essen«, scherzte Ohm.

»Unsinn, die laufen voraus nach Vallusa und schlagen sich im besten Haus am Platze die Bäuche voll.«

Wieder lachten die Freunde.

Sie setzten sich auf zwei Rollen Seile.

Eine Weile sahen sie hinaus auf den Fluss. In der Dunkelheit war er kaum auszumachen, nur ein gelegentliches Schimmern, aber man hörte ihn rauschen. Phileasson fühlte eine angenehme Müdigkeit in seinen Gliedern.

»Ein starkes Stück, dass Beorn den Bohlenweg eingerissen hat«, murmelte er. »Aber ich hätte damit rechnen müssen. Ihm ist alles zuzutrauen.«

»Na ja, dass wir das kleine Meer im Himmelsturm zerstört haben, war auch nicht gerade ein Liebesbeweis«, nuschelte Ohm träge.

»Aber das hat nur ihn getroffen. Und seine Ottajasko natürlich.« Er erinnerte sich an Shayas Vorwürfe, weil er auch Lenya den Schrecken des Himmelsturms überlassen hatte. Aber was konnte Phileasson dafür, dass man sie dem falschen Drachenführer zugewiesen hatte? »Das ist etwas anderes, als wenn man einen Weg zerstört, den alle Menschen in dieser Gegend brauchen. Was denkst du, hat er noch mehr solche Geschenke für uns?«

Ohms gemurmelte Antwort blieb unverständlich.

Nach dem anstrengenden Tag und mit zumindest ein wenig gefülltem Bauch wurde man schläfrig. Phileasson gönnte es seinem Freund, zumal er selbst fühlte, wie seine Lider schwer wurden. Er lehnte sich zurück und schloss die Augen.

»Immerhin wissen wir jetzt, dass er denselben Weg benutzt. Er ist uns nur voraus. Schon wieder.« Der Ärger über diesen Umstand kämpfte gegen die Ruhe des nahenden Schlafs. Beorn hatte zuerst einen zweizahnigen Kopfschwänzler gefangen. Im Himmelsturm waren sie gleichzeitig eingetroffen, in Festum hatte

Beorn wieder vorn gelegen, und Vallusa würde er auch als Erster erreichen. Wenn er nicht schon dort war.

Aber am Ende, wenn es zählte, wenn sie zurückkamen zur Obersten Hetfrau und es darum ging, einen, nur einen von ihnen zum König der Meere zu machen – dann läge er, Phileasson, um eine Bootslänge vorn, das wohl! Schulter an Schulter würden sich die Recken auf dem Weg vom Hafen zur großen Halla drängen, sie würden ihre Waffen auf die Schilde schlagen und »Foggwulf!« brüllen, bis sie heiser würden.

Neben sich hörte er Ohms gleichmäßige Atemzüge. Der Bach plätscherte, und Leder knirschte. Er schmunzelte, als er ein leises Schmatzen vernahm. Sicher träumte der Skalde von Hirschbraten.

Das tat er dann aber hingebungsvoll. Er schmatzte in einem fort.

Widerstrebend öffnete Phileasson die Lider einen Spalt weit.

Das Schmatzen wurde lauter, und es kam nicht von Ohm Follker, sondern von der anderen Seite. Das waren Schritte, nasses Schuhwerk auf dem trockenen Boden des Bootshauses. Kam Hern'Sen zurück und wollte vermeiden, die schlafenden Recken zu wecken?

Das war sehr rücksichtsvoll von dem jungen Nivesen. Aber Phileasson war ein Drachenführer, der so manchen Orkan bezwungen hatte. Auf ihn brauchte niemand Rücksicht zu nehmen.

Seufzend öffnete er die Augen vollständig.

Das war nicht Hern'Sen! Zwei Gestalten näherten sich, eine untersetzte und eine dürre, und sie hielten gerade Gegenstände in den Händen. Schwerter? Knüppel? In der Dunkelheit war es nicht zu erkennen, aber auf keinen Fall wirkte es freundlich.

Schon oft war Phileasson von einem Nachtlager aufgesprungen, um sich einem Feind zu stellen und seine Ottajasko in einen Schildwall zu rufen. Man sagte ihm sogar nach, einen unerklärlichen Sinn für Gefahr zu besitzen und binnen eines Wimpernschlages von tiefstem Schlummer zu hellwacher Kampfbereitschaft zu wechseln.

Aber diesmal war es anders. Er verlor beinahe das Gleichgewicht, als er aufsprang, und hatte Mühe, Fejris aus der Scheide zu bekommen.

»Pack!«, brüllte er, aber seine Zunge fühlte sich an wie ein nasser Lappen in seinem Mund. »Was treibt ihr hier? Zurück!«

Die beiden hatten andere Pläne. Sie griffen an.

Phileassons Parade kam spät. Er wehrte den auf seinen Kopf gezielten Hieb mit dem Unterarm ab, nicht mit der Klinge. Zu seinem Glück war die Waffe stumpf.

Er rammte die Linke gegen die Brust des Angreifers und drängte ihn so zurück. Gerade noch bekam Phileasson das Schwert in eine fallende Wehr, um die Attacke des zweiten abzufangen.

»Ohm, du verschlafene Wasserratte!«, rief er. »Wach auf! Hier will jemand mit uns tanzen!«

Er führte Fejris in einem Bogen herauf und ließ es zu einem Spalthieb hinabzischen.

Das Schwert traf die Schulter des Gegners, aber die Schneide stand in einem ungünstigen Winkel. Statt einzudringen, glitt die Klinge an der Rüstung ab. Es gab kein metallisches Geräusch, also war der andere wohl in Leder gepanzert.

Phileasson führte zwei schnelle Hiebe, weniger, um eine Wunde zu schlagen, als um den Untersetzten zurückzutreiben. Das gelang. Der Drachenführer fuhr herum und teilte gegen den Dürren aus. Ein Ächzen belohnte ihn.

»Weg hier!«, rief einer der beiden.

Phileasson versetzte ihm einen Tritt gegen den Oberschenkel.

Er wünschte sich seinen Schild herbei, damit hätte er kühner vordringen können! Aber in der Dunkelheit mochte eine schnelle Dolchklinge allzu viel Wagemut bestrafen, also blieb er besser auf Distanz.

Der Dürre warf etwas nach Phileasson, das ihn schmerzhaft an der Brust traf und klirrte, als es zu Boden fiel.

Er machte einen Schritt zurück und sah sich zu Ohm um, der gerade erst in einen schwankenden Stand fand und an seinen Dolchen herumfummelte.

Die beiden Angreifer rannten davon. Phileasson ließ sie ziehen. In unbekanntem Gelände und bei Nacht hätten sie ihn zu leicht in einen Hinterhalt gelockt.

»Wer war das?«, fragte Ohm.

»Ich habe kaum etwas gesehen«, murmelte Phileasson. »Aber sie haben Thorwalsch gesprochen.«

»Wie Falnokul?«

Phileasson schüttelte den Kopf. »Nein. Seine zwei Elfenstimmen hätte ich erkannt.« Auch bei Salarin und Galandel schwang immer eine zweite Melodie mit, wenn sie redeten.

Ohm hob das Ding auf, das Phileasson an der Brust getroffen hatte, und hielt es in die Höhe. Eisen klirrte.

»Handfesseln«, sagte er. »Die wollten uns lebend.«

Phileasson wog das Schwert in der Hand. »Lebend …« Mit der freien Hand wischte er sich über das Gesicht. »Bist du auch so müde?«

Ohms Schattenriss nickte. »Ja. Seltsam …«

Ratheln,
achtzehnter Tag im Faramond

Shaya Lifgundsdottir bat die Gütige Mutter um Geduld. Sie kämpfte gerade mit ihrem dritten Teller, weil die Gefährten sie hängen ließen und so wenig aßen, dass ihre Zurückhaltung eine Beleidigung für die Gastgeberin darstellte.

Die Schwester konnte es ihnen noch nicht einmal verdenken, denn die Kochkunst der Wirtin war ebenfalls eine Beleidigung traviagefälligen Wirkens am Herd. Wieso hatte sich Shaya nur abweisen lassen? Hätte sie mit an den Töpfen gestanden, wäre ihnen diese Katastrophe erspart geblieben!

Wie konnte man ein Gericht nur so verderben, wenn doch alle Zutaten für sich genommen in gutem Zustand waren? Das Otterfleisch, der Fisch, die grünen, gebogenen Früchte, die mehr oder minder gar keinen Geschmack hatten … Shaya hatte noch immer die seifige Soße im Verdacht, aber selbst wenn diese missglückt wäre, erklärte das noch nicht, wieso die Hauptgerichte schmeckten, als hätte man sie einen Mond lang in einem Salzfass eingelegt. Missmutig nahm Shaya einen Schluck Wasser, um das Gemenge in ihrem Mund zu verdünnen.

Die Recken kapitulierten wirklich vor dieser Herausforderung! Die Hälfte von ihnen stellte sich schlafend. Allerdings war auch Shaya müde. Dabei hatte sie sich auf dem Knüppeldamm so gefreut, als Phileasson die Einkehr in ein gastliches Haus beschlossen hatte.

Als hätte er sie gehört, stieß der Drachenführer die Tür auf. Das tat er so heftig, dass sie krachend gegen die Wand schlug. »Spuckt das Gift aus!«, rief er. »Keinen Bissen mehr!«

Shaya hielt mit dem Kauen inne. Gift?

Paradoxerweise fühlte sie sich im ersten Moment erleichtert, weil das bedeutete, dass selbst die Mutter Travia nicht von ihr erwarten konnte, dass sie weiteraß.

Vascal della Rescati spie sein Essen zurück auf den Teller. »Ich wusste es!«, verkündete der Liebfelder, nahm einen Schluck, gurgelte und spuckte auch diesen wieder aus.

Ohm Follker kam hinter Asleif Phileasson herein. Er hatte eine kurze Kette dabei, die zwei Schellen miteinander verband.

»Ist Hern'Sen hier?« Phileassons Blick strich über die Recken, die zum Teil ihre Teller wegschoben, zum Teil wohl wirklich eingeschlafen waren und jetzt wach gerüttelt werden mussten. »Und Nirka?«

»Zidaine fehlt auch«, stellte Tylstyr Hagridson fest.

»Falnokul?«, fragte Phileasson. »Wo ist …?«

»Ich bin hier«, meldete sich ihr Führer. Er hatte Hut, Mantel und Gürtel abgelegt, weil er gerade seine Lederrüstung wieder anzog. »Was sagst du von Gift?«

»Seid ihr nicht auch alle todmüde?«

»Es war ein strammer Marsch, und …« Der Elf hielt inne und betrachtete die schläfrige Ottajasko. »Aber ihr seid keine Städter«, überlegte er. »Ihr seid die Wildnis gewohnt, nicht wahr?«

»Das wohl«, grollte Phileasson. Auch seine Lider hingen auf Halbmast. »So erschlagen waren wir das letzte Mal, als wir den Himmelsturm von den Hallen des Feuers bis zum Thronsaal hinaufgehetzt sind.«

Er trat nah an Lykite heran, die mit einem erschrockenen Schrei aufstand, sodass ihr Stuhl umkippte.

»Was hast du dazu zu sagen?«

»Ihr habt doch wohl nicht unser Essen vergiftet?«, rief Shaya empört. »Dafür würde Travia Euer Haus mit Unfrieden strafen, das wohl!«

»Ich habe … ich …«, stammelte sie.

Phileasson hob eine Faust. »Ich frage nicht noch einmal.«

Lykites Stimme versagte.

»Ihr habt nicht mit uns gegessen«, überlegte Shaya.

»Ich war satt, weil ich beim Abschmecken von allem reichlich gekostet habe«, verteidigte sie sich.

Angesichts des Geschmacks erschien Shaya diese Erklärung als dreiste Lüge. Es sei denn, Lykite trank lieber die Lauge aus einem Waschzuber, als einen Becher Met zu genießen.

»Er war hier, oder?«, grollte Phileasson. »Ein Mann mit einer Augenklappe. Ein geflügelter Helm. Hat er dir gedroht?«

»Ich … ich weiß nicht, ob …« Hilfe suchend sah sie sich um.

Falnokuls hellblaue Augen hielten ihren Blick fest. »Sag es ruhig, wenn es so ist, Lykite«, ermunterte er sie. »Ich bin sicher, dass du es nicht freiwillig getan hast.«

»Ich … kenne keinen solchen Mann.«

Ohm Follker schleuderte einen Topf vom Tisch. Das Gemüse ergoss sich über die Bohlen. »Jedenfalls ist dieser Fraß vergiftet, das wohl!«

Zitternd senkte Lykite den Blick und faltete die Hände.

Falnokul legte seine Rüstung wieder auf den Boden und trat zu ihr. »Sag es ruhig«, forderte er sie auf. »Es waren die Molochen, nicht wahr?«

»Die …«, setzte sie an.

»Wer ist das?«, fragte Phileasson.

»Sie leben im Sumpf«, erklärte Falnokul. »Seltsame Leute. Gelbe Haut, blondes Haar. Man kann ihnen nicht trauen. Niemand weiß, was sie im Schilde führen. Keiner versteht sie.«

»Aber wieso sollten sie uns überfallen?«

»Das müssen wir sie selbst fragen«, versetzte Falnokul. »Alles Mögliche mag sie antreiben.«

»Vielleicht hat Beorn sie auf uns gehetzt«, vermutete Ohm. »Das wird ihm einiges Silber wert sein.«

»Den Molochen liegt nichts an Reichtümern«, wandte Lykite ein.

»Aber sie waren es?«, bohrte Falnokul nach. »Sie haben dir das Gift gebracht, das du uns verabreichen solltest?«

Zwei Herzschläge lang sah sie in seine Augen, bevor sie nickte.

»Also wirklich Gift«, murmelte Phileasson.

Falnokul betrachtete die Gefährten. Sie waren alle auf den Beinen, aber die Müdigkeit stand ihnen ins Gesicht geschrieben.

Der Elf legte eine Hand auf Phileassons Brust. Er sang etwas in der zweistimmigen Sprache seines Volkes. Es klang rauer, als wenn Salarin das tat, und hörte sich noch fremder an.

Phileasson schüttelte den Kopf und blinzelte. »Was hast du getan?«

»Wenn du ein Gift im Körper hattest, ist es jetzt nicht mehr gefährlicher als Wasser.«

Phileasson streckte die Arme und drehte den Oberkörper. »Ja, ich merke, wie meine Kraft zurückkehrt.«

Mit versteinerter Miene wandte sich Falnokul Praioslob zu.

Der Geweihte des Sonnengottes machte einen so entschlossenen Schritt rückwärts, dass er Abdul el Mazar auf die Zehen trat. Der kleine Novadi schrie auf und hüpfte auf einem Bein davon, wobei er den malträtierten Fuß in beiden Händen hielt und das Kunststück fertigbrachte, aus vollen Backen darauf zu pusten.

Praioslob beeindruckte diese Vorstellung nicht. Er starrte Falnokul an und verschränkte die Arme. »Kein Zauberwerk wird meinen Körper verunreinigen!«

»Wir brauchen unsere Kraft, um unsere Gefährten herauszuhauen!«, grollte Ohm Follker. »Wahrscheinlich haben diese Molochen sie geschnappt.«

»Die Kraft meines Gesangs reicht ohnehin nicht für alle«, meinte Falnokul. »Und in der Nacht sind sie schwer aufzuspüren.«

Phileasson warf Irulla einen fragenden Blick zu.

Unentschlossen neigte die Fährtensucherin den Kopf zur Seite. Auch ihr war die Müdigkeit anzusehen.

»Hranngarverfluchte Zögerlichkeit!«, rief Ohm. »Wir müssen es wenigstens versuchen!«

»Wenn ich den Stand unseres Wissens richtig deute«, meinte Vascal, »wollen sie uns nicht umbringen. Ihr Gift scheint nur ein Schlafmittel zu sein.«

»Ganz recht!«, rief Lykite. »Ich würde doch niemanden ermorden!« Sie legte die Hände auf ihren Ausschnitt, als käme ihr plötzlich in den Sinn, dass sie ihre Reize nach dem travialästerlichen Frevel schamhaft bedecken sollte. »Ich doch nicht.«

Shaya schüttelte den Kopf und sah weg. Sie fühlte sich schon durch den Anblick dieser verlogenen Frau besudelt.

»Ihre Waffen waren stumpf«, überlegte Phileasson.

»Auch die Fesseln deuten darauf hin, dass sie euch lebend wollten.« Vascal lachte auf. Er liebte es, wenn sich ein Hinweis zum nächsten fügte.

»Was freust du dich so?«, fuhr Ohm ihn an. »Im besten Fall liegen unsere Gefährten hilflos da draußen in der Nacht. Jeder Moment, den sie in Gefangenschaft verbringen, ist einer zu viel, das wohl!«

»Dann geh doch und stolper durch die Dunkelheit!«, forderte Vascal ihn auf. »Helfen tust du damit nur deinem Stolz. Wenn die Angreifer sie umbringen wollten, können wir ihnen ohnehin nicht mehr beistehen. Falls sie gefangen sind, ist es am besten, wenn wir morgen aufbrechen, ausgeruht und bei Tageslicht.«

»Zögerlicher Federschwinger«, knurrte Ohm.

»Er hat recht«, sagte Shaya. »Sieh dich an, Ohm. So müde,

wie du bist, würdest du zwei Schritte an einem Räuber vorbeistolpern, ohne ihn zu entdecken.«

Er fuhr sich durch den Stoppelbart und dann über das zunehmend ergrauende Haar, sagte aber nichts mehr. Stattdessen betrachtete er mit einer gewissen Sehnsucht einen freien Stuhl.

Shaya sah, dass Phileasson sich nur mühsam beherrschte, als er mit zitternden Fingern die Fäuste öffnete. »Bring die Fesseln, Ohm. Unsere gute Wirtin hat diesen Schmuck verdient.«

»Was? Ich?«, rief Lykite. »Ihr könnt mich doch nicht in Eisen schlagen!«

»Sei froh, dass wir dich nicht *mit* Eisen schlagen.«

Während Ohm der jammernden Wirtin die Schellen anlegte, winkte Phileasson Salarin und Galandel heran. »Falnokul, wenn ich dich bitten darf, ziehe das Gift aus ihrem Blut. Wir werden Nachtwachen brauchen.«

Shaya verstand, wieso er die Elfen wählte. Wenn sie wollten, konnten sie – ohne Gift – eine Woche durchwachen, auch wenn sie danach entsprechend lange schlafen mussten. Sie wären morgen einsatzbereit, jeder andere Recke dagegen brauchte Ruhe. Auch Shaya lockte der Gedanke an das Bett im Obergeschoss.

»Die anderen können sich zurückziehen«, entschied Phileasson. »Aber legt die Waffen griffbereit neben euch.«

Shaya nahm ihren Stab und ging zur Treppe.

Vallusa,
achtzehnter Tag im Faramond

Nie zuvor hatte er solch eine Kreatur gesehen. Beorn Asgrimmson war schon an vielen schrecklichen Orten gewesen, doch diese Schattengestalt setzte ihm zu. Ihm standen die Haare zu

Berge. Eis kroch ihm in die Knochen. Der Geist hatte etwas an sich, das sich bis in sein Mark fraß. Zum ersten Mal war er froh, Pardona an seiner Seite zu haben. Die selbst ernannte Göttin kannte keine Furcht. Sie redete mit dem unheimlichen Schattenmann, als sei er ein ganz normaler Sterblicher.

Nur leider sprach sie auf Isdira mit ihm. Beorn verstand kein einziges Wort. Die falsche Schlange wollte das so. Der Geist hatte sich mit Tjorne auf Garethi unterhalten. Es wäre möglich gewesen, eine Sprache zu benutzen, die er, Beorn, ebenfalls verstanden hätte.

Nervös spähte er in den dichten Nebel, in den das Feuer hoch auf dem Leuchtturm über den Platz einen Hauch von kupferfarbenem Licht wob. In dieser Nacht war der Nebel ihr Verbündeter. Beorn wusste, dass nur selten ein Bürger Vallusas nach Einbruch der Dämmerung den Zwergenplatz betrat. Dennoch war es gut, dass der Dunst verbarg, was Pardona getan hatte. Rings um den Wolf mit den Schriftzeichen auf der Schulter hatte sie mehrere Kreise gezogen und dabei eine Kreide verwendet, die grünlich in der Farbe von Nordlichtern im Dunkeln leuchtete. Dazwischen hatte sie Glyphen gemalt, denen auch jemand, der nur selten einen Tempel besuchte, angesehen hätte, dass sie so gar nichts mit den Zwölfgöttern zu tun hatten.

Beorn vermochte nicht zu sagen, ob es Dämonenwerk war, das sie da trieb. Aber diese Zeichen waren nicht weniger unheimlich als der Schattenmann, der nun im Innersten der Kreise stand.

So unverständlich die Sprache der beiden auch war, so angenehm war es, ihr zu lauschen. Voller Harmonie stand sie im Gegensatz zu allem anderen hier. Er verstand nur ein einziges Wort, das immer wieder erklang. Selflanatil. Es ging um dieses Schwert.

Plötzlich änderte sich Pardonas Tonfall. Ihre Stimme wurde tiefer. Jegliche Harmonie wich aus ihr. Nun klang sie mehr wie ein Krächzen. Sie spie die Worte aus. Ihr Gesicht war hart geworden.

Der Schattenmann zerfloss. Zwei Herzschläge, und er war ganz verschwunden.

Pardona atmete schwer.

»Hast du ihn erlöst?«

Pardona sah ihn lange an, bevor sie antwortete. »Ganz wie du es gewünscht hast, habe ich dafür gesorgt, dass Phileasson nicht mit ihm wird sprechen können. Die Spuren der Vergangenheit, die wir gefunden haben, sind nun ausgelöscht.«

»Was hat er gesagt?«

»Wir suchen nicht weniger als das Schwert einer Göttin. Selflanatil. Und ich bin zuversichtlich, dass wir es finden werden.«

»Aber was ist mit der Silberflamme aus der Prophezeiung?«

Pardona lächelte hintersinnig. »Gehen wir einen Schritt nach dem anderen. Alles wird sich offenbaren, wenn wir das Schwert der Göttin Orima gefunden haben. Es ist lange her, dass ich es zuletzt gesehen habe. Ich hatte gedacht, die Zeit hätte es verschlungen.«

Beorn war sich ganz sicher, dass sie ihm nicht alles sagte, was sie erfahren hatte. Er hasste es, ihr so ausgeliefert zu sein. Aber zumindest eine gute Tat hatten sie vollbracht. Der Geist war erlöst, und Vallusa von diesem alten Fluch befreit.

»Wohin reisen wir?«

Die falsche Göttin blickte in die Ferne, als könne sie durch die Häuser der Stadt hindurch etwas sehen, das ihm verborgen blieb. »Wir reisen gen Westen. Morgen brechen wir im ersten Tageslicht auf. Wir werden Pferde brauchen. Es ist ein weiter Weg.«

Misasümpfe,
neunzehnter Tag im Faramond

Während die Morgendämmerung das Grau der Sümpfe nach und nach in Grün verwandelte, kaute Nirka auf ihrem Knebel herum. Nur um irgendetwas zu tun, nicht weil sie hoffte, etwas damit zu erreichen. Diese Leute waren erfahrene Kopfgeldjäger, das zeigte sich auch an ihrer Ausrüstung. Der Knebel bestand aus Stoff, der in der Feuchtigkeit kaum aufweichte, und ein Maulkorb aus Leder hielt ihn in ihrem Mund. Der ließ sich mit Schnallen an Form und Größe des Kopfes anpassen, sodass die Riemen auch nicht verrutschten, wenn sie mit dem Hinterkopf an dem Baumstamm scheuerte, hinter dem ihre Handgelenke festgekettet waren. Damit riss sie sich nur die Haare aus, also ließ sie es.

Was die Behandlung durch ihre Entführer anging, konnte sie sich bislang nicht beklagen. Jedenfalls nicht, wenn sie vom pochenden Schmerz am Übergang von Schulter und Hals absah. Sie saß auf einer Kiste, nicht auf dem nassen Boden. Die Schellen waren nicht zu eng, man hatte sogar ein Stück Stoff zwischen Eisen und Haut geschoben, damit sie nicht scheuerten. Und ein Schleier, groß wie eine Zeltbahn, spannte sich von den Ästen der Baumgruppe zum Boden herab und schützte sie vor den Mücken.

Nicht nur sie, korrigierte sie sich. Neben ihr erwachte Hern'Sen. Er sah sie an und nickte ihr zu. Da er auf dieselbe Weise gefesselt war wie sie selbst, war das die einzige Verständigungsmöglichkeit.

Sie waren zu dritt unter dem Schleier, Zidaine saß an einem Baum schräg rechts hinter Nirka. Offenbar hatte sie ihre Gegner beeindruckt, denn außer den Händen hatten sie auch ihre Füße gefesselt und zusätzlich ihren Rumpf mit einem Seil an den

Stamm gebunden. Sie trug ihre schwarze Lederkleidung, aber die Waffen fehlten. Da Nirka wusste, dass Zidaine ihren Dolch niemals zurückließ, was sie gewiss auch nicht bei ihrer nächtlichen Wanderung zum Mörderstein getan hatte, befand sich die Klinge bestimmt irgendwo in der Nähe.

Aber das nützte nichts. Die Kopfgeldjäger waren gut bewaffnet und wachsam. Wenn Nirka richtig zählte, waren sie zu sechst.

Der Anführer, ein besonders muskulöser Thorwaler, den die anderen Sven nannten, war gleich mit mehreren Äxten bewaffnet. Die größte, die mit dem weit nach unten gezogenen Blatt, hatte er auf einen umgefallenen Baum gelegt. Sein üppiger blonder Bart gabelte sich in zwei Stränge.

Es war eine eingespielte Truppe, wie sie in der Nacht bewiesen hatten, als sie die Gefangenen hierher gebracht und gefesselt hatten. Nirka hatte geflucht wie ein norbardischer Viehtreiber, aber sie hatten sich nicht aus der Ruhe bringen lassen. Schließlich hatte sie sich aufs Beobachten verlegt.

Die Wache versah im Moment Brita, eine Frau mit so vielen Warzen im Gesicht, dass Nirkas Sippengeschwister selbst während der schlimmsten Phase der Pockenseuche verglichen mit ihr Schönheiten gewesen waren. Sie schnitzte an einem Ast herum, sah aber kaum hin. Stattdessen galt ihre Aufmerksamkeit der Umgebung. Sie reagierte auch nicht, wenn eine Mücke auf ihrem Gesicht landete. Vielleicht merkte sie es nicht, wenn die Viecher in ihre Warzen stachen.

Gowin, ein Mann, so dürr wie eine Krüppelkiefer, und Ichaal, eine untersetzte Nivesin, waren während der Nacht zurückgekehrt und hatten sich darüber beschwert, dass der Foggwulf sie mit seinem Schwert verprügelt hätte. Sven hatte sich das Gejammer angehört und danach begeistert auf sein Knie geschlagen. Ihm gefiel, wie sich sein Landsmann zur Wehr setzte.

Obiian war ein weiterer Nivese. Er behängte sich mit schwarzen Amuletten, die Seehunde und Walrosse zeigten. Gestern Nacht hatte er Wache gehalten, als Nirka eingeschlafen war.

Die Letzte in der Gruppe hieß Krinala. Sie saß an einen Baum gelehnt. Der Kopf war ihr auf die Schulter gesunken, sie schlief. Das Hautbild von einem Wal mit weit aufgerissenem Maul, das die linke Seite ihres Halses zierte, bestätigte, dass sie eine Thorwalerin war. Nirka schätzte sie auf gut fünfzig Jahre, etwa Ohms Alter. Aber das mochte täuschen. Ihre ungewöhnlich spitzen Ohren verrieten das Elfenblut in ihren Adern. Allerdings waren ihre Augen so klein wie bei einem Menschen, und besonders ebenmäßig war ihr Gesicht auch nicht. Also war Krinala wohl eine Halbelfe, wie Nirka sie aus Gerasim kannte.

Die Kopfgeldjäger hatten eine Mulde mit Steinen ausgelegt, sodass sie ein niedriges Feuer machen konnten. An dessen Rand buken sie Brotfladen.

Krinala erwachte. Sie zog sich ein Stück ins Gebüsch zurück, um ihre Blase zu leeren, wobei sie sich leise mit Brita unterhielt. Sie wusch ihre Hände in einer der vielen Pfützen und begutachtete das Brot. Zufrieden stapelte sie ein paar Fladen auf einem Holzteller. Sie holte einen Wasserschlauch und kam damit zu den Gefangenen.

Ohne den Schleier zwischen ihr und der Halbelfe waren die nichtmenschlichen Merkmale des Gesichts noch deutlicher. Die Augen glitzerten in verschiedenen Blautönen, wie geschliffene Juwelen. Wenn das Alter auch Falten in die Haut der Frau zog – die Augen erreichte es nicht. Beinahe schienen sie aus einer Geisterwelt zu stammen, wo die Zeit so langsam verging wie in einem Traum von den Sternen.

Krinala stellte das Brot vor Hern'Sen auf den Boden und legte den Wasserschlauch daneben. Sie prüfte seine Fesseln, dann löste sie den Knebel. »Erst essen oder erst trinken?«

Wortlos starrte er sie an.

Sie zuckte mit den Achseln, nahm einen Fladen vom Teller und hielt ihn vor seinen Mund.

Blitzschnell biss Hern'Sen zu, aber nicht in die Speise, sondern in die Hand, die sie reichte.

Krinala schrie auf. Sie ließ das Brot fallen und verpasste ihm einen kräftigen Schwinger in den Bauch.

Keuchend öffnete Hern'Sen den Mund.

Sie riss die Hand zwischen seinen Zähnen heraus und verpasste ihm eine Maulschelle.

Er würgte trocken.

»Kerl!«, rief sie. »Dich will ich lehren! Denkst wohl, du kannst es hier so toll treiben wie in Norburg?«

Sie zog das Beil aus dem Eisenring an ihrem Gürtel.

»Du hast es wahrlich verdient, dass man dir eine Hand abhaut, das wohl! Welche sollte es sein, die rechte oder die linke?«

Nirka beobachtete das Geschehen besorgt. Hern'Sen konnte ein Dickschädel sein, der keinen Schritt zurückwich, ganz egal, ob er sich selbst damit schadete. In Norburg hatte er versucht, seine Freundin Phanta auf eigene Faust aus dem Schuldturm zu holen, und dabei zwei Stadtwachen verletzt. Er verstand zu kämpfen, aber an den Baum gebunden wäre ihm das unmöglich.

Nirkas Herz pochte. Was konnte sie tun, um ihrem Sippengenossen die Verkrüppelung zu ersparen? Sie schrie gegen ihren Knebel an. Hilfesuchend sah sie über die Schulter zu Zidaine. Die Gefährtin betrachtete das Geschehen stumm. Ihr ernster Blick kündete davon, dass sie sich alles genau einprägte, um ihren Entführern später nichts schuldig zu bleiben, aber für den Moment schien sie sich in ihre Lage zu fügen.

Also musste es anders gehen, Nirka musste ihren einzigen Vorteil preisgeben. Tief atmete sie durch die Nase ein und aus, richtete ihre Aufmerksamkeit nach innen, auf ihre Knochen, die Sehnen, die Muskeln, das Fleisch. All das musste *anders* werden, und zwar schnell!

»Glotz nicht so frech!«, keifte Krinala. »Glaubst wohl, ich mache nur Spaß! He? Glaubst du das? Aber ich bin keine Spaßmacherin. Werde dir beweisen, dass ich meine kleine Axt immer gut geschliffen habe.«

Nirka musste … Aber es würde Zeit brauchen. Nicht lange, aber *zu* lange für eine geübte Kriegerin wie Krinala.

»Heute nicht.« Sven hob den Schleier an und kam zu ihnen. »Lass gut sein, Krinala.«

»Der Bengel hat mich gebissen!«, protestierte sie.

»Ja, er hat Mut. Das kostet ihn das Morgenmahl, aber damit wollen wir es bewenden lassen.«

Dankbar sah Nirka zu ihm auf. Auch er hatte blaue Augen. Sie funkelten nicht so sehr wie die von Krinala, doch lag in ihnen eine Abgeklärtheit, wie sie nur ein Abenteurerleben mit sich brachte. Wie alt dieser Thorwaler wohl war? Dreißig? Ein oder zwei Jahre weniger? Mit Sicherheit war Sven jünger als Phileasson. Fünf Jahre mochte der Unterschied zu Nirka betragen.

Er sah sie etwas länger an, als nötig gewesen wäre, bevor er sich an Krinala wandte. »Sitzen seine Fesseln fest?«

»Das wohl«, gab sie patzig zurück. Sie betrachtete den Abdruck von Hern'Sens Zähnen in ihrer Hand.

»Gut. Dann steck ihm den Knebel wieder rein.«

Hern'Sen presste den Mund zusammen und drehte das Gesicht weg.

Sven seufzte. Er drückte den Kopf des Sairan-Hokke gegen den Baumstamm und hielt ihm die Nase zu.

Hern'Sen zappelte ein bisschen, aber gegen die Fesseln und den Griff des muskulösen Mannes kam er nicht an. Schließlich musste er den Mund öffnen, um Luft zu holen.

Wenig zartfühlend rammte Krinala den Knebel hinein.

Hern'Sen gurgelte.

Die Kopfgeldjägerin zog die Riemen fest.

»Ich mache hier weiter«, entschied Sven.

Beleidigt zog sich Krinala zurück.

Er nahm den Teller mit den Broten und den Wasserschlauch und kam zu Nirka. Fragend sah er in ihre Augen. Er hatte ein hartes, aber kein brutales Gesicht.

»Tut mir leid, diese Sache«, gestand er. Zu ihrer Überraschung benutzte er das Nujuka, die Sprache der Nivesen. Er musste sich lange im Land der Karene aufgehalten haben, sein Akzent war kaum auszumachen. »Wir sind keine Henker. Im Grunde haben wir auch nichts gegen euch. Es ist eben unser Geschäft, euch zu den Leuten zu bringen, die nach euch suchen lassen. Wenn wir es nicht täten, würden andere das Silber einstreichen.«

Da sie sich nicht rührte, löste er ihren Knebel.

»Brot?« Er schwenkte einen verführerisch duftenden Fladen vor ihrem Gesicht. »Ich habe ein paar Kräuter hineingemischt, wie meine Mutter es mir gezeigt hat.«

Es war seltsam, sich einen so kräftigen Mann als ein Kind vorzustellen, das eine Mutter hatte.

»Entweder, wir essen alle, oder keiner von uns«, verkündete Nirka stolz.

Als er den Fladen weglegte, sah er ehrlich enttäuscht aus. »Wenigstens einen Schluck trinken? Der Knebel muss deinen Mund austrocknen.«

Einen Herzschlag lang zögerte sie, nickte dann aber.

Vorsichtig setzte er den Wasserschlauch an ihren Mund. Er achtete darauf abzusetzen, bevor sie sich verschluckte.

»Noch etwas?«, fragte er.

»Vielleicht noch einen Schluck.«

Schmunzelnd setzte er neu an.

»Gut. Danke«, sagte sie. »Ich werde trotzdem bei der ersten Gelegenheit fliehen.«

Sein Schmunzeln wurde zu einem Grinsen. »Ich fürchte, eine solche Gelegenheit wird nicht kommen. Ich verliere meine Gefangenen ungern.«

Er löste die Verschnürung ihres Hemdes.

»Was soll das werden?«, fragte sie verärgert.

»Keine Sorge«, bat er, und durch die Art, wie er es sagte, wich ihre Unruhe tatsächlich der Neugier.

Er holte einen kleinen Tiegel aus einem Beutel an seinem Gürtel und zog den Korken heraus. Er nahm etwas Salbe auf die Kuppen von Zeige- und Ringfinger und verteilte sie auf dem Bluterguss an ihrer Schulter. Es fühlte sich kühl an.

»Damit es schneller abschwillt«, erklärte er.

Nirka kniff die Lippen zusammen. Sie wollte sich nicht noch einmal bei ihm bedanken. Immerhin war er ihr Entführer.

Aber sie tat ihm den Gefallen, den Mund freiwillig zu öffnen, als er den Knebel wieder hineinschieben wollte.

Misasümpfe,
neunzehnter Tag im Faramond

»Beorn darf uns behindern, aber nicht umbringen. So ist es doch?«, fragte Asleif Phileasson.

Vor ihm saß Shaya Lifgundsdottir in dem schmalen Boot. Die

Traviageweihte trug einen braunen Überwurf, damit das Orange ihrer Tracht sie nicht von ferne ankündigte. Der Umhang verrutschte beim Paddeln ein wenig.

Vascal della Rescati, der den Platz hinter Phileasson hatte, antwortete anstelle der Schiedsrichterin. »Wenn ich die Regeln, die die Oberste Hetfrau für diese Wettfahrt aufgestellt hat, richtig verstehe, bezieht sich das nur auf Beorn und dich. Nicht auf eure Ottajaskos.«

»Was sagst du dazu, Shaya?«, fragte Phileasson.

Sie tauchte das Paddel nicht so tief ein wie er, folgte aber dem gleichmäßigen Takt. Hier im Sumpf war der Unterschied zwischen Wasser und Land schwer zu bestimmen. Grasbüschel trieben an ihnen vorbei, und manche Pfützen erschienen viel tiefer, als sie waren. Die Mücken schwirrten überall. Manchmal in so dichten Schwärmen, dass man den Mund schließen musste, um keine von ihnen zu verschlucken, dann wieder als Einzeltäterinnen, die mit enervierendem Summen nahten. Nur Mirandola Ernathesa, die in einem Boot mit Irulla, Falnokul und Galandel die-von-Ometheon-singt paddelte, schlug noch nach den Plagegeistern.

»Es ist nicht gut, wenn Thorwaler einander töten«, meinte die Traviageweihte. »Das kann nicht der Wunsch der Obersten Hetfrau gewesen sein.«

»Darum geht es nicht!«, wandte Vascal ein.

»Nicht so laut«, mahnte Phileasson.

Sie wussten nicht, wie nah sie den Entführern waren. Jedenfalls hoffte Phileasson, dass es sich um Entführer handelte, nicht um Mörder. Hatte er einen Fehler gemacht, nicht auf Ohm Follker zu hören? Sollten die Angreifer nur ihn gefangen nehmen und alle anderen umbringen?

Er zuckte mit den Augenbrauen, um eine Mücke von seiner Stirn zu verscheuchen, ohne eine Hand vom Paddel zu lösen.

Jeder Mensch machte Fehler, und je mehr er wagte, desto höher wurde das Risiko. Wenn er eine Ottajasko führte, blieb es nicht aus, dass auch andere für seine Fehler zahlten. Phileasson wusste und akzeptierte das, aber er hoffte, dass dieser Preis in diesem Fall nicht der höchste für Nirka, Hern'Sen und Zidaine war. Anders als bei Ragnor.

Vier Boote hatten sie von den Bewohnern Rathelns geliehen. Obwohl damit nur noch eines im Weiler zurückblieb, hatte es keinen Widerstand gegeben. Dazu trug nicht nur das schlechte Gewissen der Dörfler bei, in deren Ort die Gäste so schändlich überfallen worden waren, sondern auch die beiden Pferde und die Ponys, die mit einem Teil der Ausrüstung als Sicherheit zurückblieben.

Kurz nach dem Aufbruch hatte Irulla eine Stelle entdeckt, an der in der Nacht noch zwei Boote auf dem schlammigen Ufer gelegen hatten. Das bestärkte die Hoffnung, auf dem richtigen Weg zu sein. Jetzt, zur Mittagszeit, da die hoch stehende Sonne den Sumpf zu einer Dampfbrühe machte, ermattete die Zuversicht. Von einem Bach mit einem klar sichtbaren Bett konnte schon lange keine Rede mehr sein. Sie paddelten durch dieses mückenverseuchte Gebiet, dem anscheinend sogar die Bäume entfliehen wollten. Sie drückten sich mit ihren Wurzeln aus dem Boden und schufen ein wahres Labyrinth unübersichtlicher Verästelungen. Hatte sich Praioslob beim Anblick der ersten Wasserschlange noch besorgt gezeigt, waren diese Tiere inzwischen jedem lieber als die Blutegel, die sich an den Blättern der Paddel festsetzten.

Falnokul redete wenig. Wenn er den Mund öffnete, dann meist, um auszuspucken. Ab und zu beorderte er die Boote zurück, um einen anderen Kurs zu versuchen, aber beinahe immer schien er sich der Richtung sicher zu sein, in der sie die Molochen finden würden.

Trotz der Widrigkeiten war Phileasson gespannt darauf, diese Sumpfleute kennenzulernen. Gelbe Haut sollten sie haben und blonde Haare, und sie sollten den Sumpf niemals verlassen. Das bedeutete, dass sie einen Weg kennen mussten, sich gegen die Mücken zu schützen, sonst hätten sie es hier keine Woche ausgehalten.

Und mit Schlafgiften mussten sie sich ebenfalls auskennen. Irulla war sicher, dass sie »vor dem Tod zurückscheuten und ihren Gegnern dieses Geschenk bewusst vorenthielten«, womit sie meinte, dass es wirklich nur darum gegangen war, die Ottajasko zu betäuben.

Das Sumpfgras rauschte, als Falnokuls Boot es an einer Stelle teilte, wo es so weit von den flachen Inseln wucherte, dass es einen geschlossenen Teppich über dem Wasser bildete. Sachte glitt der spitze Rumpf auf einen schlammigen Uferstreifen.

»Ab hier geht es zu Fuß weiter«, verkündete der Führer. »Ich schlage vor, dass wir die Boote ein Stück an Land ziehen und Wachen bei ihnen zurücklassen.«

»Wie weit ist es noch?«, fragte Phileasson.

Falnokul zuckte mit den Achseln. Auch in dieser schwülen Wärme trug er seinen Umhang, den breiten schwarzen Hut und sogar ein Tuch um den Hals. Er schwitzte wie ein Fisch in der Pfanne.

»Schwer zu sagen«, brummelte er. »Sie haben eine Nacht Vorsprung.«

»Und wo liegt ihr Dorf?«

»Bis dahin würden wir noch zwei Tage brauchen.«

»Zwei Tage?«, rief Phileasson mit unterdrückter Stimme.

»Länger, wenn wir uns unterwegs verirren«, gab Abdul el Mazar mit ungewohntem Ernst zu bedenken.

»Dazu wird es nicht kommen«, sagte Irulla. »Der Weg ist markiert.«

Falnokul sah sie an, aber wegen des Schattens, den sein Hut warf, erkannte Phileasson außer der geraden Linie seiner Lippen nichts von seinem Gesicht.

Statt einer Erklärung tippte Irulla mit ihrem Speer gegen einen verwachsenen Baum. In die Rinde war eine kreuzförmige Kerbe geschlagen.

»Ja, so markieren die Sumpfleute ihre Wege«, gab Falnokul zögerlich zu.

»Wir folgen diesen Zeichen schon seit Ratheln«, bemerkte Irulla.

»Und das werden wir auch weiterhin tun.« Falnokul zerrte sein Boot vollständig an Land. Offenbar ging es ihm gegen den Strich, dass die Fährtenleserin seine Kunst so leicht entzauberte.

Die Recken sicherten ihre Boote mit Leinen, nachdem man sie zehn Schritt weit auf einen Untergrund geschleift hatte, der in den Misasümpfen als »trocken« durchging.

»Wir werden uns nicht aufteilen«, entschied Phileasson. »Ich will unsere Kräfte zusammenhalten. Wir wissen nicht, wie stark der Gegner ist.«

Falnokul spie aus. »Deine Entscheidung.«

Sie schulterten die Rucksäcke und folgten dem Molochenpfad eine Stunde lang, dann sammelten sie sich auf einer sanften Anhöhe. Leider blieb der Boden schlammig, aber die dünnen Bäume mit der schwarzen, feucht glänzenden Rinde, die hier standen, waren so biegsam, dass Irulla ihre Äste mit schnellen Griffen verflechten konnte. Die anderen folgten der Anleitung der Spinnenfrau. Dadurch entstand so etwas wie ein schwankendes Netz mit ein wenig Abstand zum nassen Boden. Irulla warf ihren Rucksack hinauf und kletterte hinterher.

Phileasson reichte ihr als Erster die Hand und ließ sich hinaufhelfen. Der Untergrund wippte, aber er hielt und war trotz der feuchtheißen Schwaden trockener als der Boden.

Die Gefährten gesellten sich zu ihnen.

»Ich fühle mich wie in Riva, in Nivilaunis Schwitzhütte«, scherzte Ohm Follker.

»Und hier brauchen wir kein einziges Silberstück dafür zu bezahlen.« Phileasson lachte.

Ohm holte eine gebogene grüne Frucht aus seinem Beutel und biss hinein. »Diese Sumpfleute wissen gar nicht«, meinte er schmatzend, »wie gut sie es ...«

Er runzelte die Stirn und sah in die Richtung, aus der sie gekommen waren.

Der Dunst klebte in den Niederungen, sodass sie von ihrer Position aus halbwegs klare Sicht hatten. Über dem Sumpf, in der Richtung, aus der sie gekommen waren, stieg dicker schwarzer Rauch auf.

»Die Boote«, stellte Irulla fest.

»Hier entzündet sich nichts von allein«, murmelte Vascal. »Dieses Feuer hat jemand gelegt.«

»Vielleicht ist es ein Lagerfeuer?«, schlug Shaya vor.

»Dort brennt Öl«, widersprach Irulla. »Giftiger Qualm, der jeden Atemzug zu einer Einladung für den Tod machen würde.«

Schweigend sah Falnokul Phileasson an.

Er hatte einen Fehler gemacht. Aber seiner Ottajasko würde es nicht helfen, wenn er das eingestand. Sie brauchten Führung.

»Na also«, knurrte er. »Dann haben wir wohl jemanden aufgescheucht. Wir folgen der richtigen Spur, und bald werden wir unsere Recken zurückhaben, das wohl!«

Misasümpfe,
zwanzigster Tag im Faramond

Tylstyr Hagridson überlegte, ob die erste Stunde nach Mitternacht wohl schon vorüber war. Er wusste, wie man die Zeit an der Bewegung der Sterne am Zwölfgötterkreis vorbei ablas. Aber in dieser Nacht zogen viele Wolken über den Himmel. Nein, eigentlich war der Himmel hinter einer schwarzen Decke verborgen, durch die nur ein paar Löcher wanderten. Manchmal gewährten sie einen Blick auf Hammer und Amboss, das Sternbild, das diese Wochen beherrschte, manchmal auf den beinahe vollen Mond, aber nie ergab sich ein komplettes Bild.

»Am Ifirnsdag ist die Mada tot«, murmelte er ein Gedicht, das seine Mutter ihm beigebracht hatte, um die Mondphasen zu erlernen. »… die Woche drauf der Kelch zu sehn. Im Rad, da hat der Werwolf Not …« Ob es Werwölfe in diesen Sümpfen gab?

Er ging ein paar Schritte unter den Nestern, in denen die Gefährten schliefen. Die meisten hatten sich mit Leinen gesichert, deren Knoten sie mit einem Ruck aufziehen konnten.

»… doch das muss dann zum Helm vergehen«, beendete er das Gedicht. Nachdem der Mond in voller Pracht stand, würde seine untere Hälfte abnehmen und so der nächste Zyklus beginnen.

Im ewigen Eis hatten sie immer ein Kohlenfeuer gehabt, an dem sich die Wache wärmen konnte. Das war hier im Sumpf unnötig. Tylstyr vermisste nicht die Wärme, sondern das Licht. Ein beruhigendes rotes Glühen, nicht zu hell und so tief in der Schale, dass ihr Rand es verbarg, wenn man ein paar Schritt entfernt stand. Und doch ein Zeichen, dass man nicht allein war.

Tylstyr schüttelte den Kopf. Er war auch jetzt nicht allein. Ein Ruf, und die Gefährten stünden an seiner Seite. Und Mirandola Ernathesa wachte sogar gleichzeitig mit ihm.

Trotzdem fühlte er sich in diesem Moment einsam. Daran änderte auch nichts, dass ein Tier im Gebüsch raschelte. Inzwischen war Tylstyr erfahren genug, um sofort zu entscheiden, dass es nicht größer sein konnte als eine Ratte. Keine Gefahr.

Ob Zidaine jetzt wohl …

Er durfte sich nicht in den Gedanken an sie verlieren! Phileasson würde alles tun, um sie zu befreien, und Tylstyrs Rolle dabei bestand im Moment darin, das Lager zu bewachen. Eine Aufgabe, die er gewissenhaft erfüllen musste!

Der Magier unterstützte seine Schritte mit dem Zauberstab, als er seine Runde fortsetzte. Eigentlich hatte er jetzt den weiten Bogen laufen wollen, bis an den Tümpel und dann vorbei an dem halb vermoderten Baum, aber er entschied sich, quer durch das Lager abzukürzen und nach Mirandola zu sehen. Sie mussten sich ohnehin ab und zu treffen, um sicherzugehen, dass keiner von ihnen in die Hand ihrer Feinde gefallen war.

Er erreichte den moosbewachsenen Stein, an dem sie immer wieder zusammenkamen. Mirandola war nicht hier, aber das hatte nichts zu sagen. Auch sie variierte ihre Wege, und die Zeiten, zu denen sie sich begegnen wollten, waren wegen der Wolken schwer zu schätzen.

Tylstyr lehnte sich auf den Stab und sah in den Himmel. Wenigstens die Sterne folgten überall dem gleichen Jahreslauf, jedenfalls, was die Zeitspanne anging, die einem Menschenleben zugemessen war. Früher hatte es andere Sternbilder gegeben, lehrte man an den Magierakademien. Tylstyr glaubte das, die Gemälde im uralten Himmelsturm legten es nahe. Es bedeutete auch, dass sich die magischen Ströme wandelten, die astrale Kraft, die das Zaubern ermöglichte.

Er fühlte einen Stich in den Hals und schlug nach der Mücke. In der Nacht kamen die Blutsauger seltener, aber ganz gaben sie ihr Reich nicht auf. Er rieb mit der Hand, um sicher zu sein, das Biest zu zerquetschen.

Der Hals fühlte sich nackt an, ohne die Kette aus Möwenknöchelchen, die er so lange getragen hatte. Vielleicht sollte er sich einen anderen Schmuck zulegen. Eine Fluke an einem Lederband, wie viele Thorwaler sie trugen, um sich daran zu erinnern, dass Swafnir Tapferkeit in der Fremde erwartete.

Schmatzende Schritte kündigten an, dass sich jemand näherte. Wenigstens konnte sich niemand anschleichen. Außer Irulla vielleicht. Oder Zidaine. Die bewegte sich lautlos wie ein Schatten, wenn sie wollte. Vor Festum hatte sie sich manchmal einen Spaß daraus gemacht, Tylstyr zu erschrecken. Seit sie Tjorne gefesselt, mit einer Paste eingeschmiert und den Krebsen überlassen hatte, verzichteten sie auf Neckereien, und seit Skorpsky respektierte sie seinen Wunsch, für sich allein zu erforschen, was er wollte. Wenn es nach den Gefühlen ging, die er empfand, seit er sie entführt wusste, war die Sache klar. Tylstyr vermisste sie, und bei dem Gedanken, dass ihr etwas Ernstes zugestoßen sein könnte, wurde ihm übel. Aber er hatte Angst, mit ihr zu sprechen. Was gab es zu sagen? Jedes Wort barg die Gefahr, alles zu zerstören, was es noch an Brücken zwischen ihnen gab.

Er sah jetzt einen Schattenriss aus Richtung Lager nahen.

Wenn Zidaine und er miteinander redeten, müssten sie auch über Stainakr sprechen. Aber das Verbrechen, das man ihr im Mädchenalter angetan hatte, war unaussprechlich. Einen ganzen Winter lang. Wie könnte er ihr die Rache absprechen, die sie übte?

Und doch auch nicht übte. Sie hatte auf den Stich in Tjornes Hals verzichtet, und sie hatte Tylstyr verraten, wo er seinen Freund hatte finden können.

Ob er wohl noch in Festum war? Oder hatte er sich auf den

Heimweg nach Thorwal gemacht? Ohne Silber war das sicher schwierig. Doch Tjorne war ein erfahrener Seemann, bestimmt heuerten die Kapitäne ihn gern an, wenn sie ins Perlenmeer hinausfuhren. Er hatte wohl eine abenteuerliche Reise vor sich, nicht so heroisch wie Phileassons Ottajasko, aber vielleicht würde ein Skalde auch über ihn eine Saga dichten. Tylstyr wünschte es ihm.

Nicht Mirandola kam zu ihm, sondern Falnokul. Der Hut verfremdete seine Kopfform. »Bist du allein?«, fragte der Elf.

»Sie kommt gleich«, sagte Tylstyr. »Willst du die nächste Wache übernehmen?«

Falnokul führte die Hand zum Gesicht, vielleicht, um eine Mücke fortzuwedeln. »Bist du schon müde?«

Ja, gestand Tylstyr sich ein. Die Bootsfahrt und der anschließende Marsch durch den Sumpf hatten ihn ausgelaugt, und Reste des Schlafgifts mochten auch noch in seinen Adern kreisen. Er fühlte sich tatsächlich sehr müde.

Misasümpfe,
zwanzigster Tag im Faramond

Es war zwar eine demütigende Erfahrung, an einen Baum gefesselt auf einer Kiste zu sitzen, aber anstrengend war es nicht. Nirka veränderte oft die Lage der Beine, damit sie nicht einschliefen. Sven kam etwas häufiger, als nötig gewesen wäre, und prüfte die Schwellung an ihrer Schulter. Es schmerzte noch, wenn sie die Achsel hochzog, aber ansonsten wäre der Arm wohl wieder einsatzbereit gewesen, wenn man ihre Hände nicht hinter dem Stamm gefesselt hätte. Da machte auch Sven nur Zugeständnisse, wenn Nirka sich erleichtern musste, und dabei kettete man sie an Krinala, der Halbelfe, fest.

Gemessen daran, dass sie Gefangene waren, hatten sie keinen Grund zur Klage, fand Nirka. Sie bekamen sogar das gleiche Essen wie ihre Entführer. Am Abend hatte sich Nirka füttern lassen, damit auch Zidaine Barazklah ihren Stolz überwand. Sie sprach zwar nur davon, wie sie um sich geschlagen, getreten und gebissen hatte, aber offensichtlich hatte sie auch eine Menge eingesteckt. Die linke Schulter hatte man ihr erst im Lager wieder eingekugelt und behandelte sie jetzt mit derselben Paste, die Sven auch bei Nirka benutzte, nur dass der Anführer diese Aufgabe bei Zidaine nicht selbst übernahm. In Zidaines Gesicht zeigte die Arznei bereits Wirkung, dort gab es keine Schwellungen mehr, nur noch dunkle Flecken.

Wenn ein Windstoß den Saum des Schleiers, der ihre Baumgruppe wie ein Zelt umgab, auf eine Wurzel oder ein Büschel Gras hob und so eine Lücke am Boden ließ, zogen ihre Wächter ihn sogar wieder zurecht. Beinahe als befürchteten sie, das bisschen Blut, das die Mücken ihnen absaugen könnten, würde den Wert der Gefangenen mindern.

Immer wieder sah Hern'Sen zu Nirka herüber. Wenn sie sprachen – also wenn man ihnen die Knebel für ein paar Momente abnahm –, unterhielten sie sich über Belangloses, und manchmal erfanden sie auch Geschichten von einem Geleitbrief eines bornischen Barons oder einem Söldnerführer, der Phileassons Ottajasko in Vallusa erwartete und bestimmt einen Suchtrupp aussandte. Hern'Sens eigentliche Bitte lag in seinem Blick: »Befreie uns, Nirka.«

Der junge Mann war kein Feigling, er zauderte nicht, wenn es galt, sich einer Gefahr zu stellen. Aber wenn er nicht mehr weiterwusste, richtete er seine Zuversicht auf Nirka. So war es, seit sie sich erinnern konnte. Seit Kuljuk sie im Schneesturm gefunden und als Tochter angenommen hatte. Hätte sie unter anderen

Umständen erwogen, sich in ihr Schicksal zu fügen, so machte Hern'Sens Vertrauen das unmöglich.

Sie durfte nicht übereilt handeln, aber jetzt schien die rechte Zeit gekommen zu sein. Oder war das eine List der Kopfgeldjäger, die herausfinden wollten, über welche Möglichkeiten ihre Gefangenen verfügten?

Nur noch Gowin befand sich im Lager. Der dürre Kerl mit dem fettigen Haar trug einen Hut mit einem feinmaschigen Netz, um sein Gesicht vor den Mücken zu schützen. Das war eine der Möglichkeiten, die die Kopfgeldjäger anwendeten. Sven schmierte sich stattdessen mit einem würzig riechenden Öl ein. Makabererweise erinnerte das Nirka an die Oger, von denen Firutin oft erzählte, als wolle er sich als Braten für die Menschenfresser vorbereiten.

Aber vor ein paar Stunden, kurz nach Einbruch der Dunkelheit, hatte Sven mit den anderen das Lager verlassen. Er hatte alle seine Äxte mitgenommen, also hatte er etwas vor, und dabei ging es sicher nicht darum, Holz zu schlagen.

Gowin war noch immer allein, als Nirka erwachte, weil er ihre Fesseln kontrollierte. Das tat er auch bei den anderen, bevor er sich wieder zurückzog.

Offenbar hatte er ein kleines Tier gefangen und gehäutet. Er schnitt den Bauch auf, puhlte mit den Fingern die Innereien heraus und warf sie in den Sumpf. Dann spießte er seine Beute auf einen spitzen Stock und steckte diesen schräg in den Boden, sodass er über die Feuerstelle ragte. Er mied das Lagerfeuer, das zwar nur noch verhalten glühte, mit dieser Helligkeit jedoch noch immer die Mücken anlockte.

Nirka bezweifelte, dass die Hitze ausreichte, um das Fleisch zu garen. Aber Gowin würde ihr sicher ohnehin nichts abgeben. Die anderen foppten Sven bereits wegen der zuvorkommenden Art, mit der er dieser speziellen Gefangenen begegnete.

Gowin musste sich nicht nur um die Gefesselten kümmern, sondern auch die Ausrüstung der Kopfgeldjäger im Auge behalten. Das war der einzige Schwachpunkt, den Nirka in Svens Organisation erkannte. Ein paar Bündel lagen in der Nähe des Lagerfeuers, aber andere bewahrten sie in den Booten auf, ein Stück abseits an einem Bachlauf. Sie sollten wohl trocken bleiben, und darunter waren auch Lebensmittel, deren Geruch Tiere anlocken mochte. Also sah Gowin dort von Zeit zu Zeit nach dem Rechten.

Das war Nirkas Gelegenheit.

Sie blickte zum beinahe vollen Mond auf, aber wegen der vielen Wolken konnte sie ihn nur selten erkennen, und der Schleier vernebelte ihn. Doch das musste nicht überall so sein. Hier in den Misasümpfen gab es offenbar keine Wölfe, zumindest hörte Nirka kein Geheul. Aber weiter im Norden, im Land der Nivesen, würden sich die Rudel jetzt versammeln, um gemeinsam zu jagen. In den Wäldern, auf den Steppen, in den Hügeln. Dort würde ihr Gesang erklingen, in diesem Moment. Sie würden die Schale anheulen, die Madas erschlagene Welpen über den Himmel trug, und die Vereinigung mit ihren himmlischen Geschwistern suchen. Wie gern wäre Nirka jetzt bei ihnen gewesen, als eine Wölfin unter Wölfen …

Es fiel ihr schwer, den Wunsch nach diesem Teil ihres Wesens zugleich anzufachen und gerade genug zurückzuhalten, damit nichts geschah, was Gowin hätte auffallen können. Immer wieder sah der Wächter zu ihnen herüber. Nirka senkte das Kinn auf die Brust und stellte sich schlafend, obwohl sie innerlich aufgewühlt und hellwach war.

Gowin prüfte das Tier auf dem Stecken und brummelte unzufrieden. Noch einmal sah er zu den Gefangenen, dann wandte er sich ab und schritt Richtung Bach.

Jetzt musste es schnell gehen!

Nirka suchte die Wölfin in sich. Sie spannte ihre Muskeln an, zog an den Fesseln und zischte die Wut, die in ihr anwuchs, in den Knebel. Bald quoll daneben Schaum aus ihrem Mund, und sie schmeckte Galle. Unwillkürlich öffnete sie die Kiefer, die ihr nun kümmerlich vorkamen, und hechelte. Ihr Mund war jetzt zu groß für den Knebel.

Ein Rauschen erfüllte ihre Ohren. Sie glaubte auch, ein Knacken zu hören. Das war gut, sehr gut!

Nirka spürte, wie sich die Knochen in ihren Schultern bewegten. Sie wollte die Arme nach vorn bringen, aber die Kette hinderte sie daran. Sie winselte enttäuscht, ließ jedoch nicht zu, dass die Verwandlung stoppte. Im Gegenteil, sie trieb sie weiter voran, dachte daran, wie der Wind in ihr Fell fuhr und wie Sinne erwachten, die für die Nacht ausgelegt waren.

Sie stellte die Füße auf die Kiste, stand auf und versuchte, ihr Gesäß durch die Öffnung zwischen den Armen zu schieben, um so über die gefesselten Hände zu steigen. Es gelang nicht gut, sie schaffte es lediglich, dass sich der Stamm nun mehr links als hinter ihr befand, und das auch nur, weil sie den rechten Arm schmerzhaft verdrehte. Sie knurrte, obwohl sie es nicht wollte. In der Nacht trugen Geräusche weit, und Gowin durfte sie nicht hören!

Ihre Muskeln verkrampften, vor allem die großen, in den Oberschenkeln, in den Armen, im Bauch. Aber die waren nicht so wichtig. Zuerst ging es um die Hände.

Mit konzentrierter Willensanstrengung öffnete Nirka die Fäuste. Sie lehnte sich vor, obwohl das schmerzte. Das spielte keine Rolle. Nein, es war sogar gut. Es weckte ihren Instinkt. Sie musste sich gegen diese Pein wehren!

Aber auf die richtige Weise. Nicht blindwütig. Sie war auch

ein Mensch, gesegnet mit einem Verstand, der planen konnte. Der Rausch der Verwandlung drohte ihn wegzuspülen, als sich Nase und Mund in einer Schnauze vorschoben und die Ohren wuchsen. Sie kaute auf den Lederbändern, die den Knebel hielten, und bald fiel er aus ihrem Maul. Zwischen ihren hechelnden Atemzügen hörte sie bereits besser als vorher. Aber auch das war jetzt unwichtig. Es ging nicht um überlegene Sinne, es ging um Freiheit! Und die konnte sie nur in den Händen erlangen, darauf musste sie sich konzentrieren.

Das weiße Fell kitzelte, als es aus den Poren wuchs. Nirka war nicht nackt, und das stellte ein weiteres Problem dar, aber darum würde sie sich später kümmern. Die Hände, zuerst die Hände!

Mehrfach versuchten die Arme, ihre neue Position unter dem Körper zu erreichen, und die aus dem Steiß wachsende Rute drückte bereits gegen den Hosenboden. Die Knie verschoben sich, sie konnten sich zugleich umwandeln, anders als die Arme, bei denen der rechte quer über dem Rücken lag.

Sie witterte den Sumpf, die Fäulnis, aber auch das Sprießen, das wimmelnde Leben um sie herum. Den dünnen Rauch, der noch immer vom Feuer aufstieg, beinahe völlig verdeckt vom Blutgeruch des gehäuteten Kleintiers.

Blut.

Jagd.

Beute.

Sie heulte, und erst nach zwei Herzschlägen, die noch mehr Kraft in ihren Körper pumpten, konnte sie davon ablassen.

Aber der Wille, eine Wölfin zu werden, setzte sich jetzt durch. Der rechte Arm brannte wie Feuer, doch am linken wurde die Hand zu einer Pfote.

Ungeduldig riss sie an den Fesseln, und endlich rutschte sie Eisenschelle ab. Frei! Sie war frei!

Auf ihren Beinen, halb Wölfin und halb Frau, konnte sie ihr Gleichgewicht nicht halten. Sie fiel von der Kiste auf den weichen Sumpfboden. Die Kette, die noch immer um ihre rechte Hand lag, klirrte.

Aus dem Augenwinkel sah sie Zidaines Gesicht. Die dunkel gekleidete Fechterin musterte sie mit kalter Faszination.

Jetzt ging die Verwandlung schneller. Hüfte, Beine ... die Hose machte weniger Probleme als befürchtet, sie rutschte einfach ab, die wollene Unterwäsche zerriss. Sie brachte die Arme vor die Brust, versuchte, die Tunika über den Kopf zu zerren, aber dafür war es zu spät. Sie hatte keine Hände mehr, und die Krallen standen in einem ungünstigen Winkel. Das Kleidungsstück umhüllte sie wie ein Sack, in den man ein Loch für den Kopf geschnitten hatte.

»Bei Firuns eisigem Arsch!«, fluchte Gowin. Er hatte den Schleier angehoben, jetzt zog er den Streitkolben aus dem Eisenring am Gürtel. Die Waffe bestand aus einem unterarmlangen Stab, gekrönt mit einer durch platte Nägel verstärkten Holzkugel.

Nirka wollte ihn anspringen, verhedderte sich jedoch in der Tunika. Enttäuscht jaulend prallte sie gegen den Bauch des Gegners.

Immerhin war sie dadurch zu nah an ihm, als dass er den Streitkolben effektiv hätte einsetzen können. Er traf sie nur mit dem Stab.

Das reichte, um ihre Wut weiter anzustacheln. Ihre Fänge schlossen sich um sein Fußgelenk. Gnadenlos biss sie zu und riss ihn um.

Sofort war sie über ihm und schnappte nach dem Gelenk der Waffenhand. Sie bekam es nur mit den vordersten Fangzähnen zu fassen, nicht mit dem gesamten Maul, aber das genügte. Sie rüttelte es hin und her, bis der schreiende Mann den Streitkolben fallen ließ.

Sie schmeckte sein Blut.

Sein Hals lag vor ihr.

Er war kein Gegner mehr. Er war Beute.

Nirka stellte die Pfoten, die noch immer in den zu langen Ärmeln der Tunika steckten, auf seine Brust. Sie witterte seine Angst. Das wunderte sie nicht, er fürchtete sich sogar vor Mücken, wie das Netz an seinem Hut bewies.

Aber es wäre schlecht, ihn zu töten, mahnte eine Stimme in ihr. Sie wusste nicht, woher sie kam, doch sie klang vertraut. Nirka musste sie schon früher vernommen haben, und sie hatte ihr stets gut geraten.

Aber er war doch Beute! Sie musste nur zubeißen, um ihn zu erlegen.

Wölfinnen töteten nicht, nur weil sie es konnten, mahnte die Stimme. Hatte sie etwa Hunger? Wurde sie bedroht? Oder ihr Rudel?

Unentschlossen schwenkte Nirka den Kopf zu den beiden gefesselten Menschen. Ein Mann und eine Frau, deren Witterung ihr wohlvertraut war. Sie gehörten zu ihrem Rudel, auch wenn sie Menschen waren, und sie waren gefangen, vermochten sich nicht selbst zu befreien. Nirka knurrte.

»Ich kann sie losmachen!«, rief die Beute mit sich überschlagender Stimme. »Das werde ich tun. Mit dem Schlüssel. Er hängt an meinem Gürtel.«

Misstrauisch verlagerte Nirka das Gewicht auf die Hinterläufe.

Der Mann bewegte seine linke Hand, die unverletzte. Die andere blutete, zwar nicht stark, aber das Blut fachte Nirkas Jagdtrieb an. Wie ungerecht, dass sie sich so kurz vor der Erfüllung zurückhalten sollte!

Wer verlangte das überhaupt?

Besänftigend, als ob sie auf ein Kind einredete, sprach die Stimme in ihrem Inneren. Geduld … Geduld führte zum Ziel.

Doch welches Ziel war das, wenn nicht, Beute zu machen?

Gemeinschaft. Das Rudel. Ohne das Rudel war die Wölfin nichts. Das Rudel stand immer an erster Stelle.

Nirka roch noch immer die Angst der Beute. Würde sie versuchen zu fliehen?

Der Mann schwenkte einen Eisenring vor ihrer Schnauze. Kleine Eisenstäbe klapperten daran. »Die Schlüssel«, erklärte er. »Ich werde die Fesseln lösen.«

Nirka verstand nicht genau, was er damit meinte, aber seine Worte hatten einen angenehmen Klang.

Sie nahm die Pfoten von seiner Brust und stellte sich über den Streitkolben. Jetzt, da der Rausch des Kampfes nachließ, wuchs der Schmerz in ihrer Seite, wo er sie getroffen hatte. Sollte sie ihn dafür bestrafen?

Aber er blutete ja bereits, am Handgelenk und auch am Fuß. Auf allen vieren kroch er zu dem jungen Gefangenen.

Nirka sog seine Witterung tief ein. Sie kannte ihn schon lange, viele Jahre. Hern'Sen, das war sein Name. Er achtete kaum auf den Mann, der sich an seinen Fesseln zu schaffen machte. Er sah nur Nirka an.

Er stand auf, rieb seine Handgelenke, löste die Schnallen an seinem Hinterkopf und warf den Knebel fort. »Lass mich das machen«, forderte er die Beute auf, die ihm daraufhin die Eisenteile gab. Hern'Sen ging zu der Frau.

Bei ihr dauerte es länger, weil sie zusätzlich mit Seilen gefesselt war.

Nirka stellte sich vor, wie sie das Blut aus den Wunden der Beute leckte. Aber irgendwie erwartete sie nicht, dass es schmackhaft wäre. Menschen hatten viel Gift in ihren Körpern.

Trotzdem wuchs die Angst des Mannes weiter an. Er lehnte mit dem Rücken an der Kiste, auf der Hern'Sen gesessen hatte, schwitzte, und hob das verwundete Handgelenk, wobei er den Unterarm abdrückte.

Sein Blut roch interessant, aber der Wind trug noch eine andere Witterung heran, ebenfalls von Zweibeinern. Nirka drehte die Ohrmuscheln in die Richtung. Jemand rief etwas. Dort kamen mehrere Menschen, und den Duft von wenigstens einem kannte sie. Sie reiste seit einigen Monden mit ihm. Sein Name war … Tylstyr, und er vollbrachte seltsame Dinge.

Nirka überlegte, ob sie ihm entgegenlaufen sollte, begab sich aber doch zur Gefesselten und half, die Seile loszuzerren.

»So, Bürschchen!«, grollte die Frau, die Nirka gern mochte, eine enge Rudelgefährtin, Zidaine hieß sie.

Sie stapfte zu dem sitzenden Mann und versetzte ihm einen kräftigen Tritt seitlich gegen den Brustkorb.

»Ihr hattet eine Menge Spaß mit uns, was?« Noch einmal trat sie zu.

Der Mann fiel wimmernd auf die Seite.

»Jetzt haben wir ein bisschen Spaß. Wie gefällt dir das? He? Lach doch, das macht doch Freude!«

Hern'Sen stand unschlüssig daneben, während Zidaine die Beute trat und trat.

Nirka stieß ein vorsichtiges Heulen aus und machte ein paar Schritte auf die Gruppe zu, die sich mit Tylstyr näherte. Sie sah jetzt Laternenschein.

Hern'Sen bemerkte das Licht ebenfalls. »Wir müssen los«, stellte er fest. »Schnell. Sie kommen zurück.«

Wer kam zurück? Das war Tylstyr, aber Nirka roch auch andere, und diese Witterung war ihr nicht gänzlich fremd. So deutlich hatte sie den Duft noch nie aufgefangen … würzig …

»Erst holen wir unsere Waffen«, verkündete Zidaine. »Wo habt ihr sie hingeschafft, Dreckskerl?« Noch einmal trat sie zu.

»… Boote«, brachte er ächzend hervor. Seltsamerweise roch Nirka, dass seine Angst nachließ. Das mochte daran liegen, dass seine Freunde nahten, oder daran, dass er es eher gewohnt war, von einem Menschen getreten, als von einer Wölfin gebissen zu werden.

Nirka stellte ihr Nackenfell auf und knurrte.

»Ich glaube, für die Waffen fehlt uns die Zeit«, meinte Hern'Sen. Er begriff schnell.

Zidaine strich sich mit den Händen durchs Gesicht und schob dabei das schwarze Haar aus den Augen. Mit zusammengezogenen Brauen musterte sie die sich nähernden Lichter. »Ich will meinen Dolch wiederhaben«, murmelte sie.

Hern'Sen hob derweil schon den Schleier an, der die Gefangenen vor den Mücken geschützt hatte. Nirka lief durch die Öffnung, aber die Tunika behinderte sie noch immer. Hern'Sen half ihr hinaus.

Widerstrebend folgte Zidaine ihnen in die Dunkelheit abseits des Lagers.

Wegen der Laternen waren ihre Gegner gut zu sehen, bis das wohl auch ihnen auffiel und sie die Lampen löschten. Bis dahin hatte Nirka Tylstyr aber bereits ausgemacht. Er trug einen Metallhelm, geformt wie ein Baumstumpf, der seinen gesamten Kopf bis zu den Schultern bedeckte. Ein waagerechter Schlitz gewährte ihm Sicht, durch ein paar Löcher darunter bekam er Luft. Seine Hände waren mit Schellen auf den Rücken gefesselt.

Befriedigt stellte Nirka fest, dass sie wieder klarer denken konnte. Nach der Verwandlung kehrte ihr menschlicher Verstand zurück.

Ihre Gegner – die Kopfgeldjäger mit ihrem Anführer Sven, wie Nirka sich jetzt erinnerte – waren sehr aufgeregt wegen der verletzten Wache. Dennoch blieb nur einer bei dem Verwundeten, die anderen sicherten nach außen. Ihre Sicht war jedoch schwächer als die einer Wölfin.

»Wie kriegen wir ihn da raus?«, flüsterte Hern'Sen.

»Ohne Waffen?«, ätzte Zidaine. »Schwierig.«

An den Booten stand Krinala. Nirka hätte sich ungern näher herangewagt, wer wusste schon, wie gut die Augen der Halbelfe in der Dunkelheit sahen?

Sie knurrte leise und schwenkte den Kopf Richtung Sumpf.

»Was hast du?«, fragte Hern'Sen.

Tylstyrs vertraute Witterung lag noch in der Luft, auch auf dem Weg, den er gekommen war. Sie mussten ihr nur zurückfolgen, um zum Rudel ... zur Ottajasko zu finden. Dort gab es Hilfe. Und Waffen.

Aber nicht Zidaines Dolch. Nirka wusste, wie viel er ihrer Freundin bedeutete.

»Sollen wir dir folgen?« Hern'Sen begriff wirklich schnell.

Sie machte ein paar Schritte und sah sich um.

Die anderen akzeptierten sie als Leitwölfin.

Misasümpfe,
zwanzigster Tag im Faramond

Asleif Phileasson ging mit Irulla voran. Er sah sofort, dass der Ort gut gewählt war.

Rechts wucherte Dornengestrüpp so hoch und dicht, als hätte jemand eine Hecke angepflanzt, um seinen Grund zu schützen. Voraus war der Weg schlecht einzusehen, gut platzierte Schlingpflanzen verdeckten beinahe den Tümpel, bei dem Phileasson darauf wettete, dass eine Durchquerung für einen Gerüsteten unmöglich wäre. Rechter Hand standen Bäume, zuvorderst ein

Riese mit zernarbter Rinde, der auch in die Wälder Thorwals gepasst hätte. Wäre der Stamm nicht so krumm gewesen, hätte er sicher gutes Schiffsholz gegeben, hart genug, um sich eine lange Zeit in diesen Sümpfen zu behaupten. Schade, dass er wohl nahe dem Boden, wo Buschwerk es verdeckte, angesägt war. So jedenfalls hätte Phileasson es gemacht, mit einem Fallkeil zur Sicherheit. Dahinter kamen leuchtend grüne Sträucher, die aber kaum Dornen hatten. Eigentlich standen sie nicht so dicht, wie es schien, man hatte anderswo Zweige abgeschnitten und hierhergebracht, um die Deckung zwischen den dünnen Sumpfbäumen zu vervollkommnen. Phileasson fragte sich, ob er die abweichenden Farbtöne auch ohne Irullas Hinweis entdeckt hätte.

Er schüttelte den Kopf. Diese Überlegung war müßig, es gab Bedeutenderes zu regeln.

Er drehte sich halb um. »Hast du die Angeln?«, fragte er Leomara della Rescati.

Stolz, eine wichtige Aufgabe übertragen bekommen zu haben, brachte das Mädchen ihm die beiden Ruten. Fäden waren daran gebunden, an denen umgebogene Nägel hingen. Darauf steckten fette Fliegen. Eine hatte Irulla gefangen, die andere Orkengriff. Die pelzige Spinne betrachtete sich anscheinend schon als Teil der Ottajasko, sie hatte das Insekt widerstandslos herausgerückt.

»Ihr könnt jetzt rauskommen!«, rief Phileasson.

Nichts rührte sich.

Der Wind raschelte im Laub. Es war einigermaßen trocken, im Gegensatz zum Boden, wo noch ständig die Nässe hochdrückte.

»Wir können natürlich auch den ganzen Tag hier herumstehen«, rief Phileasson, »aber das bringt weder uns noch euch weiter. Ich denke, wir alle haben den Mücken inzwischen ausreichend Blutzoll abgeleistet, was meint ihr? Ich jedenfalls habe genug von den Sümpfen, das wohl. Na los, kommt jetzt raus!«

Nun kam Bewegung in das Buschwerk auf der rechten Seite. Sie waren zu sechst, drei Frauen und drei Männer, wie Zidaine berichtet hatte. Die Halbelfe erkannte er sofort an den spitzen Ohren, aber besonders interessierte ihn der Thorwaler.

Erstaunt stellte er fest, dass er diesem bereits begegnet war. »Du! Ich habe dich in Norburg gesehen. Du standest in der Menge, als man das Urteil über Phanta und Hern'Sen gesprochen hat.«

Der breitschultrige Mann grinste, wodurch die beiden Spitzen seines Kinnbarts zitterten. »Die Ehre, den berühmten Foggwulf zu jagen, konnte ich mir unmöglich entgehen lassen.«

»Das wohl!« Phileasson lachte. »Sven Gabelbart, nicht wahr?«

»So nennt man mich.«

»Wunderbar.« Er gürtete sein Schwert ab und gab es Irulla. »Lass deinen Plunder da, bevor sich noch jemand daran schneidet. Wir gehen angeln.«

Fragend sah Sven ihn an.

Phileasson wedelte mit den Ruten. »Angeln. Fische aus dem Wasser ziehen. Schon mal davon gehört?«

Grinsend zog Sven seine Waffen aus Scheiden und Ringen, um sie an eine Frau mit warzenübersätem Gesicht weiterzureichen. Diese sah gar nicht glücklich aus, aber Phileasson wusste seine gesamte Ottajasko hinter sich. Mit Ausnahme von Tylstyr, natürlich.

»Der Gedanke an frisches Essen gefällt mir«, sagte Sven im Näherkommen.

»Du darfst dir aussuchen, welche Rute du haben willst.«

Der blonde Mann nahm eine. Seite an Seite schritten sie zu einem halbwegs klaren Bach, an dem ein Baum umgekippt war. Sie setzten sich auf die Decken, die bereits darüber gebreitet lagen, und warfen die Angeln aus.

»Mit Ohm mache ich das auch gern«, erzählte Phileasson.

»Dem Skalden?«, fragte Sven.

»Du kennst meine Ottajasko gut.«

»Ich weiß immer gern, mit wem ich es zu tun habe. Man sagt, dass er genauso sicher Dolche zu schleudern versteht, wie er die Leier zupft.«

»Er hat einmal ein Großmaul aus einem Schildwall genommen. Hat zwischen Wangenklappe und Schildrand genau in den Hals getroffen.«

Sven sog die Luft ein. »Klingt endgültig.«

»War ein böser Bube, nicht schade drum.«

»Was hat er angestellt?«

»Im Schildwall stand er, weil seine Ottajasko uns das Plündergut abnehmen wollte«, erzählte Phileasson. »Den Dolch hat er abbekommen, weil er meinte, Ohm hätte eine Strophe des Jurgalieds vergessen.«

»Das werde ich mir merken.«

»Das ist ein kluger Vorsatz.«

Sie bewegten die Angelschnüre ein wenig im Wasser. Schwimmer wären gut gewesen, aber sie konnten kein Kork erübrigen. Was sie hatten, brauchten sie, um die Trinkschläuche zu verschließen.

»Ich fange an, deine Gesellschaft schätzen zu lernen«, behauptete Phileasson. »Aber was verschafft uns eigentlich die Ehre?«

»Das kann ich dir zeigen.« Sven griff zu einer Tasche, die er an der Seite trug.

Hinter ihnen räusperte sich Zidaine Barazklah.

»Schon in Ordnung«, meinte Phileasson. »Unser Freund kann zählen. Er weiß, dass wir seinen Leuten dreifach über sind.«

Bedächtig zog Sven ein Lederetui heraus, öffnete es und gab Phileasson einen Packen zusammengelegter Pergamente.

Der Drachenführer klemmte die Angelrute in die Ellbogenbeuge, entfaltete sie auf seinen Oberschenkeln und blätterte sie durch.

»Wir sind gar nicht schlecht getroffen«, meinte er. »Wer hat die gezeichnet?«

Jedes Pergament zeigte einen Kopf, darüber stand der jeweilige Name, und darunter war jeweils eine Belohnung hinter »tot« und eine hinter »lebendig« angegeben. »Lebendig« gab deutlich mehr Silber. Asleif Foggwulf Phileasson lag ganz oben, und dass jemand »gefährlich« an den Rand gekritzelt hatte, gefiel ihm gut. Danach kam Hern'Sen, der noch mehr wert war als Phileasson, obwohl neben seinem zernarbten Gesicht der Zusatz fehlte. Am zweitmeisten brachte Tylstyr Hagridson, der außer dem »gefährlich« auch noch den Vermerk »Brandstifter« hatte. Phanta war dabei, Crottet und Nirka.

»Die hat der Stadtrat von Norburg in Auftrag gegeben«, berichtete Sven.

»Wirklich hübsch«, urteilte Phileasson. »Darf ich die behalten?«

»Lieber nicht. Ich zeige sie gern vor, wenn eine Stadtwache fragt, ob sich meine Gefangenen rechtmäßig in meinem Gewahrsam befinden.«

»Verstehe.« Phileasson gab die Steckbriefe zurück. »Norburg also.«

»Ja. In der hölzernen Stadt ist man ziemlich eingeschnappt wegen des Spaßes, den ihr euch dort gegönnt habt.«

»Kann ich verstehen, aber mal im Ernst: Sie wollten dem Jungen eine Hand abhauen, weil er versucht hat, seine Liebste zu befreien. Irgendwer hat bei diesen Pfeffersäcken doch die Planken verkehrt verlegt.«

Sven zuckte mit den Achseln. »Das denke ich mir auch oft, aber es ist nicht meine Sache, solange sie bezahlen. In dieser Hinsicht sind die Norburger zuverlässig.«

»Ihr wollt uns also einfangen und dann nach Norburg verfrachten, wo man über unser Schicksal bestimmen soll.«

»Damit verdiene ich mein Silber.«

»Wenn es nur darum geht – ich kann dir mehr geben, und du kannst es schneller kriegen als von diesen Pelzhändlern. Gleich hier.«

Bedauernd schüttelte Sven den Kopf. »Das kann ich leider nicht machen, da wäre mein Ruf dahin.«

Ein Fisch zupfte an Phileassons Angel, schwamm dann aber doch weiter.

»Wer hat uns eigentlich so treffend beschrieben?«

»Du hattest ein Tänzchen mit einer Stadtwache im Schuldturm.«

»Das wohl!« Das war mal eine Gardistin gewesen, die etwas wert war. »Wie heißt sie?«

»Najescha Relejow. Spricht nur in den höchsten Tönen von dir. Will sich einen Schlüpfer aus deinem Haar häkeln. Ich glaube, sie hat sich in dich verguckt.«

Das nahm Phileasson vorläufig hin. »Da waren auch Crottet und Nirka dabei. Bei Hern'Sen und Phanta hatten die ja genug Zeit, sie sich anzuschauen. Aber Tylstyr?«

»Rondriane Plötzenbogen.«

»Den Namen habe ich auch schon einmal gehört.«

»Studiert dort an der Magierakademie, vor der euer Zauberer zwei Bäume abgefackelt hat.«

»Ah, die hatte Dienst am Stadttor«, erinnerte sich Phileasson.

Sven hatte einen Fisch am Haken und zog ihn raus. Phileasson half ihm, den Fang zu sichern. Da sie keinen weiteren Köder für den Kopfgeldjäger hatten, angelte der Drachenführer danach allein weiter.

»Also, ihr wollt die Leute auf den Steckbriefen. Was ist mit den anderen?«

»Die holde Maid, die mir ihre Blicke wie Dolche zwischen die Schulterblätter jagt, war wohl auch dabei.«

Phileasson sah über die Schulter. Svens Beschreibung traf Zidaines Gesichtsausdruck recht gut.

»Und wer will das wissen?«

»Das hat mir ein Vögelchen geflüstert.«

»Eines mit Augenklappe? In Festum?«

»Schon möglich.«

»Trau keinem Blender. Hat dir deine Mutter das nicht beigebracht?«

»Ich habe gehört, dass sie im Süden ein mächtiges Kopfgeld auf ihn ausgesetzt haben. Vielleicht wird das mein nächster Auftrag. Aber eins nach dem anderen.«

Während er den Haken durch das Wasser zog, wartete Phileasson, ob Sven auch Tjorne Warulfson erwähnen würde. Immerhin hatte er in jener Nacht Zidaine und Tylstyr begleitet. Aber der Kopfgeldjäger schwieg, und das nährte den unschönen Verdacht, dass Tjorne seinen Treueeid auf die Ottajasko sehr schnell hinter sich gelassen und sich als zwitscherndes Vögelchen betätigt hatte.

»Heute fange ich nichts mehr.« Phileasson stand auf und streckte sich. »Lass uns die Gefangenen austauschen und dann von hier verschwinden. Ich habe die Sümpfe satt.«

Svens Gesicht verhärtete sich. »Dann bin ich dein Gefangener?« Er sah zu seinen Gefährten, die nur fünf Schritt entfernt in einer engen Gruppe beieinanderstanden.

»Du?«, fragte Phileasson verblüfft. »Nein, du bist mein Angelfreund. Ohm! Zeig ihm unseren Gefangenen.«

Der Skalde ging hinter ein Gebüsch und zog Falnokul dahinter hervor, ordentlich verschnürt und geknebelt.

»Vater!«, rief die Halbelfe und machte ein paar Schritte auf ihn zu.

Verdutzt wanderte Phileassons Blick zwischen ihr und ihrem Führer. Die Frau war wenigstens fünfzig Jahre alt, vielleicht noch älter. Man sagte, bei Halbelfen hinterließe die Zeit mildere Spuren. Falnokul dagegen sah aus wie Mitte zwanzig. So wie Salarin und Galandel auch. Und Galandel hatte drei Jahrhunderte kommen und gehen sehen.

»Elfenvolk«, murmelte Phileasson.

Sven nickte anerkennend. »Wie seid ihr ihm draufgekommen?«, wollte er wissen.

»Er hat es klug angestellt«, räumte Phileasson ein. »Auf dem Knüppeldamm dachte ich noch, es wäre ihm gar nicht recht, dass wir nach Ratheln abgebogen sind. Etwas merkwürdig war, dass er nicht von Wirtin Lykites ermüdendem Mahl gekostet hat, aber das hätte ich als Zufall durchgehen lassen, zumal er ein paar von uns das Gift aus dem Körper gezogen hat.«

»Wer täuschen will, muss freundlich sein«, meinte Sven.

Missbilligend schüttelte Shaya Lifgundsdottir den Kopf. Sie hielt nichts von Falschheit, erst recht nicht unter dem Dach eines Hauses, in dem man angeblich Travias Gastfreundschaft respektierte.

»Aber dann waren da diese Wegmarken, denen er gefolgt ist. Die habt ihr geschlagen, oder?«

»So ist es.«

»Sie waren zu frisch für einen häufig benutzten Pfad der Sumpfleute.«

»Lass mich raten: Das hat sie erkannt.« Er zeigte auf Irulla.

»Das wohl.«

»Falnokul meinte schon, dass sie ein Problem werden würde.«

»Oh, ich bin eine große Hilfe«, sagte die Waldmenschenfrau. »Schon vielen habe ich langen, tiefen Schlaf geschenkt. Die Dunkelheit, in der kein Licht mehr stört. Sie sucht uns alle, aber manche fürchten sie zu sehr, um sich finden zu lassen. Bis ich sie treffe.«

Ratlos sah Sven sie an.

»So ist sie eben«, meinte Phileasson. »Kommen wir zum Wesentlichen. Ich nehme an, Tylstyr befindet sich in der Nähe?«

»Das wohl.«

»Dann schlage ich vor, ihr bringt ihn her.«

»Und woher wissen wir, dass ihr nicht über uns herfallt, wenn ihr ihn habt?«

»Wofür hältst du mich? Habe ich etwa mit den Unfreundlichkeiten begonnen?«

»Ichaal behauptet, du hättest ihr im Bootshaus heftig eins übergebraten.«

»Ein Knuff unter Freunden. Aber ich verstehe, was du meinst. Und dass du von deinem Auftrag nicht lassen willst, hast du auch schon gesagt. Also: Waffenstillstand bis Vallusa?« Er streckte ihm die Hand hin.

Sven schlug ein.

»Dann hol jetzt Tylstyr.«

»Und meinen Dolch!«, warf Zidaine ein.

Sven lachte auf. »Das könnt ihr vergessen.«

Phileasson kannte keinen Krieger, der seine Waffen so penibel pflegte wie Zidaine ihren Dolch. Ihr musste viel daran liegen. Er bemühte sich um ein unbewegtes Gesicht. »Tylstyr ohne Waffen ist nur so viel wert wie ein Elf ohne Ohren.«

Falnokuls Tochter schrie entsetzt auf.

»Red keinen Quatsch!«, forderte Sven.

Die beiden Thorwaler lachten laut.

»In Ordnung, aber Tylstyrs Zauberstab muss mit zurück«, meinte Phileasson. »Du weißt, wie das ist mit den Zauberern und ihren Stäben. Werden zu sabbernden Säuglingen, wenn man sie ihnen wegnimmt.«

»Wahre Macht liegt im Geist, nicht im Holz!«, protestierte Abdul el Mazar.

Phileasson hielt den Blick auf Svens Augen gerichtet. »Mein Gefangener bist du nicht«, stellte er klar. »Aber wenn wir uns nicht einigen, gehst du zurück zu deinen Leuten, und bevor der Abend graut, dreschen wir aufeinander ein. Wir sind fünfzehn, ihr sieben, Falnokul eingerechnet. Überlege es dir.« Dass er dabei die neunjährige Leomara großzügig mitzählte, betonte er nicht.

»Also gut, den Zauberstab mag er mitnehmen«, entschied Sven, »aber keinen Stahl, den ihr uns bei nächster Gelegenheit in die Gedärme treibt.«

»Und keine Unfreundlichkeiten mehr bis Vallusa«, fügte Phileasson hinzu.

»Ihr geht eurer Wege, wir unserer«, bekräftigte Sven. »In Vallusa sehen wir uns wieder.« Er blickte über Phileassons Schulter.

»Dann sprechen wir auch über den Dolch.« Phileasson folgte Svens Blick, aber statt Zidaine zu finden, wie er erwartet hatte, stand dort Nirka.

»Es sei!«, rief Praioslob mit ausgebreiteten Armen. »Beim Herrn von Sonne und Recht, die Abmachung gilt! Lasst uns diesen Eid segnen, indem …«

»Nicht nötig«, unterbrach Phileasson. »Ich habe in die Augen dieses Mannes geblickt. Sein Wort gilt.«

Misasümpfe,
zwanzigster Tag im Faramond

Auf dem Weg, den sie gekommen waren, konnten sie nicht zurück nach Ratheln. Sie folgten den Markierungen bis zu den verbrannten Booten. Das Wasser vor ihnen war von Blutegeln und vielleicht Schlimmerem verseucht. Leomara della Rescati glaubte, einen riesigen Tentakel gesehen zu haben, und Salarin Trauerweide hörte keine Falschheit in der Stimme des Mädchens. Es war überzeugt von dem, was es sagte.

Sie beschlossen, die Wasserfläche zu umgehen, aber das erwies sich als schwierig, weil es kein klar abgegrenztes Ufer gab. Land und See gingen ineinander über. Flache Grasinseln trieben auf den trüben Wellen, und eine brackige Brühe quoll bei jedem Schritt aus dem Boden. Dazu stieg am späten Vormittag so dichter Dunst auf, dass die Sonne hinter den Schwaden zu einer verwischenden bleichen Scheibe wurde.

Die Bäume hatten keine Wetterseite, das Moos wuchs überall. Salarin lauschte auf die Melodie des Sumpfs. Sie war ihm fremd, und das feindselige Surren der Mückenschwärme lenkte ihn ab. Eine solche Bösartigkeit klang darin, dass man beinahe vermuten musste, ein planender Verstand hetzte sie auf die Eindringlinge. Wenn er sich davon lösen konnte, hörte er eine Melodie der Unentschlossenheit. Das Land hob und senkte sich, das Wasser weichte es auf oder stand in Tümpeln. Die Pflanzen missgönnten sich gegenseitig die Nahrung, die sie aus dem Boden zogen, und das Licht. Sie würgten einander, versuchten, sich umzuwerfen oder in den Schatten zu stellen, selbst wenn sie keinen Vorteil davon hatten. Größere Tiere gab es nur wenige, und sie nahmen Reißaus, wenn die Ottajasko nahte.

Wenn hier überhaupt noch jemand die Orientierung behielt,

war das Irulla. Die Waldläuferin schlug vor, einem Bachlauf zu folgen. Mit etwas Glück würde er sie zu einem Fluss führen, vielleicht sogar zur Misa, wo die Schiffer sie aufnehmen könnten.

»Also nicht zurück nach Ratheln«, murmelte Ohm Follker.

Asleif Phileasson schüttelte den Kopf. »Ich will nicht noch mehr Zeit verlieren. Den wichtigen Teil unserer Ausrüstung haben wir dabei, alles andere können wir in Vallusa kaufen.«

Er tippte an den Beutel mit den Juwelen. Außerdem besaß er einen Schuldbrief des Kaufmanns Stoerrebrandt, wie Salarin wusste. Im Leben der Menschen waren solche Dinge wichtig. Wäre er bei der Goldregenglanzsippe geblieben, hätte er nichts damit anzufangen gewusst. Andererseits war dieses Denken in Aufrechnen und Sich-schadlos-halten ihm noch immer viel fremder als Falnokul, der für Silber Menschen jagte.

»Den Rest sollen die Dörfler behalten. Immerhin bekommen sie ihre Boote nicht zurück.«

Leomara weinte, weil sie sich nicht von ihrem Pony verabschieden konnte. Galandel die-von-Ometheon-singt summte eine Melodie des Trostes für sie.

Der Bach verbreiterte sich bis auf sieben Schritt, wobei sich seine Tiefe auf einen Spann verringerte. An den meisten Stellen konnte man den algenbewachsenen Boden sehen. Niemand sprach es aus, aber Salarin spürte die gedrückte Stimmung. Zweifel kamen auf, ob dieses Gewässer sie zur Misa führte oder auch wieder in ein Nicht-Land-und-nicht-Wasser voller Blutegel mündete.

Irulla hob die Linke über die Schulter, das Zeichen, dass sie anhalten und sich ruhig verhalten sollten. Sie blieb jedoch stehen, also gab es wohl keinen Grund, sich zu verstecken.

Phileasson schloss zu ihr auf.

»Menschliche Stimmen voraus«, flüsterte sie gerade laut genug für Salarins Ohren.

»Wie weit?«, fragte Phileasson.

Sie sah auf die Baumkronen, die im Dunst verschwanden, als würde die schwarze Rinde der Äste ihr etwas über die Entfernung verraten. »Fünfzig Schritt.«

Phileasson teilte die Gruppe in zwei Marschkolonnen auf, die im Abstand von zehn Schritt vorrücken sollten. Man zog die Waffen blank, eine Vorsichtsmaßnahme.

In einem Tümpel mühten sich drei Menschen mit einem großen Fisch. Er war weiß, hatte eine vorgewölbte Stirn, eine lange Schnauze und eine waagerecht stehende Schwanzflosse.

»Na, das nenne ich mal einen kapitalen Brocken«, meinte Ohm Follker.

»Du verstehst nicht«, sagte Salarin. »Sie jagen das Tier nicht. Sie versuchen, ihm zu helfen.«

Die beiden Männer und die Frau, die allesamt eine Haut so gelb wie Eidotter hatten, standen bis zu den Hüften im Wasser. Schwarze Blutegel hingen an ihren Oberkörpern. Mit bloßen Händen versuchten sie, das Tier zu fassen, von dem Salarin jetzt erkannte, dass es kein Fisch war. Ein Blasloch öffnete sich hinter der gewölbten Stirn, durch das es mit Wassertropfen durchsetzte Luft ausstieß.

»Ein Delfin«, stellte Vascal della Rescati fest.

»Oder ein Zwergwal«, sagte Ohm und legte die Hände über dem Griff seiner kleinen Axt zusammen. »Ein kleiner Bruder des großen Swafnir.«

»Das Tier leidet Not«, gab Salarin weiter, was er in der Melodie hörte. »Ich nehme an, es war zu langsam, als sich der Boden in diesem Teil des Sumpfes gehoben hat. Jetzt ist es im flachen Brackwasser gefangen.

»Dann wollen wir ihm helfen, das wohl!«, sagte Ohm so laut, dass die gelben Menschen sie bemerkten. Furchtsam sahen sie zu ihnen herüber.

Sie besaßen Waffen, Harpunen und Dolche, aber diese lagen zusammen mit einem Netz an einem Baum, dessen Rinde so nass glänzte, als würde er schwitzen.

»Also dann!« Phileasson schob sein Schwert in die Scheide zurück. »Fassen wir mit an!«

Die Gefährten wateten ins Wasser. Salarin hörte das Lied einer Ergriffenheit, das von Ohms etwas unbeholfenem, aber doch merkwürdig zärtlichem Zupacken ebenso ausging wir von Phileassons Kommandos und Tylstyrs Unterstützung. Selbst bei Shaya Lifgundsdottir nahm er es wahr. Ihr reichte das Wasser bis zur Brust, und einmal stolperte sie sogar und tauchte unter, sodass Salarin ihr einen Egel von der Wange klauben musste, bevor sich dieser festbiss. Obwohl sie nicht Swafnir huldigte, schien es für sie selbstverständlich, den Delfin zu retten.

Die Gelbhäute hielten sich zurück, als sie merkten, dass die eingespielte Ottajasko schneller ohne sie zum Ziel kam. Das Tier wurde aus dem Tümpel gehoben. Trotz der Mücken zogen viele Recken ihre Hemden aus, tränkten sie im Wasser und wickelten sie um die Haut des Tiers, um es feucht zu halten. Auch Salarin beteiligte sich daran.

»Wohin?«, fragte Phileasson.

Die drei sahen ihn verständnislos an. Die Frau trug einen geschnitzten Anhänger, der einen springenden Delfin zeigte.

Vascal breitete die Arme aus. Zuerst betete er in zwei Sprachen, die Salarin nicht kannte, dann auf Garethi. »O Herr Nandus, wir sind willens, das Reich unseres Wissens zu vergrößern. Doch der Geist braucht das Verständnis von Ohr und Zunge, damit er sich mit dem des anderen vereinen kann und Großes zu schaffen vermag. So flehen wir: Schenke uns deine Huld und ermögliche uns, dass wir einander verstehen.«

Auch wenn Vascal die Gebetsformel immer ein wenig abwandelte, kannte Salarin das Wunder so gut, dass es ihn nicht überraschte, als er plötzlich vermeinte, die drei würden im zweistimmigen Isdira der Elfen sprechen.

»Ihr seid Molochen, nicht wahr?«, fragte Phileasson.

»Und ihr eilige Wanderer, die den Sumpf queren.«

»So könnte man es sagen.« Phileasson erwischte drei Mücken auf einmal, als er die flache Hand vor die Brust schlug. »Aber ich glaube, für unseren Freund hier sollten wir uns auch besser beeilen.« Er zeigte auf den Delfin. »Wohin sollen wir ihn bringen?«

»Zum lebendigen Wasser.«

»Das klingt gut«, sagte Ohm Follker.

Immer zu sechst trugen sie das Tier. Wer gerade nicht damit an der Reihe war, goss Wasser über die Hemden, in die der Delfin gewickelt lag, oder bahnte den Weg durch die Pflanzen. Das große Tier kämpfte nicht mehr gegen sie an. Ein schleimiger Film lag über seinen Augen. Es atmete nur noch flach.

»Es geht ihm schlecht«, stellte Galandel fest.

Salarin legte eine Hand auf die gewölbte Stirn. »Er stirbt«, pflichtete er bei.

»Dann tu etwas dagegen«, forderte Ohm ihn auf. Das Haar auf seiner Brust war schon grau und die Bilder in seiner Haut verblassten, sodass man die Meerjungfrau und den Drachen kaum noch erkannte, aber in diesem Moment klang entschlossene Kraft aus der Haltung des Skalden.

Salarin sang von Leben und Heilung. Der Delfin litt, für ihn war es zu heiß und zu trocken, aber er spürte die Hilfe und stieß einige Klicklaute aus.

Es war ein weiter Weg, sie brauchten eine Stunde. Auch Galandel sang ihre Heilzauber, und Shaya betete zu ihrer Göttin Travia und auch zur gütigen Peraine um Erbarmen für dieses Wesen.

Sie erreichten einen schnell fließenden, etwas über einen Schritt tiefen Bach und legten den Delfin hinein. Während sie ihre Kleidung wieder anzogen, schwamm dieser träge vor sich hin. Er musste sich von der Strapaze erholen. Dann plötzlich schoss er so schnell in die Fließrichtung davon, dass das Wasser um seine Finne schäumte.

»Wir danken euch«, sagte einer der Molochen. »Ohne euch wäre dieser Liebling des Herrn der Wellen umgekommen.«

»Das«, Phileasson sah dem Delfin nach, obwohl selbst Salarin ihn nicht mehr erkannte, »war uns eine Ehre.«

»Gut«, beschied der Moloche. »Dann wünschen wir euch noch eine sichere Reise.«

»Halt!«, rief Vascal. »Bevor ihr geht: Nur ungern würde ich aufdringlich erscheinen, aber es gibt etwas, wobei ihr uns helfen könntet.«

3 WO DAS FEUER DEM WASSER TROTZT

Vallusa,
einundzwanzigster Tag im Faramond

Das Flussschiff, auf dem sie Vallusa erreichten, ähnelte einer Fähre. Das rechteckige Deck lag wie ein Brett auf dem Wasser, was die drei schmalen Rümpfe darunter sicher begünstigten, wie Shaya Lifgundsdottir vermutete. Man konnte es mit Zugpferden treideln, aber flussabwärts reichten die vier kleinen Segel, die Orlin Rabrecher und seine drei Söhne refften und setzten, um den Windungen der Misa zu folgen. Zusätzlich lenkten sie das Schiff mit einem Ruder am Heck und Stangen, die an den meisten Stellen den Grund erreichen konnten.

Shaya gefiel es, wie die Familie zusammenarbeitete. Vater und Söhne machten nur wenige Worte, zumal sie in der Nacht unterwegs waren und Phileassons Ottajasko die Fahrt zum Schlafen nutzte, aber an der Art, wie sie sich begegneten, waren der Respekt und die Liebe zu spüren, die sie füreinander empfanden. Der Wind über dem Wasser hielt die Mücken fern, das Rauschen des Flusses murmelte von Ruhe und Frieden. Nur die Rinder blökten manchmal störend, wenn eine Kehre sie verunsicherte.

In der Morgendämmerung war Vallusa ein schwarzes Massiv in der Mitte des Stroms. Einzelne Lichter brannten in der Stadtmauer aus Basalt und Granit, deren Quader sich fünfzehn Schritt hoch über den Fels erhoben.

»Zwergenwerk«, flüsterte Firutin. »Das Volk des Steins hat diese Wehr geschaffen.«

Obwohl er leise sprach, wachten die Recken einer nach dem anderen auf. Als ob die Rinder spürten, dass ihr letzter Gang nun unmittelbar bevorstand, wurden auch sie unruhig. Wahrscheinlich lag es aber daran, dass Orlins Familie das Schiff in der Strömung navigierte, sodass sie in den nördlichen Arm einfuhren. Die Segel konnten sie nun nicht mehr verwenden, sie mussten darauf achten, mit keinem der anderen Boote zu kollidieren. Fischer brachten ihren nächtlichen Fang ein, Frachter steuerten die Stadt mit Kisten und Fässern an, in einigen Nachen drängten sich die Fahrgäste und ordneten ihren Besitz für die Ankunft.

Auch Phileassons Ottajasko nahm Kleidung, Taschen und Waffen auf. Shaya schmunzelte, als ihr bewusst wurde, wie selbstverständlich diese Handgriffe inzwischen für sie waren. Da war keine Sorge mehr, dass sie etwas vergessen oder falsch machen könnte. Sicher, sie hatte schon vor dieser Fahrt eine große Reise unternommen, nämlich nach Rommilys, zum Muttertempel ihrer Kirche, wo sie ein Jahr als Gänslein gewohnt hatte. Aber damals war sie in einer Pilgergruppe gereist, mit traviagefälligen Gesängen, sie waren beinahe jede Nacht in einer Herberge oder einem Tempel eingekehrt, die Bauern hatten sie versorgt, weil die Füße der Pilger ihre Felder segneten, und im Mittelreich hatten Ritter ihren Weg geschützt. Auch damals war sie Teil ihrer Kirche gewesen, gesegnet und sicher auf dem Schoß der Gütigen Mutter.

Stolz sah sie dem Hafen entgegen, bei dem sich die Anleger in den Fluss hinein erstreckten. Sie stand inmitten der Ottajasko, deren Eisen leise klirrte. Gemeinsam würden sie sich dem stellen, was sie an diesem unbekannten Ort erwartete, was immer das auch sein mochte, und Shaya, Lifgundis' Tochter, dreiunddreißig Jahre alt, Schwester im Tempel der Travia zu Thorwal, ausgesandt von Mutter Cunia, gesegnet mit den Visionen ihrer Göttin, Reisende des Eismeers, Erforscherin der Insel der Schneeschrate, Befreierin von Sklaven der Nachtalben, Kämpferin wider dämonische Seuchen, Karenhirtin und Elfenfreundin, würde ihren Anteil dazu leisten, und ihre Gefährten, ihre neue Familie, könnten sich auf sie verlassen, das wohl. Shaya Lifgundsdottir, die bei ihrem Aufbruch so bitterlich geweint hatte, war jetzt eine Abenteurerin, die man in den dunklen Nächten an den Feuergruben besingen würde.

»Haben die Oger diese Stadt besucht?«, fragte Irulla.

»Ich glaube, Vallusa wurde verschont«, meinte Firutin.

Orkengriff krabbelte aus dem Kragen auf ihren Hals, als die Waldmenschenfrau nickte. Wegen des wuscheligen Hauptkörpers sah die Spinne in der Dämmerung beinahe aus wie eine winzige Maus.

»Sie hätten ein wochenlanges Gelage halten können«, sagte Irulla. »Aus diesen Mauern wäre niemand entkommen. Sie hätten nur die Boote verbrennen und die Brücken einreißen müssen.«

Die Verbindung zwischen Vallusa und dem Nordufer lag als dunkles Band über dem Wasser. Gerade jetzt wurden Feuer auf der Brüstung entzündet, ebenso wie auf den Zinnen der Stadtmauer.

Praioslob bemerkte wohl Shayas Verwunderung darüber. »Sie ehren Ingerimm«, raunte er ihr zu. »Der Tag der Waffenschmiede bricht an, der höchste Feiertag des Feuergottes.« Der alte Geweihte trug die vergoldete Sonnenscheibe mit dem eingravierten Auge heute offen auf der Brust. Sie schimmerte im ersten Licht des Morgens.

»In Thorwal wissen die Menschen nicht viel von Ingerimm«, erklärte Shaya. In ihrem Jahr in Rommilys hatte man diesen Feiertag wahrscheinlich begangen, aber er war ihr nicht im Gedächtnis geblieben. Dort feierte ständig irgendjemand irgendetwas. Hier in Vallusa schien sich jedoch die gesamte Stadt am Fest zu beteiligen.

Man wies ihnen eine Anlegestelle zu. Die Gefährten halfen Orlins Familie, die Rinder von Bord zu treiben. Sie mussten erst über einen hölzernen Steg, bevor sie den festen Grund des Hafens vor der Stadtmauer erreichten. Wegen der Enge führte das zu einigen ärgerlichen Rufen von den anderen Schiffern und Besuchern der Stadt. Jetzt fiel Shaya auf, dass viele Handwerker darunter waren, die Sägen, Hämmer und weiteres Werkzeug dabeihatten.

»Sind sie gute Heiler?«, fragte Irulla.

Firutin drückte ein störrisches Rind vorwärts, und Shaya half ihm mit einem milden Schlag ihres Stabs. »Wer?«

»Die Oger. Verstehen sie sich aufs Heilen?«

»Davon habe ich noch nie gehört«, sagte er. »Sie sind ziemlich dumm, glaube ich. Gerade klug genug, um eine Keule zu schwingen.«

»In den Regenbergen gibt es auch Menschenfresser«, erzählte Irulla. »Die Panaq-Si.«

Firutin beging den Fehler nachzufragen. »Was sind das für Wesen?«

Shaya wappnete sich für eine weitere von Irullas Gruselgeschichten.

Natürlich zu Recht.

»Die Panaq-Si sind ein Stamm, dessen Angehörige danach trachten, zu Tieren zu werden. Zu Raubtieren, die Menschen fressen. Menschen haben keine Krallen und keine Fänge, keine

Hörner und keine Panzer. Ihre Sinne sind stumpf. Sie sind leichte Beute.«

Firutin bereute seine Frage wohl bereits. Er konzentrierte sich auf die Rinder.

Das hinderte Irulla nicht daran, ihren Bericht fortzusetzen. »Die Panaq-Si sind klug. Sie wissen, dass totes Fleisch im feucht-heißen Dschungel verdirbt. Also essen sie lebendes.«

»Lebendes Fleisch?« Die Frage verließ Shayas Mund, bevor sie sie zurückhalten konnte.

Ernst sah Irulla sie an. Die dunklen Augen wirkten wie Löcher in einem Totenschädel. In diesem Moment waren die tänzelnden Schritte, mit denen Orkengriff über ihre Wange wanderte, das Freundlichste an ihrer Erscheinung.

»Wenn du den Panaq-Si in die Hände fällst«, hauchte Irulla, als wollte sie nicht, dass jemand mithörte, »kannst du zusehen, während sie dich verspeisen. Sie beginnen mit den Beinen, damit du nicht fortläufst.«

»Aber wenn man jemandem die Beine …« Firutin schluckte.

Ruhig nickte Irulla. »Sie sind gute Heiler. Von einem kräftigen Kerl wie dir kann sich eine Familie Panaq-Si eine Woche lang ernähren. Eineinhalb, wenn sie auch noch jemanden von Shayas Statur haben und ihr Mahl abwechslungsreich gestalten. Ihre kleinen Kinder dürfen die Finger abnagen. Fürsorglich, nicht? Die kann man beim Kochen am Körper belassen. Sehr frisch.«

Shaya räusperte sich. »Du bist doch schon als Kind nach Thorwal gekommen. Woher weißt du das?«

»Ich erkunde die letzten Dinge.« Irullas Miene blieb unbewegt. »Es ist gut, wenn man vorbereitet ist.«

Shaya war froh über die Ablenkung, als sie über eine mit aufgenagelten Querstreben griffig gemachte Rampe den Hafenplatz erreichten und eine grauhaarige Frau in einer hellgelben Robe, wie Akoluthinnen der Traviakults sie oft trugen, zu ihrem Flusskapitän eilte. »Rabrecher!«, rief sie. »Du bist spät! Du und deine Jungs, ihr wolltet schon gestern Abend liefern. Jetzt gerät alles durcheinander. Wir werden über deine Entlohnung sprechen müssen.«

Shaya freute sich, eine Anhängerin ihrer Göttin zu treffen. »Travia zum Gruße!«

Der Kopf der Frau ruckte herum. »Travia zum …«

Ihr Blick maß Shaya vom Scheitel zur Sohle. Der dunklere Farbton ihrer Robe konnte ihr ebenso wenig entgehen wie die silberne Gänsespange. Ihre eigene war aus Bronze gefertigt.

»Schwester! Reist du mit dem Rabrecher?«

»Er war so freundlich, uns mitzunehmen.« Unbestimmt wischte Shaya hinter sich, wo die Ottajasko die Felsinsel betrat.

»Euch alle?«, rief sie erstaunt.

»Ja«, setzte Orlin Rabrecher an. »Deswegen gibt es auch eine kleine Änderung, was …«

»Hat er euch auch traviagefällig versorgt?« Sie kniff die Lider zu Schlitzen zusammen. »Mit stärkender Speise und erquickendem Trunk? Das kann ich mir kaum denken. Und überhaupt – wo seid ihr denn gewesen, Schwester …?«

»Nenn mich Shaya.« Sie umarmte die Frau, die sie um eine Kopflänge überragte. Herzlichkeit machte auch knorriges Holz oft wieder geschmeidig. »Einfach Shaya. Und, ja, wir würden eine Gelegenheit schätzen, unsere Kleidung zu waschen. Die Sümpfe sind sehr schlammig.«

»Die Sümpfe …«, sagte sie nachdenklich. »Das erklärt, warum dein Gesicht aussieht, als hätte es jemand mit einem Reibeisen bearbeitet.«

»Ja.« Shaya lachte gezwungen. »Die Mücken.«

»Wie dem auch sei.« Sie wedelte mit einer Hand. »Im Tempel kann eine solche Horde keinesfalls unterkommen. Heute ist der Tag der Waffenschmiede, wir haben viele Gäste. Fromme Leute aus ganz Tobrien und dem Bornland.«

Shayas Hand krampfte sich um ihren Stab. Jeder Mensch war ein Kind Travias, deswegen war die Kirche nicht unbedingt wählerisch, was die Aufnahme neuer Mitglieder in ihre Reihen anging. Das war nicht immer gut. Aber wem Travias Gebote offensichtlich fern waren, der brachte es immerhin nicht weit. »Ich habe deinen Namen leider nicht richtig verstanden.« Sie rang sich zu einem Lächeln durch.

»Gansine. Im Rang einer Akoluthin.«

»Das sehe ich.«

»Natürlich.«

»Also, du kaufst die Rinder des guten Herrn Rabrecher für den Tempel an?«

»Schon seit Jahren. Deswegen hatte ich gehofft, er würde diesmal pünktlich kommen.«

»Da hat die Gütige Mutter ihren behütenden Mantel über uns gebreitet«, sagte Shaya. »Orlin hat uns sehr freundlich aufgenommen.«

Der so Gelobte räusperte sich, zog seinen Hut und fuhr sich durchs Haar. »Dabei musste ich allerdings einen Gutteil der Rinder zurücklassen.«

»Was?«, schnappte Gansine. »Was soll das denn heißen?«

»Ich habe leider nur zehn dabei.«

»Zehn? Statt fünfundzwanzig?«

Shaya stemmte die freie Faust in die Hüfte. »Sicher siehst du ein, dass er uns nicht im Sumpf zurücklassen konnte.«

»Ich habe selbstverständlich die besten Tiere für Euch ausgewählt, Gansine«, beteuerte Orlin.

»Und die anderen?«, fragte die Akoluthin streng.

»Nun, die werden wohl jetzt wild im Sumpf leben.«

»Ein Fraß für die Tiere werden sie, und unsere Gäste gehen hungrig ins Bett!«, keifte Gansine. »Eine Schande!«

Shaya stieß ihren Stab auf den Boden. »Eine Schande ist es, dass wir jetzt Vallusas Gastfreundschaft genießen dürfen? Wir sollten lieber weiter in den Sümpfen zerstochen werden? Das kann doch nicht dein Ernst sein, Travienlieb!« Obwohl sie wütend war, benutzte sie den freundlichen Beinamen, mit dem man Akoluthinnen der Traviakirche bedachte.

»Jemand anderes hätte euch mitnehmen können«, erwiderte sie mühsam beherrscht.

»Aber Orlin kam des Wegs und handelte nach seinem Herzen, wie es Travia gefällt.«

Gansine schnaubte. »Wie es Travia gefällt! Lehrt Travia etwa nicht, dass gute Eltern ihre Familien versorgen? Das entgangene Silber für die nicht gelieferten Rinder wird ihn lange reuen!«

»Darüber bekümmert Euch nicht«, bat Orlin. »Der Foggwulf hat …«

Shaya knuffte ihm den Ellbogen in den Bauch. Diese hartherzige Frau brauchte nichts von dem Edelstein zu wissen, mit dem Phileasson den Kapitän für die Beförderung entlohnt hatte. Am Ende verfiele sie noch auf den Gedanken, den Preis für die verbliebenen Rinder zu drücken!

»Was ist denn hier los?«, fragte Asleif Phileasson.

»Gar nichts«, behauptete Shaya. »Travienlieb Gansine wird unserem freundlichen Schiffer jetzt seinen gerechten Lohn«, diese Worte schrie sie, »entrichten, und dann können wir weiter.«

Phileasson sah Shaya an.

Er lüpfte eine Braue.

Er verschränkte die Arme.

Er fasste die Akoluthin ins Auge.

Unter dem Blick des wettergegerbten, in eine nietenverstärkte Lederrüstung gekleideten Drachenführers, der ein schweres Breitschwert an der Seite und einen Rundschild auf dem Rücken trug, schrumpfte Gansine ein wenig.

Sie seufzte. »Was bin ich dir schuldig?«, murrte sie.

Sie zählte die verlangten Münzen zweimal nach, dann wechselte der Beutel den Besitzer.

Einige Traviaverehrer, erkennbar an den gelben Gugeln, die die Schultern bedeckten, während die Kapuzen bei dem schönen Wetter auf den Rücken hingen, trieben die Tiere in die Stadt. Sie waren sehr viel freundlicher als Gansine, die sie grob herumkommandierte. Deswegen ließen es die Recken gern zu, dass sie orangefarbene Friedensbänder um die Waffen knoteten. Sie schlangen sie um Parierstangen und Scheiden, um Axtblätter und Eisenringe zum Zeichen, dass ihre Träger sie nicht zu ziehen beabsichtigten.

Hinter dem Hafentor sammelte sich die Ottajasko vor dem Efferdtempel. Hellblau leuchtende Gwen-Petryl-Steine schufen Akzente im schwarzen Basalt, in dem Steinschnitzereien und Muscheln, die man kunstvoll eingefügt hatte, Kraken, Haie, andere Meereslebewesen und sogar einen perlmuttfarbenen Wal zeigten.

»Wir werden uns auf mehrere Unterkünfte verteilen müssen«, vermutete Phileasson. »Lasst uns das rasch erledigen und dann auf die Suche begeben.«

»In der Stadt, in der Ingerimm Efferd trotzt, konnten selbst die Stürme der Zeit die Spur des Steppenwolfs nicht löschen«, rief Shaya die Prophezeiung in Erinnerung. »Zerreißt den Schleier der Vergangenheit, und ihr werdet eine silberne Flamme finden!«

»Denkt daran«, mahnte Phileasson. »Ich will nicht, dass jemand allein unterwegs ist. Der Waffenstillstand mit Sven ist vorbei.«

Vallusa,
einundzwanzigster Tag im Faramond

Praioslob suchte nach einem Ort, an dem er seinem Gott in würdiger Weise aufwarten konnte. Da es in Vallusa keinen Tempel der klugen Herrin Hesinde oder des listenreichen Phex gab, geschweige denn ihres Sohnes Nandus, schloss sich Vascal della Rescati seinem Weg durch die für die frühe Stunde bereits betriebsame Marktstraße an. Auch Firutin kam mit ihnen. Der Bergarbeiter aus Isenborn hielt sich für dümmer, als er nach Praioslobs Einschätzung war, und fürchtete, nichts zur Lösung des Rätsels beitragen zu können, das die Prophezeiung ihnen aufgab. In Praioslobs Gesellschaft fühlte er sich jedoch zu Recht willkommen. Die Zeit der gemeinsamen Sklaverei hatte sie verbunden. Praioslob hatte zwei Jahre in der Gewalt der Nachtalben verbracht, Firutin immerhin die Hälfte dieser Zeit – länger als die meisten Überlebenden.

Auch für Praios gab es in der dicht bebauten Stadt keinen Tempel, aber als sie einen Drechsler fragten, der einen Stand aufbaute, an dem er an diesem Feiertag seine Handwerkskunst vorführen wollte, wies er ihnen den Weg zum Gerichtsgebäude. Dort unterhielt man einen Schrein für den Gott der Gerechtigkeit.

Die Geräusche der Straße blieben zurück, als sie das wie ein schlichter, aber würdig gehaltener Palast gestaltete Haus betraten. Sie folgten einer schmalen Wendeltreppe in das vierte

Stockwerk, wo sich das Heiligtum in einem Raum befand, dessen gesamte Südseite ein Bleiglasfenster einnahm. Obwohl die gerade über den Horizont gestiegene Sonne die vorwiegend roten, gelben, weißen und farblosen Teile nur indirekt beschien, bekam man bereits einen Eindruck von der Pracht, die das Bild von einem mit ausgebreiteten Schwingen zwischen den Wolken stehenden Greifen zur Mittagsstunde entfaltete. Dass man die Handwerkskunst in Vallusa nicht nur am Tag der Waffenschmiede in Ehren hielt, bewiesen die kostbaren Sakralgegenstände aus Gold und Silber. Wohl nur, weil Praioslob so eindeutig ein Geweihter dieses Gottes war, ließ die mit einer Hellebarde bewehrte Wache sie ohne Nachfrage ein.

Ein Reliquiar in Form eines Auges enthielt das nicht verwesende Haar des Richters Karello Owonjew, der die Söldlinge freigesprochen hatte, die in ihrer Wut über dessen Untaten den Räuberhauptmann Kreschjako an Ort und Stelle und ohne Prozess dem Tode überantwortet hatten. Richter Owonjew hatte geurteilt, dass die Söldner lediglich das Urteil vollstreckt hätten, das Praios in flammender Offenbarung in ihre Herzen geschrieben habe. Sie seien daher nicht zu belangen, sondern vielmehr sei jeder, der ihr Handeln in Zweifel ziehe, der Blasphemie schuldig. So verkündete es eine kleine Tafel vor dem Auge.

Ein mit Goldfäden durchwirkter Vorhang verschloss eine Türöffnung, neben der ein Lesepult so platziert war, dass das Licht aus dem Fenster darauf fiel. Ein Buch, dessen Umschlag ein großer Bernstein mit einer eingeschlossenen Libelle zierte, bot dem Gläubigen erbauliche Verse zur Meditation an.

Praioslob ließ sich auf die mit rotem Samt bezogene Kniebank nieder und genoss, wie das Bild des Greifen an Helligkeit gewann. Man musste genau darauf achten, aber dann sah man, wie das Licht des Götterfürsten in die Welt kam. Manchmal täuschte man sich, weil eine Wolke vorüberzog, aber am Ende hielt nichts den Zug der Sonne zum Zenit auf. Je höher sie den Himmel erklomm, desto weniger Raum blieb den Schatten, der Unehrlichkeit, dem Trügerischen und Unklaren. Praioslob hing der Denkschule an, dass sein Gott seine strahlende Macht nur deswegen so langsam enthüllte, weil er die Menschen nicht überfordern wollte. Allzu grelles Licht konnte eine Seele verbrennen, sodass nur eine tote Wüste voller Selbstvorwürfe über die eigene Unzulänglichkeit blieb. Da war es gut, wenn es Schatten gab, in denen man ausruhen konnte, und sogar Dunkelheiten, an denen man ermaß, wie weit das Licht in den anderen Teilen der Welt bereits vorgedrungen war. Aber die Geduld des Praios war endlich, sonst hätte sie der Gerechtigkeit widersprochen. Irgendwann mussten die Spötter und Frevler gerichtet, musste das Übel ausgebrannt werden, damit Recht und Wahrheit triumphierten. Dann stürzten all die Scharlatane, die Lügner und Heuchler, die Betrüger und Verbrecher.

Seine eigene Aufgabe in der Welt sah Praioslob darin, die Gerechtigkeit zu den Menschen zu bringen. Nicht als Richter, sondern indem er Licht und Hoffnung in ihren Herzen entzündete. Auf Burg Dornblut hatte alles danach ausgesehen, als ob dieses Ansinnen fatal scheitern würde. Ein tyrannischer Bronnjar hatte ihn den Nachtalben ausgeliefert. Doch im Himmelsturm hatte er jene stärken können, die seines Trostes mehr bedurft hatten als alle anderen.

Shulinai und er, sie waren die Kraft für die Gepeinigten gewesen. Sie hatte ihnen Freude gegeben, er Hoffnung. So waren seine dunkelsten Stunden zugleich zur segensreichsten Zeit seines Lebens geworden. Und bevor die Qualen so groß geworden wären, dass sie Praioslob gebrochen hätten, war Phileasson gekommen und hatte ihn befreit. Ein Thorwaler, unterwegs auf einer Wettfahrt, deren Aufgaben durch Travia, eine göttliche Schwester des Praios, übermittelt wurden. Seitdem besaß der Geweihte die Gewissheit, dass sein Gott auf ihn achtete.

In diese Gedanken versunken, bemerkte er erst, dass Firutin neben ihm kniete, als die rote Feder ganz außen an der linken Greifenschwinge bereits feurig leuchtete. Wie der einfache Mann wohl seine Gebete an den Götterfürsten richtete?

Vascal della Rescati verhielt sich ruhig und angemessen, aber er kniete nicht. Stattdessen betrachtete er die Einlegearbeiten an den Wänden. Vielleicht suchte er dort nach einer verborgenen Botschaft.

Das sollte Praioslob jetzt wohl auch tun. Schließlich galt es, das Rätsel aus der Prophezeiung zu lösen.

Er dankte seinem Gott für den Moment der Einkehr, von dem er wegen seiner Versenkung noch nicht einmal wusste, wie lange er gedauert hatte, drückte sich von dem Querbalken ab, auf dem seine gefalteten Hände geruht hatten, und stand auf.

Firutin blieb knien. Manchmal gewährte Praios gerade jenen, die sich nicht in vergeistigten Studien bildeten, tiefe Einsichten, und wer wollte sagen, dass dies kein solcher Moment war?

Leise ging Praioslob zu Vascal. »Hast du schon eine Idee, wie wir ›den Schleier der Vergangenheit zerreißen‹ können?«

Mit Zeigefinger und Daumen strich der Liebfelder seinen spitzen Schnurrbart in Form. Besonders edel wirkte er dennoch nicht. Zu deutlich war seinem Antlitz noch anzusehen, welchen Blutzoll er den Mücken der Misa-Sümpfe entrichtet hatte. »Wir werden uns wohl einfach umhören müssen. Hast du die Wolfsstatuen auf dem letzten Platz gesehen, den wir überquert haben? Vielleicht gehören sie zu dieser ›Spur des Steppenwolfs‹, die wir wiederfinden sollen.«

Praioslob zuckte mit den Achseln. »Besser als nichts.«

Es widerstrebte ihm, Firutin in seiner Andacht zu stören, aber Phileassons Befehl war eindeutig. Sie durften ihn nicht allein zurücklassen, und es wurde Zeit, den Vorsprung des Blenders aufzuholen. Er wollte den Arbeiter gerade sanft an der Schulter rütteln, als er stutzte.

Der golddurchwirkte Vorhang bewegte sich in einem sachten Luftzug.

»Sieht das für dich auch wie ein Schleier aus?«, fragte er.

»Na ja, der Stoff ist halb durchsichtig. Aber wieso soll es der Schleier der Vergangenheit sein?«

Praioslob lächelte mit mildem Spott. »Na komm schon, Rätsellöser. Haben die Sümpfe dein Hirn ausgekocht?«

Verärgert runzelte Vascal die Stirn. »Selbst wenn es ein Schleier ist, ist es einer, wie es Hunderte oder Tausende in Vallusa geben wird. Und er verbirgt noch nicht einmal etwas, der Durchgang liegt offen dahinter. Da ist nichts verhüllt und nichts …«

Er schlug sich mit der flachen Hand vor die Stirn.

»Natürlich! Der Gerichtsdiener hat uns gesagt, dass dies ein Weg zum Archiv ist.«

»Und wovon erzählen Gerichtsakten, wenn nicht von der Vergangenheit?«

Praioslobs Lachen erregte Firutins Aufmerksamkeit. Er erhob sich und vollführte das Zeichen des Herrn, wie Praioslob es ihn gelehrt hatte: Mit beiden Händen zog er einen Kreis von seinem Körper, der Sonnenscheibe ähnlich.

»Mich deucht, der Schleier des Rätsels hebt sich«, erklärte Vascal ihm. »Schnell jetzt.«

Das Archiv erstreckte sich über zwei Stockwerke, wirkte aber dennoch gedrängt, was bestimmt der allgemeinen Platznot auf der Felseninsel geschuldet war. Lesepulte standen an den Fenstern. Die Regale waren in mehreren Reihen hintereinander mit

Büchern bestückt, auf denen zusätzlich lose Pergamente und Schriftrollen lagen.

»Wie sollen wir hier nur etwas finden?«, zweifelte Firutin.

»Noch wichtiger«, meinte Praioslob, »was suchen wir eigentlich?«

Wieder strich Vascal über seinen Schnurrbart. Bei solchen Gelegenheiten fiel Praioslob jedes Mal mit leichtem Unwohlsein auf, dass der kleine Finger an der linken Hand des Liebfelders fehlte. Während der Fahrt auf dem Eismeer hatte Ohm Follker immer wieder gemurmelt, dass Männer wie Vascal einen Finger als Preis zahlten, um dunkle Gaben zu erflehen …

»Da werden mein Herr und seine göttlichen Eltern uns sicherlich beistehen«, meinte der Nandusgeweihte zuversichtlich.

Praioslob war noch immer ratlos. Gemeinsam mit Firutin folgte er Vascal zur Archivarin, einer dürren Frau, der trotz ihrer Jugend bereits ein borstiger Bart aus der Oberlippe spross.

»Wohlan, holde Maid«, hob der Liebfelder an, »ich bin mir sicher, diese Bibliothek ist gar trefflich geordnet?«

»Ich bin keine holde Maid«, flüsterte sie, »und Ihr findet Euch gleich draußen wieder, wenn Ihr weiterhin die Ruhe dieses Ortes stört.«

Praioslob sah sich um. Außer ihnen entdeckte er niemanden.

Dennoch fuhr Vascal zwar säuerlich lächelnd, aber deutlich leiser fort. »Es nähme mich wunder, wenn es kein Verzeichnis der Schriften gäbe.«

»Ihr meint den Katalog.«

»So ist es.«

»Den gibt es in der Tat. Aber für einen Unkundigen ist darin nichts zu finden.«

»Dürfte ich es wohl dennoch versuchen?«

»Wozu sollte das gut sein?« Misstrauisch beäugte sie ihn.

»Nun, gönnt einem weit gereisten Mann doch einfach die Freude.« Leise lachend zupfte er seine Ärmel zurecht.

Der Blick der Archivarin verfinsterte sich.

»Mein Freund will sich bestimmt nur einen Überblick zu Eurem Bestand verschaffen«, versuchte Praioslob zu vermitteln. »Und auch ich bin natürlich an Rechtsdingen sehr interessiert.« Er tippte auf das Amulett vor seiner Brust, das das Auge seines Herrn zeigte.

»Ich«, sagte Firutin, »bin übrigens Firutin.«

Diese eher schlichte Aussage brach den Bann. Die Archivarin schmunzelte. »Jasine Wjenowa«, stellte sie sich vor. »Wonach sucht Ihr denn? Ich kann es sicher schneller finden. In unseren Büchern sind oft viele Akten zusammengebunden, die wenig miteinander zu tun haben. Man braucht viel Erfahrung, um sich damit zurechtzufinden.«

»Nun, für den Anfang wäre uns wirklich am besten mit dem Katalog gedient.« Vascal setzte an, ihr freundschaftlich den Arm zu tätscheln, unterbrach die Bewegung aber rechtzeitig.

»Na gut. Wenn Ihr denn durchaus meint, auf meine Hilfe verzichten zu können ... aber kommt nicht an, wenn ich mit eigenen Studien beschäftigt bin! Ich werde nämlich eine Rechtsgelehrte.« Sie zeigte auf einen Bücherstapel neben einem Lesepult. »Und den heutigen Tag habe ich einigen grundlegenden Werken zugedacht.«

»Natürlich«, versicherte Praioslob, der sich noch immer fragte, was Vascal vorhatte. »Wir werden nicht stören.«

»Und: leise!«, erinnerte Jasine.

Die drei Gefährten nickten stumm.

Der Katalog erwies sich als heilloses Sammelsurium. Zwei jeweils einen Halbschritt im Quadrat große Holzdeckel hielten grobe Pergamentblätter. Einen Buchrücken gab es nicht, offenbar löste man immer wieder die Bindung, um Seiten zu entfernen oder hinzuzufügen. Auf diese Weise war ein eine Handspanne dickes Kompendium entstanden.

Mit einem triumphierenden Grinsen schlug die Archivarin es auf, indem sie den oberen Holzdeckel anhob und mit einem leisen Klacken ablegte. Die Kordeln der Bindung zogen dadurch die Blätter mit, sodass diese einen Bogen bildeten. Die oberste Seite war eng beschrieben, mehrere Einträge hatte man gestrichen.

»Viel Erfolg«, wünschte Jasine, um sich sogleich zurück zu ihren Studien zu begeben.

»Und was tun wir jetzt?«, flüsterte Praioslob.

»Wir beten.« Schmunzelnd legte Vascal die rechte Hand auf die oberste Seite und hielt die linke mit der Handfläche nach oben vor seine Brust.

Fragend sah Firutin Praioslob an.

Der zuckte ratlos mit den Achseln.

»O Herr Nandus, der du die Rätsel liebst! O Herr Phex, dessen Wohlgefallen jener genießt, der im Verborgenen forscht! O Herrin Hesinde, der die Weisheit ein Schatz ist!«

Für Praioslob klangen die salbungsvollen Worte merkwürdig, weil Vascal sie flüsterte. Er hätte es passender gefunden, einen Lobpreis der Götter aus voller Brust zu schmettern, aber das verbat offenbar die Hausordnung. Schon jetzt bedachte Jasine die kleine Gruppe mit einem mahnenden Blick.

»Wir suchen die Spur des Steppenwolfes«, betete Vascal weiter. »Hinter den Schleiern der Vergangenheit verbirgt sie sich, und wir sind entschlossen, eben jene zu lüften. Nicht Trägheit des Geistes lässt uns eure Hilfe erflehen, o ihr Göttlichen, sondern das Wissen, dass euch ein Gräuel ist, wenn Sterbliche ihre Zeit mit Unnützem vertun. Daher lasst uns zum Wesentlichen vorstoßen, auf dass wir erleuchtet und ihr erfreut werdet und wir geschwind …«

Das Gebet zog sich in die Länge.

Ab und zu schlug Vascal einige Seiten um, dann wieder blätterte er zurück. Einmal war er beinahe am Ende des Katalogs angekommen, in dem Praioslob keinerlei System erkannte, um sich danach erneut dem Anfang zu nähern.

Die ganze Zeit über erinnerte er die drei Gottheiten an ihre Vorlieben und forderte sie auf, bei der Suche nach der Spur des Steppenwolfes zu helfen. Praioslob entwickelte eine gewisse Bewunderung dafür, wie Vascal dabei ununterbrochen reden konnte, als würde er vor einer Ratsversammlung um Unterstützung werben. Länger als eine halbe Stunde ging das so.

Dann stieß Vascals Zeigefinger auf eine Zeile nieder. »Das ist es!« Nur mit Mühe dämpfte er die Lautstärke seines Ausrufs. »Genau das hier!«

»Die Sammlung der Gerichtsakten aus dem Jahre siebenhundertachtundsiebzig«, erkannte Praioslob.

»Darin finden wir etwas, das uns weiterhilft«, sagte Vascal im Brustton der Überzeugung.

Irgendwo in den Tiefen des Archivs räusperte sich vernehmlich Jasine.

»Die ist schlecht auf mich zu sprechen«, meinte Vascal. »Firutin, könntest du vielleicht nach dem Buch fragen?«

Auch diesmal führte die direkte Art des Arbeiters zum Erfolg. Wenig später lag ein ledergebundener Foliant vor ihnen auf dem Lesepult.

Da das Gebet Vascal erschöpft hatte, sah Praioslob die Vermerke durch. Ein Teil war verloren gegangen, vor allem was den Herbst des Jahres betraf, aber im Winter fand Praioslob etwas, das ihm zu passen schien:

»Am achtundzwanzigsten Tag im Mond des Herrn Firun, im siebenhundertachtundsiebzigsten Jahr nach dem Fall des vieltürmigen Bosparan, lieferte der Fechtlehrer Erm Sen, den man in der Stadt Wolfsritter nennt …« Er sah seine Gefährten an. »Den Wolfsritter, hört ihr? Das ist doch nah am Steppenwolf dran.«

»Da fehlt die Steppe«, stellte Vascal nüchtern fest.

»Mitnichten, mein Freund, mitnichten.« Praioslob grinste. »Der Wolfsritter hieß Erm Sen, steht hier. Nach diesem Helden der Nivesen ist unser Freund Hern'Sen benannt. Er erzählt oft von ihm. Wenn das derselbe ist, dann stammte er aus dem Land der Nivesen.«

Vascal nickte. »Aus der Steppe.«

»So ist es. Also: … Wolfsritter nennt, einem unbekannten Krieger aus der Khôm ein Duell auf Leben und Tod. Obwohl sich eine große Menge Pöbel auf dem Zwergenplatz versammelt hatte, wagte niemand einzugreifen.«

»Wir haben den Zwergenplatz auf dem Weg hierher überquert«, warf Firutin ein. »Das Gerichtsgebäude begrenzt ihn im Norden.«

»Genau! Der Platz mit den Steinwölfen. Sehr gut«, lobte Praioslob und las weiter. »Selbst Wachoffizier Piet Geldong konnte den nach seinen Worten ›tierhaften‹ Kampf der beiden Kontrahenten nicht unterbrechen. Nach Aussage des Magistrats Steenbart, der dem Kampf über seine ganze Länge beiwohnte, dauerte das Duell mehr als eine Stunde.«

»Unwahrscheinlich«, kommentierte Vascal.

»Vielleicht eine Ausschmückung«, gestand Praioslob zu. »Er – also der Magistrat – berichtet, der verschleierte Gegner des Fechtlehrers sei, nachdem er eine Wunde am Hals empfangen hatte, zum Entsetzen der Menge zu Staub zerfallen.«

»Ganz sicher eine Ausschmückung«, meinte Vascal.

»Anschließend wurde Erm Sen wegen Verstoßes gegen das Duellgesetz verhaftet«, las Praioslob weiter. »Am heutigen Tage hat man den Schwertmeister der Stadt verwiesen. Die Überreste seines Gegners wurden in einem Tongefäß in der Misa versenkt.«

Damit endete der Eintrag.

»Das hat sich gelohnt«, meinte Vascal.

»Und wo ist dieser Wolfsritter jetzt hin?«, fragte Firutin.

»Geduld, mein Freund, Geduld«, riet Vascal. »Das werden wir auch noch herausfinden.«

»Wir müssen Hern'Sen unbedingt mitteilen, dass wir hier etwas über seinen Helden gefunden haben. Selbst wenn es nichts mit unserer Wettfahrt zu tun haben sollte, wird er begeistert sein.«

»Es ist Teil der Lösung der Aufgabe«, sagte Vascal fest. »Bedenke, wie wir auf diese Stelle gestoßen sind: Ich habe Nandus, Phex und Hesinde um Beistand bei der Suche nach Hinweisen zum Steppenwolf ersucht.«

»Ja, das ist wohl wahr«, murmelte Praioslob, aber ein anderer Gedanke beschäftigte ihn. Wenn Erm Sen wirklich Teil der Aufgaben war, die die Götter an Phileasson und Beorn übermittelten, auf dass einer von ihnen zum König der Meere würde – wie weit konnte es dann überhaupt Hern'Sens freier Wille gewesen sein, dass er sich ihnen angeschlossen hatte? Und noch früher: Hatten Hern'Sens Eltern frei entschieden, als sie vor über zwei Jahrzehnten den Namen für ihren Sohn ausgewählt hatten?

Lenkten die hohen Mächte das Geschehen auch außerhalb der Prophezeiungen, die sie Shaya und Lenya sandten? Waren die Gefährten am Ende nur unbewusste Werkzeuge der Götter? Schon wegen der dritten Aufgabe gab es diesbezüglich Fragen in der Ottajasko, vor allem Vascal und Tylstyr dachten gern laut darüber nach. Phileasson dagegen wollte nichts davon hören, für ihn ging es nur um den Titel König der Meere, und wenn er noch irgendwelchen Göttern zu Gefallen war, während er diesen Wettkampf bestritt, dann würde er das in Kauf nehmen.

Praioslob jedoch fühlte sich zugleich erbaut und eingeschüchtert.

Vallusa,
einundzwanzigster Tag im Faramond

Meisterin der Ernte Heidelinde war mit Recht stolz auf den Blumengarten des Perainetempels, wie Shaya Lifgundsdottir fand. Er umschloss das eigentliche Sakralgebäude auf drei Seiten. Im Westen, wohin wegen der nahe stehenden Häuser selten Licht drang, wuchsen neben Dämmerveilchen und Abendrosen auch Kartoffeln. Im Süden dagegen stand ein kleiner Wald aus Praiosblumen, die ihre braunen Köpfe mit den gelben, Sonnenstrahlen ähnlichen Blätterkränzen dem blauen Himmel und damit dem darin prangenden Schild des Gottes, nach dem sie benannt waren, entgegenreckten. Im Osten, zum Zwergenplatz hin, lud eine überwältigende Farbenpracht die Gläubigen ein. Dazwischen summten Bienen, die große geflochtene Körbe an der Tempelmauer bewohnten. Die Stachel hatte man ihnen zwar nicht fortzüchten können, aber sie wussten, dass die Menschen ihre Freunde waren, wie Heidelinde versicherte. Und die gelb-schwarz gestreiften Helfer sammelten einen Honig, auf dessen heilkräftige Wirkung sie schwor. »Damit werdet ihr die Liebesbeweise wieder los, die die Mücken in eure Haut gestochen haben.« Die Geweihte, deren ausgezehrte Züge von einem Leben voller Fleiß, aber auch von Zufriedenheit kündeten, überreichte Shaya ein Säckchen, in dem drei Tontiegel gegeneinanderschlugen.

»Hab Dank!«, sagte Shaya. »Ich werde Blumen in den nächsten Tempel deiner Göttin legen, den wir erreichen.«

»Wohin führt euer Weg denn von hier aus?«

»Das steht noch nicht fest.«

Mirandola Ernathesa rieb ein violettes Blatt zwischen ihren Fingern und roch daran. »Hat vielleicht ein Thorwaler mit einer Augenklappe euer Haus aufgesucht?«

»Hier war so ein Mann«, sagte die Geweihte.

Beorn!, durchzuckte es Shaya. Sie wechselte einen schnellen Blick mit Leomara della Rescati. Das Mädchen sollte nichts ausplappern, wenn man zu viel vorgab, erzählten die Menschen oft nicht mehr, woran sie sich wirklich erinnerten, sondern etwas, von dem sie dachten, dass der Fragende es hören wollte. Allerdings wusste Leomara das wohl besser als Shaya, hatte sie diesen Hinweis doch von ihrem Onkel erhalten.

»Er war mit ein paar anderen Thorwalern in Vallusa. Trägt er nicht auch einen Flügelhelm?«

»Ja, genau.« Mirandola hakte den Daumen unter den Gurt, an dem ihr Degen hing. Auch er war mit einem orangefarbenen Friedensband gesichert.

»Er wirkte wie ihr Anführer. Aber in den Tempel ist er nicht gekommen.«

»Wann war das? Ist er noch in der Stadt? Wohin ist er von hier aus weitergereist?«

Heidelinde lachte. »Ich habe mich, ehrlich gesagt, nicht besonders für ihn interessiert. Ich weiß es nur, weil er sich nachts bei den Wolfsstatuen herumtrieb.«

»Auf dem Zwergenplatz?« Shaya schloss die Hände um ihren Wanderstab, damit die Finger nicht vor Aufregung zitterten.

»Ja, direkt dort vorn.« Sie zeigte zum Ausgang des Tempelgartens. »Sehr wenige trauen sich nachts dorthin. Ein Geist geht um. Aber dieser Thorwaler war da. Vorgestern, glaube ich. Oder ist es noch einen Tag länger her …?« Nachdenklich legte sie den Kopf schräg.

»Und wo ist er jetzt?«

»Aber Schwester!« Heidelinde lachte, was für einen Moment den würdevollen Ernst ihres Gesichts abmilderte. »Ich sagte doch, ich hatte nicht mit ihm zu tun. Und er hat mich bestimmt nicht unterrichtet, was er als Nächstes vorhatte.«

»Natürlich nicht«, gestand Shaya zerknirscht zu. »Verzeih meinen Eifer.«

»Ich hätte gern geholfen«, versicherte sie. Ihr zwischen den im Garten aufgebauten Tischen umherzuckender Blick verriet jedoch, dass ihr der Besuch schon zu lange dauerte. Wie alle Bürger Vallusas leisteten auch die Geweihten der Göttin von Ackerbau und Heilkunst ihren Beitrag zum Tag der Waffenschmiede. Sie präsentierten ihre Handwerke. Einen Rechen mit besonderen Zinken konnte man bestaunen, der Unkraut entfernte, aber keimende Erbsen aussparte. Daneben einen Pflug, der den Boden so schonend aufriss, dass ihn auch ein Mensch mit nur wenig Mühe und gutem Willen zu ziehen vermochte und ein anderer, der frisch gerodetes Land urbar machte. Ein leerer Bienenkorb war aufgeschnitten, sodass man den inneren Aufbau bestaunen konnte. An einem Tisch wurden sogar im Freien die Verbände von Kranken gewechselt, die der Tempel versorgte, und man durfte dabei zusehen.

»Ich verstehe, dass du viel zu tun hast«, sagte Shaya. »Danke für den Honig.«

»Möge dein Feld immer reiche Ernte tragen«, verabschiedete sie die Geweihte.

Das imposanteste Gebäude am Zwergenplatz war das Rathaus, ehemals das Schloss eines Markgrafen, das rechter Hand lag, als sie aus dem Tempel traten. Links befand sich das Gericht, das Praioslob mit Vascal und Firutin aufgesucht hatte. Geradeaus sah man hinter den Häusern den zwanzig Schritt hohen Feuerturm aufragen. Shaya fragte sich, ob die Flammen dort oben inmitten der als gewundene Zacken ausgeführten Brüstung immer so rot und hoch brannten, oder ob das nur am Tag der Waffenschmiede so war. Immerhin gehörte dieser Turm zum Tempel des Ingerimm, dessen höchstes Fest Vallusa heute beging.

»Steinwölfe«, murmelte Mirandola. »Da sind sie. Vier Stück.«

Auf dem Platz bauten nicht nur Handwerker ihre Stände auf. Auch einfache Bürger zeigten ihr Geschick mit dem Spinnrad, beim Schnitzen simpler Figuren oder im Klöppeln von Borten, die heute vor allem im Rot des Feuers und im Schwarz des Erzes gehalten waren. Auch Kinder beteiligten sich bereits, eine feixende und scherzende Rasselbande aus einem Dutzend Jungen und Mädchen flocht Körbe aus Schilf.

Leomara interessierte sich jedoch viel mehr für die Steinwölfe, was Shaya ein wenig traurig stimmte. Sie war doch auch ein Kind … Sollte man mit neun Jahren nicht eher den Spielen von Gleichaltrigen zuneigen? Zwar war Shaya in diesem Alter bereits zwei Jahre in Travias Haus gewesen, aber sie hatte nur leichte Arbeiten versehen, wie das Decken der Tafel oder das Ausfegen der Halla, wenn das etwas länger dauern durfte. Und Mutter Cunia hatte viel mit ihr gespielt, auch ihr Mann, der damals noch gelebt hatte. Sie erinnerte sich gern an ihre Kindheit.

Würde das Leomara auch einmal so gehen? Hatte sie das überhaupt – eine Kindheit? Sie reiste mit Recken auf einer Reise, deren Questen für besungene Helden gedacht waren. Konnte sie sich da anders verhalten als eine Erwachsene, auf die stets Verlass war?

»Schau mal, die Möwen!« Shaya zeigte auf die weiß-grauen Vögel, die im auflandigen Wind über dem Platz segelten.

Leomara nickte, sah aber sofort wieder zu den Steinwölfen.

Ergeben begleitete Shaya das Mädchen und Mirandola zu den Statuen, die Wachhunden ähnelten, die vor der Türschwelle ihres Herrn lagen. Sie legte dem Kind eine Hand auf die rechte Schulter. Eine Geistererscheinung sollte hier also umgehen …

Innerlich wappnete sich Shaya dagegen, dass Leomara mit dieser seltsam tiefen Stimme sprechen würde. Sie war empfänglich für solche Phänomene, ein Medium. Ihr Onkel Vascal versicherte, dass es sie am wenigsten belastete, wenn man es einfach geschehen ließ, aber manche von Leomaras Verkündungen hatten Zeugnis von grausamen Dingen abgelegt, die nichts im Kopf eines Kindes zu suchen hatten. Viele Erwachsene wären danach schreiend aus dem Schlaf geschreckt.

Leomara strich über einen Sockel. »Sie sind bestimmt schon alt«, sagte sie. »Der Stein ist verwittert.«

»Ja.« Shaya lachte erleichtert. »Da hast du wohl recht.« Keine Geister! Dafür allerdings das Gefühl, dass das Mädchen die Welt schon durch die Augen von Vascal sah. Eine Neunjährige, die sich Gedanken über verwitterten Stein machte … Wie sie die Wölfe ansah! Das wirkte ganz und gar nicht kindlich.

»Gehen wir?«, fragte Shaya nach einer Weile.

Leomara nickte widerstrebend, fügte sich aber.

Für den Rückweg zu ihrer Unterkunft – Phileasson hatte losen lassen, wer in welcher Herberge unterkam, und sie hatten mit dem *Drachenstein* das beste Haus im Ort ergattert – benutzten sie wieder die Marktstraße. Obwohl sie der breiteste Weg der Stadt und die Nacht gewichen war, lag das Pflaster im Schatten. »Erinnert dich das an Taladur?«, fragte Shaya.

Mirandolas Heimatstadt trug den Beinamen »Stadt der Türme«,

wie die Gelehrte erzählt hatte. Hier in Vallusa hatten beinahe alle Gebäude fünf oder sogar sechs Stockwerke, um den beengten Raum auf der Felsinsel gut zu nutzen.

»Zu eng«, murmelte Mirandola. Zu diesem Eindruck trug bestimmt auch bei, dass sich die Marktstraße ebenfalls mit Ständen für den Festtag füllte, weswegen sich die Besucher drängten. »Taladur ist auf einen Hang gebaut. Man muss viele Treppen steigen, aber die Streittürme der Familias ragen kühn in den blauen Himmel.«

»Sicher ist es sehr schön dort«, meinte Shaya.

»Ja, und der Wein schmeckt süß, und die Rosse sind ebenso feurig wie die Jünglinge.« Mirandola räusperte sich. »Ich meine, die jungen Novizen im Tempel des Ingerimm. Der wird in Taladur in hohen Ehren gehalten. Da kümmert man sich gut um das Feuer.«

Shaya vermutete, dass die Gefährtin etwas anderes gemeint hatte, lächelte aber milde darüber hinweg. Kindereien im Geschlechterspiel waren zwar nicht Shayas Sache, aber Mutter Cunia meinte, dass sich diese mit fortschreitendem Alter meist von allein legten.

Auf dem Fischmarkt zeigten Seiler und Netzknüpfer ihr Geschick. Die Möwen interessierten sich allerdings nur für die Händler, die immer hier waren, und versuchten, ihnen den Fang im letzten Moment zu stibitzen. Wenn ihnen das nicht gelang, pickten sie die Abfälle vom blutbespritzten Pflaster.

Die Empfangshalle von *Haus Drachenstein* war mit Marmor ausgelegt. Holzpaneele, auf denen reiche Schnitzarbeiten eine Waldlandschaft zeigten, schmückten die Wände.

Abdul el Mazar kam ihnen entgegen. Der kleine Magier hatte Galandel die-von-Ometheon-singt im Gefolge. Die weißhaarige Elfe wirkte ratlos. Sie hatte noch nicht einmal den mit schratischen Fetischen behängten Stab dabei, den sie sonst überallhin mitnahm.

»Ich habe meinen Beuteanteil gefordert und erhalten!«, rief Abdul. »Jetzt habe ich alles, was ich brauche!«

Die Augen glühten im südländischen Gesicht. Offenbar hatte er sich Zeit genommen, sich nach dem Sumpf herauszuputzen. Seine graue Robe war zwar nicht gewaschen, aber ordentlich ausgebürstet, die Wangen waren geschabt und der die Lippen umzirkelnde Bart von jemandem gestutzt worden, der sich auf das Barbieren verstand. Der Riemen einer offensichtlich neuen Ledertasche lief quer über seine Brust und über die linke Schulter.

»Ich gehe!«, verkündete er.

»Du willst uns verlassen?« Shaya breitete die Arme aus, um ihn notfalls einzufangen, obwohl sein Verstand klar zu sein schien.

Abdul passierte den Springbrunnen, der im Zentrum der Empfangshalle plätscherte, und blieb dann freiwillig stehen.

»Was ist denn geschehen?« Forschend betrachtete Shaya ihn. Sein Blick war stetig, nicht so gehetzt, wie wenn sein Geist wieder in anderen Sphären wanderte. »Hat dich jemand verärgert?« Der Novadi wirkte aufgeregt, aber nicht verwirrt.

Im Gegensatz zu Galandel. Die Elfe schien sich keinen Reim auf Abduls Verhalten machen zu können.

»Ich gehe jetzt!«, wiederholte Abdul. »Ich muss es schnell tun. Es duldet keinen Aufschub.«

»Wie lange ist er schon so?«, fragte Shaya Galandel.

»Ich habe nur gehört, wie er aus seinem Zimmer gestürmt ist«, berichtete sie. »Ich bin ihm die Treppe hinunter gefolgt, und jetzt stehen wir hier.«

»Wo willst du denn hin?«, fragte Shaya ruhig.

»Ich kann es mir leisten.« Seine Hand, die die Bräune der

Sonne niemals ganz verlor, klopfte auf die Ledertasche. »Der Foggwulf hat mir Juwelen gegeben.«

»Leise!«, mahnte Mirandola. »Das geht niemanden etwas an.«

In der Tat sahen der Hausdiener am Empfangstresen und die beiden Gäste, die er gerade abfertigte, neugierig herüber.

Shaya nickte ihnen freundlich zu. »Travia zum Gruße.«

Sie wandten sich ab.

»Willst du Vallusa verlassen?«, fragte Shaya.

»Ich?« Abdul wirkte verblüfft. »Nein, ich doch nicht! Wozu habe ich denn meinen Beuteanteil gefordert? Nein, ich kann bezahlen. Ich brauche nicht selbst zu reisen. Das wäre ohnehin viel langsamer.«

Mirandola, Shaya und Galandel sahen sich an, aber es war Leomara, die zuerst aussprach, was sie wohl alle dachten: »Ich habe keine Ahnung, was er vorhat.«

Der Magier trommelte mit dem rechten Fuß auf den Boden. Er drohte, die Geduld zu verlieren. Wenn er das tat, quoll ihm manchmal Rauch aus Mund und Nase, was stets größeren Erklärungsbedarf verursachte.

»Also gut«, meinte Shaya, »ich gehe mit Abdul und passe auf ihn auf.«

»Bist du sicher?«, fragte Mirandola. »Soll ich mitkommen?«

»Nein, du verteilst den Honig und hilfst dem Foggwulf, das Rätsel zu lösen, wenn sich eine Möglichkeit dazu ergibt. Innerhalb der Stadt können wir ja nicht weit fortlaufen, und vielleicht ändert Abdul schon ein paar Straßenecken weiter seine Meinung.«

Vallusa,
einundzwanzigster Tag im Faramond

»Geht schon«, forderte Vascal della Rescati sie auf, als sie den *Tobrischen Hof* erreichten. »Ich erkläre den anderen, was wir gefunden haben.« Er tippte gegen seine Brust. In der Innentasche der Weste steckte die Abschrift des Aktenvermerks über das Duell auf dem Zwergenplatz.

»Denkst du nicht, wir sollten gemeinsam berichten?«, fragte Praioslob. »Damit wir nichts vergessen?«

»Es ist deine Entscheidung.« Der Liebfelder lächelte, aber sein Gesicht sah dennoch ernst aus, und das lag nicht an den Mückenstichen.

Fragend sah Praioslob Firutin an. »Ich komme mit dir«, sagte der Gefährte aus dem Himmelsturm. »Ich mochte sie auch.«

»Aber unsere Pflicht verlangt anderes.«

»Gegenüber dem Foggwulf?« Vascal zuckte die Achseln. »Er hat uns aufgetragen, nach Hinweisen zu suchen, und das haben wir getan. Wenn die anderen nur halb so erfolgreich waren, werden wir Vallusa sehr schnell wieder verlassen, vielleicht noch heute. Wer weiß, wann wir wieder zu einem Haus der Schönen Göttin kommen? Wenn du die Gelegenheit nutzen willst, und dazu rate ich dir, dann tue es schnell.«

Praioslob blickte den Weg zurück, den sie gekommen waren. Die Brückenstiege war noch voller als die Marktstraße, das Gelände des Rahjatempels konnte man nur daran erahnen, dass dort keine dieser bedrückend hohen und engen Häuser standen. Dorthin schien die Sonne, in deren Strahlen der Staub leuchtete. War dies ein Zeichen, mit dem sein Gott ihm sein Einverständnis gab?

Praioslob schüttelte den Kopf. Man durfte nicht jedes Irrlicht, das durch den eigenen, kümmerlichen Verstand hüpfte, für eine Offenbarung des Herrn der Sonne halten.

»Was meinst du?«, fragte er Firutin.

»Gehen wir«, sagte der kräftige Mann ungewöhnlich nachdrücklich.

»Also gut.« Praioslob nickte Vascal zu. »Danke.«

Firutin und Praioslob folgten der Straße, die die beiden Misabrücken verband, zurück nach Norden. Sie erstanden einen Beutel Zuckerwerk, die gedrehten Stückchen erinnerten an die biegsamen Körper von Tänzerinnen. Jenseits der Kreuzung betraten sie den Tempelgarten, in dem es spürbar wärmer war als im Schatten der Häuser.

Er war nicht besonders groß und bestand überwiegend aus einer Rasenfläche, von deren sattem Grün sich das Gefieder der Möwen abhob. Der salzig riechende Seewind rauschte in den Kronen von drei Ahornbäumen und kräuselte die Oberfläche eines Zierteichs. An kunstvoll geschnitzten Tischen lehrte man den Schwung des Pinsels und das Mischen der Farben sowie das Geheimnis, wie diese so anzuordnen seien, dass sich ein harmonisches Bild ergab. Der Tempel verkaufte nicht nur fertige Werke, sondern auch das Zubehör, das angehende Künstler für Skizzen und Gemälde benötigten.

Die beiden Gefährten hielten sich nicht damit auf und bedachten die beiden kaum bekleideten Jünglinge, die mit einem goldbraunen Fohlen Modell standen, nur mit einem flüchtigen Blick. Sie zogen ihre Stiefel aus, um den Tempel zu betreten, der aus hellem, ins Rosafarbene spielendem Kalkstein bestand. Harte Kanten hatten die Architekten vermieden, Türen, Fenster, Decken und Mauerecken formten sich aus Bögen, die oft in verspielte Spiralen übergingen. Dünnen Vorhängen, die sich im Windzug wie die Schleier von Tänzerinnen wiegten, gab man den Vorzug vor starren Türblättern.

An den nackten Füßen war der Boden der Vorhalle angenehm kühl. Ein süßlicher Geruch trieb in der Luft. Ovale Glasscheiben in den ineinander übergehenden Kuppeln ließen das Sonnenlicht ein, das hauchfeine Schwaden rötlichen oder gelblichen Duftrauchs sichtbar machte. Auf Sockeln standen Kunstwerke, die steigende, galoppierende oder kopulierende Pferde zeigten. Das letztere Bildnis animierte wohl ein junges Paar, das davor auf einem Hügel aus Kissen lag und sich heftig küsste. Rote Samtvorhänge trennten Nischen ab, aber manche waren auch offen, sodass man die Altäre der Heiligen und der Alveraniare aus Rahjas Gefolge sehen konnte. Eine Grauhaarige mit einem Blumenkranz im Haar lächelte selig vor einem Bild von Sankt Khabla. Er war als schwangerer Jüngling mit schönen Zügen dargestellt, also zu jener Zeit, als er eingewilligt hatte, seiner geliebten Göttin das Austragen des gemeinsamen Kindes zu ersparen, indem er diese Bürde selbst auf sich nahm.

Die Vorhalle führte zu einem Becken, in das geschwungene Stufen eingelassen waren. Rosenblätter trieben auf dem Wasser. Halb durchsichtige rote Schleier hingen von der Tempeldecke bis zum Wasser hinab und gewährten eine Vorahnung auf die etwas höher gelegene Haupthalle.

»Sieht das nicht ein bisschen aus wie Shulinai?« Firutin zeigte auf einen leeren Altar, auf dem ein Drahtgeflecht stand.

Vielleicht war die Figur unfertig und sollte noch mit Lehm überzogen und bemalt werden. Aber wieso hätte man sie dann bereits im Tempel einer Göttin aufstellen sollen, die nur vollkommene Schönheit gelten ließ, für die alles Hässliche Frevel war?

Doch das Geflecht war nicht hässlich. Vielleicht war es wirklich schon fertig, sollte so sein, dachte Praioslob im Näherkommen. Unzweifelhaft stellte es eine Tänzerin dar, die auf dem linken Bein stand. Das andere hatte sie angewinkelt. Ein Arm war schräg nach oben gestreckt, der andere leicht nach hinten, was die weiblichen Rundungen betonte, die zugleich in den Drahtbahnen nur zu erahnen waren. Als hätte der Künstler sein Objekt vor der rohen Lüsternheit bewahren wollen, die das Betrachten einer allzu deutlichen Darstellung wecken mochte.

Je länger er es ansah, desto besser gefiel Praioslob das Geflecht. Dabei hätte er es wohl nur mit einem flüchtigen Blick gestreift, wenn Firutin ihn nicht darauf aufmerksam gemacht hätte.

Der Kopf der Figur bestand aus einem Oval von Drähten, silbrig glänzend und damit einen Hauch heller als der Rest. Haar war nicht zu sehen.

Shulinai hatte wunderbares Haar gehabt, wunderbar in mehrfacher Hinsicht. Nicht nur, was seinen Duft und seine Schönheit betraf. Bis zu den Hüften hatte es herabgereicht, schwarz wie Obsidian, mit einem blauen Schimmer in jenem Farbton, den das Nordlicht einmal angenommen hatte, als es bei ihrem Weg zurück in die Freiheit aus dem schwarzen Himmel über dem Eis gefallen war, lautlos und unberührbar. Aber das eigentliche Wunder bestand darin, dass diese Pracht Shulinai erhalten geblieben war, wohingegen alle anderen Sklaven im Himmelsturm kahl geworden waren. Manche nicht vollständig, Praioslob hatte einen Kranz behalten, und auch bei Firutin waren damals einige Büschel stehen geblieben – aber niemand hatte eine solche Mähne gehabt wie Shulinai. Ein Segen ihrer Schönen Göttin. Für alle Gefangenen eine Erinnerung daran, dass es irgendwo im Süden eine Welt jenseits der Qual gab. Für die Nachtalben eine Provokation, manche Aufseher hatten es genossen, die schöne Gefangene zu peitschen. Aber ihr Haar abzuschneiden, das hatte niemand gewagt.

»Schon gut.« Firutin legte den kräftigen Arm um Praioslobs

Schultern und entwand ihm sanft den Beutel mit dem Zuckerwerk. »Ich bringe unser Opfer dar.«

Erst am Stechen beim Luftholen bemerkte Praioslob, dass er weinte. Er wischte die Tränen weg, um zuzusehen, wie Firutin den Beutel auf den Altar legte, die Verschnürung löste, den Stoff ausbreitete und die Zuckerstückchen gefällig anordnete. Aber es quollen immer neue Tränen nach.

Ob Rahja es als Beleidigung auffasste, wenn man in ihrem Tempel weinte, der doch ein Haus der Freude war?

Es war nicht Praioslobs Absicht, jemanden zu beleidigen. Er ließ sich auf die Knie nieder. Wenn sein Schmerz an diesem Ort ein Frevel war, so betete er, dann sollte die Verfehlung ihm angerechnet werden, nur ihm, aber nicht Shulinai, deretwegen er hierhergekommen war. Zwei Monde war sie nun schon tot. Hatte der schweigende Herr Boron ihre Seele bereits gewogen? Wusste er von der Freude, die sie den Menschen in ihrer Not bereitet hatte? Konnte ihr wundervoller Tanz sein Herz rühren, wie er das von Praioslob gewärmt hatte? Und würde die Schöne Göttin Shulinais Namen kennen und sie in ihr Zelt der Leidenschaft rufen?

»Es steht mir nicht an, einer Göttin zu raten«, flüsterte er.

Seine Faust raffte das rote Gewand vor der schmerzenden Brust. Er fühlte die Kette mit dem Auge, die er jetzt darunter trug. Die Tränen flossen noch immer, aber sein Atem hatte sich beruhigt.

»Ich kann nur berichten, welche Hoffnung mir Shulinai gab. Wenn sie tanzte, verschwand das Elend für uns alle. Wenn sie lachte, wurden die Lasten leicht. Ein Blick in ihre Augen war mehr wert als eine Essensration, aber manchmal gab es sogar die noch dazu. Sie hat gern geteilt, mit uns allen. Sie hat meine Haut gepflegt, wenn die Peitschen sie aufgerissen hatten. Aber vor allem hat sie uns alle erinnert, dass die Hallen des Feuers nicht die ganze Welt, dass die Nachtalben nicht allmächtig waren. Ihre Schönheit war erhabener als die Finsternis, unüberwindlich für all die Grausamkeit um uns herum, so, wie die dunkle Nacht keine Kerze löschen kann.«

Er blinzelte, bis er die Drahtfigur wieder erkannte.

»Ich weiß, dass ich ihr nie wieder begegnen werde. Sollte der Herr Boron meine Seele für würdig erachten, wird ihr Platz nicht im Zelt der Leidenschaften sein. Ich werde ein Funke in der Sonne meines Herrn werden. Aber jene, mit denen du dein ewiges Fest feierst, Herrin Rahja … ihre Freude wirst du mehren, wenn Shulinai ihnen Gesellschaft leistet.«

Er schluckte. Seine Worte kamen ihm so plump vor wie die hohlen Phrasen eines Winkeladvokaten, der wusste, dass er eine ungerechte Sache vertrat. Dabei fühlte er, dass nichts gerechter wäre, als wenn Shulinai der ewigen Freude im Zelt ihrer Göttin teilhaftig würde. Ungerecht, das war nur ihr Tod gewesen. Hervorgerufen durch die Rache der Nachtalben, die eine dämonische Seuche beschworen hatten. Verschuldet durch das Versagen der Gefährten, die viele andere, aber nicht sie, nicht Shulinai, geheilt hatten.

»Keine Gerechtigkeit in dieser Welt.« Matt löste Praioslob die Hand von seiner Brust und ließ sie sinken. »Nirgends.«

Er schloss die Augen und spürte schweigend dem Schmerz in seiner Leere nach.

Jemand strich über seine Wange. »So schlimm kann es doch nicht sein«, sagte eine samtene Stimme.

Nur verschwommen erkannte er die Frau. Sie war die Greisin mit dem Blumenkranz im grauen Haar.

Mit einem Zipfel ihres Gewandes trocknete sie sein Gesicht. »Wer im Haus der Göttin weint«, sagte sie sanft, »der tut das vor Freude. Aber du spürst keine Freude in dir.«

»Nein.«

»Dann bist du am falschen Ort.« Sie verlagerte ihr Gewicht zurück, sodass sie nun auf den Fersen hockte. Ihr rotes Kleid umschmiegte die Formen ihres Körpers. Es betonte die wohlgeformten Brüste, die gegen seinen Willen seine Blicke anzogen. Ob der Segen der Schönen Göttin auf ihr lag? Oder half sie mit verborgenen Binden nach?

»Ich bin nicht wegen mir selbst hier«, erklärte Praioslob. »Ich bitte für jemand anderen.«

»Die Göttin erhört keine Bitten von jemandem, der keine Freude im Herzen trägt.« Sie lächelte ganz anders, als Shulinai es getan hatte. Ihr Gesicht hatte kaum Falten, es war schön, vor allem für ihr Alter, aber die Wärme fehlte. »Freude«, sagte sie. »Ohne Freude ist jede Gabe wertlos.«

Mit einer wippenden Bewegung stand sie auf. Jetzt sah sie auf ihn herab. »Du musst gehen.« Sie wies zum Ausgang.

»Aber …« Wer war diese Frau überhaupt? Eine Geweihte sicher nicht. Verwirrt sah Praioslob zur Drahtfigur und den Zuckerstückchen davor.

»Ihr könnt eure Gabe wieder mitnehmen, wenn ihr wollt«, schlug sie vor. »Nichts, was ohne Freude gegeben ist, kann Rahja erfreuen.«

Firutin griff unter Praioslobs Achseln und half ihm aus der knienden Position auf.

Seine Beine kribbelten.

»Nein«, antwortete Firutin an seiner Stelle. »Alles ist gut, wie es ist.«

Vallusa,
einundzwanzigster Tag im Faramond

Mit der flachen Hand klopfte Abdul el Mazar einen ungeduldigen Takt auf den Tresen. Immerhin schrie er nicht mehr in einer Lautstärke, die des Alarmrufs bei einem brennenden Haus würdig gewesen wäre, nach dem Leiter dieser Niederlassung.

»Bist du sicher, dass dieser freundliche Herr dir nicht weiterhelfen kann?«, flüsterte Shaya Lifgundsdottir eindringlich.

Der von Abdul zurückgewiesene junge Mann trug kniehohe Reiterstiefel, eine schwarze Lederhose und ein blaues Wams, auf dem das geflügelte Emblem der Beilunker Reiter prangte, des berühmtesten Botendienstes in ganz Aventurien.

»In dieser Angelegenheit kann ich mich keinesfalls mit irgendwelchen Hilfskräften abgeben.« So entschlossen hatte Shaya den Novadi, der sogar noch eine halbe Handbreite kleiner als sie selbst war, noch nie erlebt. Und erst recht nicht so herablassend.

Was sollte man hier nur von ihnen denken? Abdul trug immerhin eine graue Kutte, die seinen Stand als Magier auswies, aber Shayas Geweihtenrobe war so fleckig vom Sumpfschlamm, dass sie die Stellen, an denen das Orange noch kräftig strahlte, mit der Hand hätte abdecken können. Sie musste sich und ihre Kleidung dringend waschen, sonst hielt sie gewiss jeder für eine Landstreicherin!

Gegenstände aus der Nutzung der Beilunker Reiter schmückten die Wände in der Niederlassung. Das Zaumzeug eines treuen Pferdes, ein knapp über dem Korb gebrochener Degen, die verwitterte Dokumentenmappe eines altgedienten Boten. Auch eine Abschrift der Gründungsurkunde hing aus. Hinter dem Tresen stand derselbe Spruch, der auch draußen prangte: »Eure Botschaft ist unsere Verpflichtung.« Ihren tadellosen Ruf verdankten die Beilunker Reiter nicht nur einem gnadenlosen Auswahlverfahren, sondern auch der Treue zu diesem Motto.

Der Diensthabende vermied, sie anzusehen. Er kritzelte in einem großen Buch.

Abdul klopfte weiter auf dem Tresen herum.

Shaya bat die Gütige Mutter in einem Stoßgebet, dass so bald niemand auf den Gedanken verfiele, eine Botschaft absenden zu wollen, sodass sie die einzigen Kunden blieben.

Mit einem erlösenden Ruck öffnete sich die Tür hinter dem Tresen und ein Mann, dem ein Stück Metall aus der kahlen Stelle an der rechten Seite seines Kopfes ragte, kam herein. Das linke Bein zog er ein wenig nach.

»Ihr seid der Herr, der mich sprechen will?«, fragte er mit einer Stimme, die Shaya an Phileasson erinnerte.

»Das kommt ganz darauf an, wer Ihr seid«, gab Abdul unbeeindruckt zurück.

»Kadilaus vom Donnergrund.« Die kräftigen Hände, mit denen er sich auf dem Tresen abstützte, steckten in weißen Handschuhen. Überhaupt passte die feine Kleidung mit dem blauen Rock und dem sorgfältig gestickten, geflügelten Wappen nicht zu der wuchtigen Erscheinung. »Ich leite diese Niederlassung.«

»Wohlan denn«, beschied Abdul. »Ich habe möglicherweise einen Auftrag für Euch ...«

»Alles andere nähme mich auch wunder.« Sein auf eine Länge von zwei Fingerbreiten recht nachlässig gestutztes Haar war schwarz, ebenso wie die vereinzelten Barthaare, was ihnen etwas Borstiges gab, wo sie aus der unebenen, wettergegerbten Haut sprossen.

»... wenn Ihr mich«, fuhr Abdul fort, »von Eurer Befähigung und Zuverlässigkeit überzeugt.«

Shaya hielt den Atem an. Die Kompetenz der Beilunker Reiter

infrage zu stellen, kam einem Vorwurf an Phileasson gleich, er habe noch nie auf einem Schiff gestanden.

Donnergrunds Lider zuckten, aber ansonsten blieb er ruhig. »Um was für einen Auftrag handelt es sich?«

»Ich habe Briefe geschrieben.« Abdul öffnete die Ledertasche und nahm fünf Umschläge heraus.

Sie waren mit Siegelwachs verschlossen, aber offenbar hatte ihm ein Stempel gefehlt. Alle Symbole unterschieden sich voneinander und sahen aus, als seien sie mit dem Fingernagel hineingeritzt. Eines war wohl ein Stern, ein anderes mochte eine Blume darstellen.

»Ich wünsche, dass sie zugestellt werden.« Er legte die Briefe auf den Tresen, ließ sie aber nicht los. Stattdessen tippte er mit dem Zeigefinger der anderen Hand auf den Stapel. »Schnell – und nur an ihren Empfänger. Persönlich. Niemandem sonst.«

»Das ist nicht weiter ungewöhnlich«, erklärte Donnergrund. »Darf ich?« Er deutete an, nach den Briefen zu greifen.

»Auf keinen Fall!«, kreischte Abdul. »Niemand darf sie öffnen! Keiner! Gar keiner.«

»Außer dem Empfänger, nehme ich an?«, versicherte sich der Reiter.

»Sicher. Das versteht sich doch ganz von selbst.« Jetzt klang Abdul wieder großzügig. Was hatte er bloß?

»Es kommt nur in sehr seltenen Fällen vor, dass unsere Boten eine Nachricht öffnen. Nur wenn darin die einzige Möglichkeit besteht, den richtigen Empfänger zu bestimmen.«

»Das ist hier ganz und gar unnötig«, erklärte Abdul. »Ich habe nämlich die Namen außen auf das Pergament geschrieben.«

»Das war sehr klug von Euch.«

»Ich bin für meine Schläue berühmt.«

Zweifelnd sah Donnergrund Shaya an.

Sie schmunzelte – wie sie hoffte, gewinnend – und zuckte mit den Achseln.

Endlich gab Abdul die Briefe frei, sah aber äußerst wachsam zu, während Donnergrund sie betrachtete.

»Mehmal ben Ursichar ibn Kallef el Trogar ben Zalejmar ben Jokalar«, las Donnergrund vor.

Shaya lachte gezwungen. »Wieso hast du denn gleich alle Namen auf den ersten Brief geschrieben?«

»Das hat er nicht«, erklärte der Reiter. »Es ist ein novadischer Name. Der Empfänger heißt Mehmal, er ist der Sohn von Ursichar, und dann sind noch einige Ahnen der direkten Abstammungslinie angegeben.«

Abdul nickte mit einem breiten Lächeln. »Damit es zu keiner Verwechslung kommt.«

»Das wissen wir zu schätzen«, versicherte Donnergrund, »aber es wäre auch schön, wenn wir wüssten, in welchem Ort sich diese Leute aufhalten.«

Abduls Miene wandelte sich binnen eines Wimpernschlages zu tiefster Zerknirschung. »Das ist mir leider unbekannt. Sie sind Magier. Einige haben Lehraufträge, aber ich erinnere mich nicht mehr, wo.«

»Das erschwert die Sache natürlich. Auch solche Aufträge nehmen wir an, aber sie sind erheblich teurer.«

»Das macht nichts«, beschied Abdul.

»Euch vielleicht nicht …« Donnergrund musterte Abdul mit einem fragenden Blick.

Der Novadi begegnete dem sich daraufhin ausbreitenden, lastenden Schweigen mit einem seligen Lächeln.

Shaya brachte ihre Lippen an sein Ohr. »Er will wissen, ob du bezahlen kannst«, flüsterte sie.

»Was?«, rief Abdul. »Oh, dieser Großvater des kümmerlichen

Geschachers, dieser Enkel des Misstrauens, dieser Bruder des Silberglanzes!« Er griff tief in seine Tasche und zog einen Beutel heraus. »Hier!« Er knallte ihn auf den Tresen. »Und nun beeilt Euch mit der Zustellung.«

Der Mann, der sie zuerst bedient hatte, lugte neugierig herüber, während Donnergrund die Briefe beiseitelegte und mit spitzen Fingern den Verschluss aufzog. Saphire und Smaragde funkelten. Abdul hatte sich wirklich seinen Beuteanteil von Phileasson geholt, und der Drachenführer hatte ihn großzügig bemessen!

»Petryk«, sagte Donnergrund mit rauer Stimme, »leg weg, woran du gerade arbeitest, und schreib. ›Heute, am einundzwanzigsten Tag des Ingerimm, im eintausendundsiebten Jahr nach dem Fall der Stadt Bosparan, nehmen die Beilunker Reiter zu Vallusa den folgenden Auftrag des Herrn ...‹«

»Er muss wissen, wie du heißt«, half Shaya.

»Abdul el Mazar«, verkündete er. »Den Rest sparen wir uns.«

»›... des Herrn Abdul el Mazar, Magier‹?«

»Jawohl, ordentliches Mitglied der Großen Grauen Gilde des Geistes.«

»Also ›...des Herrn Abdul el Mazar, Magier, entgegen.‹ Hast du das?«

Die Feder kratzte. »›... entgegen.‹ Ja.«

»›Zuzustellen sind fünf leichte Schreiben, jeweils eines an ...‹«

Er nahm die Briefe auf und las die Namen vor. Nur einer davon klang für Shaya so, wie sie es von Namen gewohnt war: »Rakorium Muntagonus.« Ansonsten gewann sie den Eindruck, dass die Ahnenreihen üblicherweise bis zu jenem Zeitpunkt angegeben wurden, an dem das erste Drachenschiff in See gestochen war. Abdul nickte zufrieden.

»›Die genauen Aufenthaltsorte sind unbekannt‹«, diktierte Donnergrund weiter. Er versicherte sich mit einem Seitenblick,

eingesehen, also haben wir das Überflüssige abgefeilt. Drei Stunden hat das gedauert, weil die sich nicht getraut haben, ordentlich voran zu machen. Was sage ich immer, Petryk?«

»In dieser Welt hat jeder Zeit, nur der Beilunker Reiter eilt.«

»Genau. Na ja, ich eile nicht mehr. Soll nicht mehr reiten, höchstens noch zum Spaß. Deswegen leite ich jetzt die Niederlassung in Vallusa und schicke die anderen los. Aber was Euch nach dieser Geschichte aufgefallen sein sollte: Ich meine ernst, was ich tue. Ich lasse mich nicht foppen. Ist das klar?«

»Kristallklar.« Shaya nickte heftig.

»Gut. Dann werdet Ihr begreifen, dass ich keinen meiner Leute auf die Reise schicke, wenn ich annehmen muss, dass er sein Leben für ein paar Blätter riskiert, in denen nur die Krakeleien von einem Irren stehen. Ist das auch klar?«

»Das wohl.« Wieder nickte sie.

»Ich sehe, Ihr dient der Travia. Seid Ihr bereit, bei der Gänsemutter zu schwören, dass es sich um eine ernsthafte Botschaft handelt? Im Grunde geht uns das nichts an, aber ich bin kein Betrüger und werde niemanden um ein Vermögen prellen. Und was diesen Auftrag angeht …«, er entnahm dem Säckchen mehrere Edelsteine, »… mit all der Unsicherheit, die wahrscheinlich zu Umwegen führen wird …«, er legte zwei Smaragde dazu, »… da kommt schon ein Sümmchen zusammen, mit dem man auch ein Haus kaufen könnte.«

»Und dann noch der Zuschlag für die besonders schnelle Zustellung.« Abdul griff einen Saphir und legte ihn auf Donnergrunds Haufen.

Shaya lachte verlegen. »Einen kurzen Moment, bitte.«

Donnergrund nickte mit düsterer Miene.

Sie zog Abdul zur Seite. »Was ist so wichtig an diesen Nachrichten?«, fragte sie. »Wenn du deine Freunde wissen lassen willst, dass du gerettet bist – gut.« Sie wusste inzwischen, dass er keine Familie mehr hatte. Seine Schwester war wohl umgekommen, kurz bevor man ihn entführt hatte, und seine Nichten Selime und Jamilah hatten sein Schicksal geteilt. »Aber dazu brauchst du kein Vermögen zu verschleudern. Wir nähern uns deiner Heimat. Alles wird gut. Bald kannst du deine Lieben selbst wieder in die Arme schließen.«

»Du denkst auch, ich bin verrückt«, stellte er fest.

»Nein, ich …«

Seine dunklen Augen sahen sie ernst an. In diesem Moment wurde sie sich Abduls Würde bewusst. Im Himmelsturm hatte er sehr gelitten, Pardona hatte ihn aufgeschnitten. Er verdiente es nicht, belogen zu werden.

»Manchmal«, gestand sie zu. »Ein bisschen. Da ist dein Verstand irgendwo anders.«

»Du hast recht.« Seine Augen wurden feucht, aber er hielt die Tränen zurück. »Und daran ist sie schuld. Du weißt, von wem ich rede.«

»Par…«

Er drückte die Hand auf ihren Mund. »Sprich ihren Namen nicht aus. Sie könnte es hören. Sie ist mächtiger, als wir uns vorstellen können. Und deswegen muss ich meine Freunde warnen. Sie waren genauso unvorsichtig wie ich und wandeln auf Pfaden über Abgründe, die sie leer wähnen, die es aber nicht sind. Sie wissen nicht, was sie heraufbeschwören und wo das Ziel ihrer Wanderschaft liegt.«

Natürlich! Schon damals im Himmelsturm hatte Abdul seine Aufzeichnungen erwähnt. Auch diese waren Pardona in die Hände gefallen, und wenn sie sich dazu herabließ, sie zu studieren, würde sie alles über Abduls Freunde erfahren. Sie schwebten in höchster Gefahr und wussten es noch nicht einmal!

Abdul hatte das immer im Gedächtnis behalten, aber erst jetzt ergab sich eine Gelegenheit, seine Freunde zu warnen, während sein Verstand gleichzeitig klar genug war, um diesen Wunsch umzusetzen.

Entschlossen wirbelte Shaya zum Tresen herum. »Abschicken!«, rief sie. »Sofort! Nehmt Euch so viele Juwelen, wie Ihr wollt!«

Vallusa,
einundzwanzigster Tag im Faramond

Nirka betrachtete die neu eingekaufte Ausrüstung, die den Verlust von Ratheln ausgleichen sollte und sich nun in ihrem Zimmer im *Tobrischen Hof* stapelte. Decken, Seile, Kochgeschirr, Schreibzeug, Zeltplanen, Nähzeug, Lederlappen verschiedener Stärke und Biegsamkeit, Laternen, ein Spaten, eine Hacke, Trockenrationen für fünfzehn Erwachsene und ein Kind, so viele Kleinigkeiten, wie die Himmelswölfe Augen hatten … alles Dinge, die sie sowohl auf Packpferden als auch auf einem Schiff transportieren könnten. Noch wussten sie nicht, auf welchem Weg sie Vallusa verlassen würden.

Sie stakste über die Bündel und Säcke, um die Füße auf dem Weg zur Zimmertür auf einem freien Stück Boden oder zumindest auf etwas hoffentlich Unzerbrechlichem abzusetzen. Bei Hern'Sen sah es bestimmt genauso aus. Ob sie Phileasson vorschlagen sollten, einen Schuppen anzumieten, um alles zu lagern? Dort könnten sie es auch ausbreiten und sichten … Aber der Drachenführer war mit Ohm Follker unterwegs, um thorwalsche Reisende zu befragen. Im Hafen lagen zwei Ottas. Er wollte wissen, wo Beorn abgeblieben war.

Nirka hörte das Gerumpel in Hern'Sens Kammer. Er war noch dabei, die Sachen, die die Träger hier heraufgeschleppt hatten, in eine halbwegs brauchbare Ordnung zu bringen, die das Bett benutzbar ließ. Genau das hatte Nirka in der vergangenen Stunde auch getan, und ihr Rücken protestierte gegen die Vorstellung, dies nun in seinem Zimmer fortzusetzen.

Sie massierte sich die Nierengegend. »Tut mir leid, Sippenbruder«, flüsterte sie. »Ich habe einfach keine Lust.«

Sie stieg die Treppe hinunter. Im Erdgeschoss unterhielt das Gasthaus eine Schankstube mit deftigem Essen. Blutwurst, Kalbshirn und fetttriefender Schweinebraten führten die Speisekarte an, zu trinken gab es schwarzes Bier. »Alles ist besser als Lykites *Händlerklause*«, zitierte sie den neuesten Wahlspruch der Ottajasko und sah sich nach einem freien Platz um.

An jedem Tisch saß jemand, aber am Eckplatz, so dunkel, dass nur das Licht einer niedrigen Kerze ihn erhellte, war wenigstens ein Bekannter dabei: Praioslob. Er unterhielt sich angeregt mit einem kräftigen Mann, den er hier getroffen haben mochte.

Auf dem Weg zu ihnen griff sich Nirka einen Stuhl. Die mit einem orangefarbenen Friedensband gesicherte kleine Doppelblattaxt am Gürtel von Praioslobs Gesellschaft hätte sie vielleicht skeptisch machen sollen, aber erst, als er den Kopf wandte und dadurch sein gegabelter Bart ins Licht geriet, erkannte sie ihn.

»Sven!«, rief Nirka.

»Wie er leibt und lebt.« Er grinste und streckte ihr die Arme entgegen, als erwarte er, sie würde über den Tisch springen, um sich ihm an den Hals zu werfen.

Schnaubend knallte sie den Stuhl so auf den Boden, dass die Lehne nach vorn zeigte, und setzte sich rittlings darauf.

»Das macht Falnokul auch immer so«, meinte Sven.

»Das sollten wir wohl allein besprechen«, meinte er, stand auf, und zog Hern'Sen fort.

Sven beendete sein Mahl und schob den Teller von sich. »Nicht übel.« Er legte das Messer ab.

»Was ist eigentlich mit Zidaines Waffen?«, fragte Nirka. »Dem Rapier und vor allem dem Dolch? Du hast sie doch noch?«

Er zuckte mit den Achseln. »Jedenfalls habe ich sie nicht bei mir.«

»Das sehe ich.«

»Nach einem guten Essen bin ich immer schläfrig.« Er leerte seinen Humpen. »Ich mache dir einen Vorschlag: Triff mich bei Einbruch der Dunkelheit südlich der Stadt, in der Kate kurz hinter der Festung des Ardaritenordens. Dann können wir über den Dolch reden, ich könnte mir vorstellen, dass es zu verantworten wäre, ihn zurückzugeben. Aber nur, wenn du allein kommst.«

Sie schnaubte. »Für wie blöd hältst du mich?«

»Ich halte dich für ziemlich klug.« Plötzlich war der Schalk aus seinem Gesicht gewichen, aber etwas anderes, das er vorher überdeckt hatte, blieb darin: Respekt. »Es gibt nur sehr wenige Frauen, die uns je entkommen sind. Eigentlich ist das schlecht für unseren Ruf, aber ich will es dir nicht krummnehmen. Lass uns in Ruhe reden, damit ich verstehe, wie dir das gelungen ist.«

»Und du mich dann wieder in Eisen schlagen und gleich dabehalten kannst?«

Das freche Grinsen kehrte zurück. »Sehe ich aus, als würde ich die Zuneigung einer schönen Frau so ungebührlich ausnutzen?«

»Welche …« Sie wollte »Zuneigung?« fragen, aber das Wort kam nicht über ihre Lippen. Das Blau seiner Augen erinnerte sie an den klaren Winterhimmel über den Tenjos.

Er stand auf und achtete darauf, sie nicht anzurempeln, als er seinen Platz verließ. Seine Lippen kamen ihrem Ohr nahe. Als ihr sein herber Geruch in die Nase stieg, fröstelte sie.

»Kanntest du eigentlich Shulinai?«, fragte er.

Verwirrt blinzelte sie. »Flüchtig. Sie war eine Tänzerin aus Aranien, die uns helfen wollte.«

»Praioslob kannte sie besser, scheint mir. Er hat geweint, als ich kam. Unser Gespräch hat ihn auf andere Gedanken gebracht, aber das wird nicht von Dauer sein. Er trägt eine tiefe Wunde in sich. Aber das hast du sicher schon bemerkt.«

Sven ging.

Er hatte die Tür schon beinahe erreicht, als Nirka ihm nachsah. Nicht nur seine Augen waren schön, auch die Kehrseite hatte einiges zu bieten.

Vallusa,
einundzwanzigster Tag im Faramond

Praioslob fürchtete, dass diese Sache ein schlimmes Ende nehmen würde, aber er sah keinen Weg, das zu verhindern. Hern'Sen fühlte sich in seiner persönlichen Ehre herausgefordert, die drei Eleven der Fechtschule von Vallusa in der ihres Instituts. Sie fanden es ungebührlich, dass ein nivesischer Hirte den Namen des verehrten Gründers ihres Hauses trug, wenn auch in verfremdeter Form. Praioslob glaubte noch nicht einmal, dass sie den jungen Mann für einen Aufschneider hielten, aber die Tatsache, dass jemand, der keiner Kriegerdynastie entstammte, einen solchen Namen führte, fassten sie als Beleidigung auf. Sicher begriffen sie auch, dass niemand dafür verantwortlich war, welchen Namen die Eltern aussuchten, aber das interessierte sie nicht. Sie beabsichtigten, stellvertretend an ihm ein Exempel zu statuieren und ihn mit gebrochenen Knochen zu seinem Stamm zurückkriechen zu lassen, auf dass sich dort niemand mehr erfrechte, den Heldennamen respektlos zu gebrauchen.

Bei Hern'Sen lag der Fall einfacher: Er wollte beweisen, dass er ein Krieger war.

»Nun, sind Gewicht und Länge genehm?«, rief Jaskell vom Tiefwasser, mit Anfang zwanzig der älteste der drei Schwertschüler und gleichaltrig zu Hern'Sen.

Praioslobs Gefährte schwang das Holzschwert hin und her, während seine nackten Füße beim Gehen hohle Geräusche auf dem Fechtboden machten. »Etwas schwerer dürfte es ruhig sein. Ich bin Stahl gewohnt.«

»Wohl eher Prügel«, meinte Jaskell laut genug, damit jeder es hörte, nickte aber Liudger Schmalfels zu.

Liudger war der einzige der drei, dessen Name nicht auf eine adlige Herkunft schließen ließ. Praioslob wusste nicht, ob das ungewöhnlich war. Jedenfalls zog sich unmittelbar unter der Decke ein Ring aus Wappenschilden um die Wand des Übungsraums. Nur einer war größer als die anderen. Er hing im Norden, wo die Sonne, die durch die hohen Fenster hereinfiel, ihn am besten ausleuchtete, und zeigte einen weißen Wolf auf blauem Grund. Erm Sens Wappen, wie sie inzwischen wussten.

Liudger ging leicht gebückt. Entweder war sein Rücken verwachsen, oder er hatte kürzlich einen noch nicht ganz auskurierten Knacks abbekommen. Er nahm ein längeres und breiteres Holzschwert aus der Halterung und brachte es Hern'Sen. Als er die andere Waffe zurücknahm, sah er den Nivesen an, als wollte er ihm ins Gesicht spucken.

Aber er war nicht derjenige, der gegen ihn antreten sollte. Das war Isora von Eichforst, eine Frau von vielleicht sechzehn, höchstens siebzehn Jahren. Sie drehte das blonde Haar zu einem

Knoten an ihrem Hinterkopf zusammen, dem sie mit einem Stück Leder und einem Holzstab Halt gab, während sie mit Kniebeugen ihre Oberschenkel aufwärmte. Ihre Waffe, etwa so dimensioniert wie Zidaines Rapier, lehnte an der aus Bruchsteinen gefügten Wand.

»Hört, ich glaube wirklich nicht, dass das hier nötig ist«, versuchte Praioslob noch einmal, den Kampf zu verhindern.

»Wer spricht denn von Notwendigkeiten?«, tönte Jaskell. Aus irgendeinem Grund fehlte die Hälfte seiner rechten Augenbraue. Nach einer Verletzung sah das nicht aus. »Wir machen das hier zum Spaß. Stimmt doch, Nivese?«

Hern'Sen nickte. »Ich will das jetzt.«

»Sehr schön. Wir auch. Bist du fertig, Isora?«

»Wie lauten denn überhaupt die Regeln?«, fragte Praioslob. »Es soll doch keine Verletzungen geben.«

»O nein, bloß keine Verletzungen!«, meinte Jaskell mit gespielter Besorgnis. »Krieger, die sich verletzen. Nein, das kann nun wirklich niemand wollen! Was für ein Glück, dass uns ein echter Held beehrt, von dem wir noch etwas lernen können.«

Liudger prustete.

»Und unsere Isora hier wird schon vorsichtig sein. Aber wenn Ihr denn unbedingt Regeln wollt, Praiosdiener: Wer zuerst nach seiner Mutter schreit, hat verloren. So handhaben wir das immer.«

Das würde nicht gut gehen, dachte Praioslob wieder, aber ein Blick in Hern'Sens grimmiges Gesicht genügte ihm, um zu erkennen, dass ein weiterer Protest auch diesen gegen ihn aufgebracht hätte. Dabei hatten sie sich nur nach dem Verbleib des Schwertmeisters nach dem Duell auf dem Zwergenplatz erkundigen wollen – nach der Spur des Steppenwolfs, von der in der Prophezeiung die Rede war!